O livro dos
prazeres proibidos

Do autor:

O anatomista

Federico Andahazi

O livro dos prazeres proibidos

Tradução
Luís Carlos Cabral

Rio de Janeiro | 2013

Copyright © Federico Andahazi

c/o Guillermo Schavelzon & Asoc., Agencia Literaria | www.schavelzon.com

Título original: *El libro de los placeres prohibidos*

Capa: Rodrigo Rodrigues

Imagem de capa: WIN-Initiative | Getty Images

Editoração: FA Studio

Texto revisado segundo o novo
Acordo Ortográfico da Língua Portuguesa

2013
Impresso no Brasil
Printed in Brazil

Cip-Brasil. Catalogação na publicação
Sindicato Nacional dos Editores de Livros. RJ

A556L Andahazi, Federico
O livro dos prazeres proibidos/ Federico Andahazi;
tradução Luís Carlos Cabral. — 1. ed. — Rio de Janeiro:
Bertrand Brasil, 2013.
294 p. ; 23 cm.

Tradução de: El libro de los placeres prohibidos
ISBN 978-85-286-1692-7

1. Ficção argentina. I. Cabral, Luís Carlos. II. Título.

CDD: 868.99323
CDU: 821.134.2(82)-3

13-03746

Todos os direitos reservados pela:
EDITORA BERTRAND BRASIL LTDA.
Rua Argentina, 171 — 2º andar — São Cristóvão
20921-380 — Rio de Janeiro — RJ
Tel.: (0xx21) 2585-2070 — Fax: (0xx21) 2585-2087

Não é permitida a reprodução total ou parcial desta obra, por
quaisquer meios, sem a prévia autorização por escrito da Editora.

Atendimento e venda direta ao leitor:
mdireto@record.com.br ou (0xx21) 2585-2002

PRIMEIRA PARTE

1

As seis torres da basílica de St. Martin cravavam suas agulhas afiladas na névoa noturna, desapareciam na bruma e voltavam a aparecer por cima do teto etéreo que cobria a cidade de Mainz. Um românico e outro bizantino, ambos os absides da catedral se impunham sobre as outras cúpulas da cidade. Mais além, as águas do Reno deixavam à mostra as ruínas da velha ponte de Trajano, que, assim como o esqueleto de um monstro encalhado, jazia entra as duas margens do rio. Os tetos de ardósia enegrecida do castelo e os cinquenta arcos do antigo aqueduto romano coroavam o orgulhoso cume da colina da *Zitadelle*.

A poucas ruas da basílica se erguia o pequeno Mosteiro das adoradoras da Sagrada Canastra. A rigor, aquele austero edifício de três andares que se alçava na Korbstrasse, perto do Marktplatz, não era exatamente um mosteiro. Pouca gente sabia que, atrás da sóbria fachada, se ocultava o bordel mais extravagante e luxurioso do Império, o que, certamente, significava muita coisa. O nome do bordel era resultado da conjunção do nome da rua em que estava situado[1] e da devota dedicação com que as prostitutas da casa se encarregavam de dar prazer aos privilegiados clientes.

---

[1] Korbstrasse, a rua das canastras.

Durante o dia, naquele beco pavimentado, eram abertas as persianas das lojas dos fabricantes de canastras,* cujos principais clientes eram os barraqueiros da praça do mercado. Mas, quando a noite caía e os cesteiros fechavam suas portas, a rua voltava a se animar com a farra das tavernas e das canções vulgares das prostitutas, que, inclinadas nas janelas, exibiam seus decotes generosos aos passantes. Diferentemente dos bordéis comuns, pintados de cores vivas e apinhados de mulheres desdentadas, hediondas e assanhadas, o mosteiro passava virtualmente despercebido. As meretrizes da casa eram donas de um recato sensual e de uma lasciva religiosidade que despertavam tentações semelhantes às que suscitavam as jovens virgens que habitavam os conventos. Quantos homens nutriam o desejo secreto de participar de uma orgia com as monjas de uma irmandade? Talvez a realização daqueles lúbricos anseios fosse o segredo do sucesso da singular casa de prostitutas.

No entanto, desde que uma série de fatos macabros irrompeu no Mosteiro da Sagrada Canastra, o habitual clima festivo dera lugar a um silêncio compacto, feito com a argamassa do terror. Quando o sol se punha, uma espera angustiante se apoderava das mulheres, como se uma nova tragédia fosse se precipitar. Naquela noite de 1455, o medo estava tão denso quanto a névoa que abraçava a cidade. Os bordéis vizinhos e as tavernas já haviam fechado as portas. A bruma parecia uma ave de mau agouro sobrevoando os telhados. No mosteiro restava apenas um punhado de clientes. As mulheres suplicavam a Deus para não serem escolhidas pelos visitantes.

---

*Variedade de cesta quadrangular entretecida com ripas flexíveis de madeira; larga e pouco alta, pode ter tampa ou não. (N.T.)

O LIVRO DOS PRAZERES PROIBIDOS 🐾 9

A única coisa que queriam era se trancar em seus aposentos, se entregar ao sono e esperar que, nas janelas, surgisse um novo amanhecer.

Zelda, uma das prostitutas mais requisitadas do bordel, estava ali havia bastante tempo e podia escolher seus clientes e decidir quando e como ofereceria seus serviços. Assim, fazendo uso de suas bem-conquistadas prerrogativas, deu a noite por encerrada, correu o ferrolho na porta de seu claustro e trocou as cobertas da cama. Antes de se preparar para dormir, foi à janela: a rua estava vazia, e a névoa quase não permitia ver os prédios da calçada oposta. Fechou as persianas e passou o grande trinco que travava as janelas. Sentada na beira da cama, tirou a roupa como se quisesse se desembaraçar não somente do espartilho que lhe apertava o ventre e as costelas, mas de qualquer vestígio da jornada que acabara de terminar. Umedeceu um lenço de algodão em uma bacia com água de rosas e depois o friccionou pelo corpo com movimentos lentos e repetitivos. Como se se tratasse de um ritual religioso íntimo, de uma espécie de unção autoimposta, Zelda passava o tecido empapado na pele com a solenidade de uma sacerdotisa. Embora já não fosse mais jovem, tinha o corpo escultural das cariátides* gregas: as pernas torneadas, as cadeiras generosas e os mamilos desafiadores. À medida que esfregava o lenço, Zelda se livrava das marcas que o passar do dia deixara e removia os restos das efusões alheias. Parecia querer tirar de sua pele não apenas as marcas da dura jornada, mas também

---

* Suporte arquitetônico, originário da Grécia antiga, que se apresentava quase sempre com a forma de uma estátua feminina e cuja função era sustentar um entablamento. (N. T.)

as outras, aquelas que não podem ser removidas com água de rosas, as indeléveis, as que se tornam carne mais além da carne.

Aquela lavagem íntima lhe devolvia um pouco da calma que havia perdido desde que a noite caíra com seu véu de bruma escura. Enxaguou o lenço e pensou ter ouvido uma suave crepitação em algum canto. Virou a cabeça para os lados, mas não viu nada fora de lugar. Talvez — tranquilizou-se — tivesse sido o sutil eco da água batendo na porcelana. Voltou a mergulhar o pano e, então, viu, na superfície curva da bacia, o reflexo de uma figura atravessando as cortinas. Ficou imóvel. Não se atreveu a olhar para trás. Havia alguém dentro do quarto. Somente então Zelda compreendeu que ela armara sua própria armadilha. Estava trancada. Não tinha tempo nem distância suficiente para puxar o ferrolho da porta ou o trinco da janela: estava ao alcance das mãos do estranho. À medida que imaginava uma forma de fugir do claustro, via, no reflexo da porcelana, aquela figura surgir de detrás das cortinas com o braço levantado. Sabia o que iria acontecer. Relutantemente, esperava por aquilo. Era a eleita. Como se fosse feito da mesma substância escura, fria e silenciosa da névoa, aquele vulto estivera observando-a o tempo todo. Zelda deixou o lenço cair no recipiente e tentou se recompor. Já era tarde. Sentiu que o intruso a pegava por trás, cercando-a com um braço, ao mesmo tempo que, com a outra mão, tapava-lhe a boca para que não pudesse gritar. Enquanto tentava se libertar, a mulher via, pelo canto do olho, o capuz preto que ocultava a cabeça de seu agressor, que, com a mão levantada, empunhava um escalpelo brilhante e aterrorizante. Em um único movimento rápido e preciso, o agressor enfiou na boca de Zelda o pano com o qual, até há pouco, ela se asseara delicadamente. Com seus dedos longos e ágeis, o intruso empurrou o trapo na garganta até obstruir-lhe a traqueia. A mulher se revolvia tentando tomar ar, mas o tecido molhado era um obstáculo intransponível. A figura encapuzada se limitava então a prender os braços de Zelda para a impedir de arrancar o pano com as mãos e assegurar-se, assim, de que ela não podia respirar nem emitir som algum. Era apenas questão de esperar que a asfixia chegasse ao fim. O corpo da mulher estremeceu tentando expulsar o trapo com uma náusea involuntária. A ceia frugal subiu do estômago à garganta e, ao topar com o pano, voltou como um refluxo incontrolável e inundou seus pulmões. A pele rosada de Zelda se transformara em uma superfície roxa por causa da falta de ar. A mulher conservava a expressão de horror: os olhos lutavam para sair das órbitas e a boca aberta em uma máscara de pânico e desespero formavam um quadro macabro. O estranho, coberto da cabeça aos pés por uma túnica negra, observava a pele de sua vítima com olhos extasiados, enquanto ela resfolegava, alucinando até a convulsão. Zelda ainda conservava um vestígio de vida, embora já não conseguisse se mover. Então, o agressor se apressou antes que alguém pudesse bater à porta. Com o corpo ainda morno e palpitante, ela sentiu que o encapuzado afundava o escalpelo na base do pescoço e fazia uma incisão vertical que ia até o púbis. O objetivo não era matá-la de imediato, mas, antes, esfolá-la. Zelda, in pectore, implorava a Deus que a levasse o quanto antes. O agressor exibia uma destreza assombrosa. Segurava o escalpelo como quem segura uma pluma. Trabalhava com uma habilidade própria dos ofícios mais delicados. Não agia como um carniceiro. Feita a primeira incisão, começou a separar a pele da carne com cortes sutis, desprendendo-a sem danificá-la. Foi um trabalho rápido e preciso;

retirou o couro inteiro, em uma única peça, como se fosse um casaco. Zelda morreu no exato momento em que o agressor concluiu sua macabra tarefa, sem poupá-la de nenhum sofrimento. Aquela figura semelhante à névoa estendeu a peça de couro humano e abraçou-a como quem reencontra a pessoa amada. A cena era patética: o assassino, coberto dos pés à cabeça de tal maneira que não deixava ver nem uma nesga de seu corpo, se agarrava ao trapo de pele com a forma de uma mulher desabitada como se quisesse se enfiar naquele couro. Permaneceu assim por muito tempo, até que, finalmente, enrolou a pele, guardou-a em uma bolsa, abriu a porta do quarto, assegurou-se de que não havia ninguém por perto, desceu as escadas correndo e, como um fantasma, desapareceu tão misteriosamente como aparecera.

2

madrugada dissipara a neblina da noite anterior. O sol do amanhecer penetrava pelos vitrais da catedral, em cujo interior começava a primeira audiência do julgamento dos três maiores falsários de que o Sacro Império Romano Germânico se recordava. Os homens haviam sido presos quando tentavam vender livros falsos que fabricavam, com grande talento para tais procedimentos obscuros, nas lúgubres ruínas da abadia de Santo Arbogasto, nos arredores de Estrasburgo.

Quando o cônego que presidia o tribunal deu a ordem, os réus, um a um, foram obrigados a se sentar na cadeira curial, cujo assento de madeira tinha um buraco no centro. O primeiro, um homem alto, magro e de barba vasta chamado Johann Fust, levantou a falda de sua túnica de fina seda e se sentou de tal modo que seus genitais desnudos ficaram pendendo dentro do orifício. Outro religioso se pôs aos seus pés, fechou os olhos, esticou o braço e levou a mão à parte inferior do assento. Com todos os seus sentidos concentrados no tato, sopesou as partes do acusado. Depois de comprovar a consistência touruna dos testículos que repousavam na concavidade de sua mão direita, o religioso virou a cabeça para os juízes e disse em voz alta:

— *Duos habet et bene pendentes.*[2]

No entanto, a inspeção não terminou ali. O prelado, designado para esse único fim, mudou ligeiramente a mão de lugar e percorreu com os dedos as vergonhas do réu como se ainda tivesse alguma dúvida. Cerrou as pálpebras, franziu o cenho e, então, com expressão de quem é experiente, concluiu:

— *Haud preaputium, iudaeus est.*[3]

Desde que Joana de Ingelheim, também nascida em Mainz, se fizera passar por varão e chegara a ocupar o papado com o nome de Bento III, fazia-se em toda a Rheinland-Pfalz a inspeção curial antes do início de cada formalidade. Era imprescindível que o tribunal tivesse certeza do gênero dos acusados para que o erro não se repetisse.

Escondendo a humilhação, o primeiro acusado se levantou e, ajeitando a roupa, cedeu o lugar ao segundo, um homem enxuto, pálido e de aspecto enfermo, de nome Petrus Schöffer. Com a mesma técnica, o clérigo se ajoelhou, tateou embaixo da tábua e, desta vez sem hesitar, resumiu em uma única frase:

— *Duos habet et iudaeus est.*

Não era boa para Fust e Schöffer a revelação de suas origens judaicas perante o tribunal da Santa Igreja.

Por último, sentou-se o terceiro, um homem de aparência singular: as pontas de seu espesso bigode confluíam em uma barba arruivada, que ia dos lábios ao peito como torrentes de uma cascata. Tinha o semblante altivo, a testa ampla e o olhar orgulhoso.

---

[2] Tem dois e pendem bem.

[3] Não tem prepúcio, é judeu.

Os olhos puxados e um gorro de pele lhe conferiam um aspecto de alguém vindo da Mongólia. Diferentemente dos anteriores, vestia um avental de trabalho, e tanto suas vestes quanto suas mãos estavam manchadas de preto e vermelho. O sacerdote voltou a se prostrar ao lado da cadeira curial e, depois de tocar o homem, sentenciou sem vacilar:

— *Duos habet et bene pendentes.*

O sobrenome do réu era Gensfleish zur Laden, embora fosse mais conhecido pelo nome da casa em que fora criado: Gutenberg, Johannes Gutenberg, o falsário mais audacioso de todos os tempos.

3

omeçara a clarear; no entanto, as adoradoras do Mosteiro da Sagrada Canastra permaneciam em vigília como se a noite ainda não tivesse terminado. Diferentemente de outras madrugadas, o amanhecer não as encontrara no meio do habitual clima de sagrada libertinagem; ao contrário, impunha-se um silêncio feito de dor e tristeza, de medo e estupor. De dor. As velas dos castiçais não ardiam para celebrar os prazeres dionisíacos da vida, mas para acompanhar a angústia diante dos inesperados avatares da morte. Os habituais gemidos de satisfação provenientes dos aposentos haviam se transformado, naquela madrugada, em soluços e prantos abafados.

Todas as mulheres daquele peculiar prostíbulo haviam passado a noite velando os restos de Zelda. Sua beleza madura e a pele firme e perfeita semelhante à suavidade da porcelana eram lembranças difíceis de conciliar com os despojos que jaziam no caixão. Seu corpo fora encontrado pouco depois do crime, esticado de costas sobre a cama. As outras mulheres descobriram horrorizadas, embora não surpresas, o cadáver cuidadosamente esfolado. Não apresentava contusões visíveis nem ossos quebrados. O pano, que surgia do fundo de sua garganta, era a prova de que morrera asfixiada.

O LIVRO DOS PRAZERES PROIBIDOS 🐾 17

Zelda era a terceira meretriz exterminada nos últimos meses. Não cabia a menor dúvida de que se tratava de uma mesma mão criminosa, que, com idêntica habilidade, primeiro asfixiava suas vítimas e depois, sem objetivo aparente além de obter um prazer doentio, as esfolava. A primeira morte despertara nas outras mulheres um sentimento de espanto, angústia e vulnerabilidade. Foi um fato inusitado, uma sangrenta exceção na festiva rotina do bordel. A segunda não apenas agregou estupor e semeou o enigma e o medo, mas quebrou a rotina. A terceira transformou o medo em pânico, e a exceção em regra. O inesperado se converteu em uma atormentada espera pela próxima fatalidade: qualquer um poderia ser a próxima vítima; qualquer um poderia ser o assassino. O temor impedia as mulheres de notar que os crimes tinham, pelo menos, uma lógica: a sucessão de mortes estava relacionada com a idade das vítimas. A primeira era imediatamente mais velha do que a segunda, e a segunda do que a terceira. Não havia resposta para o motivo dos crimes pela simples razão de que ninguém conseguia sequer formular uma pergunta. Quanto à identidade do assassino, nenhuma das mulheres no bordel conseguia nem mesmo fazer uma conjectura. Os últimos clientes que solicitaram os serviços das mulheres mortas depois de serem atendidos foram acompanhados por elas até a porta e, tal como rezava o protocolo da casa, foram embora depois de gentis despedidas. De maneira que o assassino devia ter entrado nos aposentos de maneira furtiva. O medo não se apoderara apenas das prostitutas, mas também dos clientes. As notícias macabras se espalhavam pela cidade, e a clientela diminuía conforme os assassinatos se multiplicavam, até que desapareceu quase por completo; os homens não apenas temiam pela vida, mas também pela reputação: de repente, todos os olhares se voltavam para o bordel. Todos, salvo o das autoridades, que não demonstravam muito interesse pelos assassinatos; pelo contrário, poderia se dizer que a preguiça com que agiam deixava patente uma complacência velada: a vida de um punhado de putas não merecia uma investigação. Além disso, existia o risco de que uma sondagem revelasse que personagens muito poderosos visitavam o bordel assiduamente. O público rareava; os salões e os aposentos do outrora alegre Mosteiro da Sagrada Canastra agora estavam vazios, e um frio desconhecido tomara conta do lugar. A solidão, longe de oferecer segurança às mulheres, não fazia mais do que confrontá-las com a silenciosa espreita da morte. Apesar da quietude e de todas as precauções que haviam tomado — fechavam as portas e as janelas com trincos —, não houve maneira de evitar que o incógnito assassino, depois dos primeiros dois crimes, voltasse a penetrar como uma sombra, matasse Zelda sem se fazer ouvir e fugisse sem ser percebido. O terror não se limitava às paredes do bordel. Quando a noite caía, as ruas ficavam desertas. As tavernas e os outros prostíbulos fechavam as portas mais cedo ou, em alguns casos, nem sequer as abriam. Quando alguém ouvia passos às suas costas, tratava de se apressar esquadrinhando seu entorno de esguelha, sem se virar. As sombras movediças projetadas pelos postes de luz fraca das esquinas criavam a fantasmagórica ilusão de que o assassino estava por perto. O medo se alimentava do silêncio, e o silêncio, do medo. Ninguém se atrevia a falar dos crimes, temendo virar objeto das suspeitas: qualquer homem que manifestasse em público sua preocupação poderia ser considerado um cliente, e qualquer cliente, um criminoso. As mães temiam por suas filhas, e as filhas por suas próprias vidas. Cada noite era um novo pesadelo.

Semelhante às reses que pendiam nas barracas dos mercados, o corpo de Zelda tinha a cor vermelha dos cordeiros esquartejados. A visão do cadáver era tão insuportável que nenhuma de suas companheiras se atreveu a olhá-lo pela última vez dentro do caixão.

Nenhuma, salvo Ulva, a mais velha das adoradoras. A decana das prostitutas da congregação sabia combinar a amorosa doçura materna com a autoridade mítica de uma madre superiora de convento e a habilidade mundana de gerente de bordel. Em silêncio, sem derramar uma única lágrima, Ulva jurou que encontraria o assassino e vingaria suas protegidas. Os dois crimes anteriores lhe haviam deixado uma dor inominável, mas o último conseguira que a desolação se transformasse em ódio, em um ódio que até então desconhecia. Só ela sabia o que lhe haviam arrancado junto com a vida de Zelda.

4

uitos acontecimentos, em aparência desconexos, ocasionalmente estão ligados pelas cordas invisíveis do acaso e do destino. Não teria ocorrido a ninguém vincular a morte das três prostitutas ao julgamento que tinha lugar na catedral. Na verdade, o processo passava completamente despercebido em meio ao terror que se apoderara dos habitantes de Mainz. Além disso, os acusados estavam em um calabouço escuro no momento em que a última mulher fora assassinada. Talvez o acusador tivesse conseguido estabelecer algum vínculo entre os fatos, supondo que houvesse. No entanto, um interesse meramente pessoal o impulsionava; o caso dos livros falsificados se transformara, para ele, em uma obsessão no limite da obsessão. Na verdade, o acusador parecia muito mais preocupado com os manuscritos clandestinos do que com os brutais assassinatos que aterrorizavam a população. A rigor, a descoberta de obras adulteradas não colocava em risco apenas os principais dogmas da fé e as verdades contidas nos livros sagrados, mas a própria sobrevivência do acusador *ad hoc*.

Quando os réus acabaram de se vestir e se recuperaram do escárnio, foram obrigados a se apresentar diante do acusador para conhecer as acusações que lhes imputavam. As roupas de Johannes Gutenberg estavam manchadas de tinta preta, prova indelével do delito. As mãos, por sua vez, exibiam manchas vermelhas nas linhas das palmas, nas dobras das falanges dos dedos e embaixo das unhas. O acusador havia percebido aqueles restos de sujeira e, no momento da prisão, exigiu do escrevente que tomasse nota do fato e impediu que o réu lavasse as mãos antes de enfrentar os juízes.

O querelante oficial subiu no estrado e, do alto, como um ator de teatro, apontou os acusados com o indicador esticado. Assim, dirigindo-se ao presidente do júri, iniciou suas alegações:

— Eu, Sigfrido de Mogúncia, humilde copista sob a magnificência de Sua Majestade, nomeado acusador em virtude de meus conhecimentos sobre o ofício de copiar livros, acuso.

Disse essas primeiras palavras com o tom formal de quem recita uma fórmula. Mas a calma era apenas um recurso, um breve prelúdio para chamar a atenção dos juízes. Quando todos os olhos pousaram em sua figura e o silêncio ganhou corpo, a voz do acusador trovejou:

— Acuso os três réus do crime mais cruel já cometido desde a crucificação de Nosso Senhor Jesus Cristo, de cujos prodígios tivemos conhecimento graças aos livros sagrados escritos pelos seus apóstolos e discípulos!

Se algum dos magistrados pensava que aquela era a máxima potência que a voz humana poderia alcançar, equivocou-se. Como se a delgada anatomia de Sigfrido de Mogúncia estivesse habitada por um ser incomensurável, de sua garganta brotou um rugido grave e áspero:

— Eu os acuso de terem cometido o assassinato mais pérfido do qual a humanidade guarda memória! E, decerto, lhes digo que toda a humanidade estará condenada a esquecer seu passado se o crime perpetrado pelos réus não for castigado exemplarmente. Meritíssimo, não permitam que a semente maldita dê frutos e se propague. Senhores, vejam suas mãos, cujas máculas vermelhas delatam o mais atroz dos crimes. Eu, Sigfrido de Mogúncia, acuso estes três falsários de terem cometido não um, nem dois, nem três assassinatos, mas de serem os artífices da maior matança da história!

Nesse ponto, exibindo uma agilidade que contrastava com sua figura provecta, o acusador desceu rapidamente do estrado como se seus pés, ocultos pela bata, não tivessem tocado o solo. Talvez por obra da etérea falda de suas vestimentas clericais, fosse possível dizer que o clérigo fizera um voo rasante e vertical em direção aos acusados. Quando estava diante deles, fitou-os com o semblante carregado de repulsa e, aproximando as mãos das vestes dos réus, mas tendo o cuidado de não tocá-las, continuou:

— Meritíssimos: vejam suas roupas manchadas, vejam os rastros do massacre que deixaram pelo caminho. Acuso os réus de terem dado morte infame a Heródoto de Halicarnaso e à sua obra fundamental, *Historiae*! Acuso-os de terem assassinado Tucídides e sua narrativa da guerra do Peloponeso! Acuso os réus de terem dado fim a Xenofonte e sua Anábase, sua *Ciropedia* e suas *Helênicas*! Acuso-os de terem lapidado com mão cruel todos aqueles que souberam narrar a história para ventura dos homens e vitória da posteridade! Acuso-os de terem profanado o passado, de envilecer o presente e de exterminar o futuro, no ventre dos tempos, antes que pudesse nascer!

Com clara intenção de provocar os réus a reagirem de forma intempestiva perante os juízes, o acusador esgrimiu seu indicador

O LIVRO DOS PRAZERES PROIBIDOS 🐾 23

muito perto das narinas de Gutenberg primeiro, depois de Fust e, finalmente, de Schöffer. De maneira realmente enervante, o acusador balançava o dedo para incitar uma resposta violenta. E esteve a ponto de consegui-lo: como um lobo, Gutenberg ergueu o lábio superior, deixando exposto seu canino direito. e pouco lhe faltou para morder a mão do loquaz acusador. Mas se conteve, fechou os olhos e, resignado, continuou ouvindo o discurso veemente:

— Eu, Sigfrido de Mogúncia, acuso os réus de terem derrubado a Árvore da Sabedoria e, não satisfeitos com o ultraje, depois de pisotearem os galhos do Bem e do Mal, devorarem seus frutos proibidos. Eu os acuso de terem dado morte pela segunda vez a Abel e, cevados pelo ódio, de assassinarem também Caim. Acuso os réus de terem ultrajado a torre de Babel e apagado o prodígio de Noé! Acuso-os, também, de terem blasfemado o *Livro do Gêneses*. Acuso estes três hereges de terem matado Moisés, de cujo punho e letra conhecemos os demais livros do *Pentateuco* por ele escritos. Eu, Sigfrido de Mogúncia, herdeiro do ofício de Moisés, acuso os réus de terem massacrado Josué, Rute e Samuel. Acuso-os de terem matado os Reis: Saul, Davi e seu filho Salomão. Acuso-os de terem enodoado os sagrados livros das *Crônicas* e todos e cada um dos Reis de Israel! Acuso-os de terem dado morte a Esdras e a Neemias, ambos escribas como este humilde servidor, graças a cuja pluma ficamos sabendo da reconstrução do Templo e da construção de suas muralhas!

Pronunciou a última frase aos gritos. De repente, fez uma pausa, elevou o olhar às alturas e, como se estivesse procurando as palavras que lhe ditava o Altíssimo, voltou a subir no estrado. Com os braços abertos e uma súbita calma, o acusador se dispôs a continuar. Os juízes esperavam um tom que se coadunasse com seu novo estado de espírito; no entanto, quase pularam em seus assentos quando o acusador vociferou como se a ira de Deus tivesse se apoderado de sua garganta:

— Eu, Sigfrido de Mogúncia, modesto copista, acuso os réus de terem matado os profetas Isaías e Jeremias, o escriba Baruque, Ezequiel e Daniel. Vejam, Senhores, suas mãos emporcalhadas pela vermelha sanha criminosa. Acuso-os de martirizar Jó novamente e de macular o *Livro dos Salmos* e os *Provérbios* e o *Eclesiastes* e o *Cantar de Cantares* e o *Livro da Sabedoria* e o *Livro do Eclesiástico!*

E, quando parecia impossível que um mortal pudesse gritar ainda mais forte, o acusador, superando a si mesmo, atingiu outro grau da escala vocal. Com os olhos saltados, vermelho de fúria, disparou:

— Eu, Sigfrido de Mogúncia, acuso os réus de terem dado morte aos santos que escreveram os prodígios de Nosso Senhor Jesus Cristo: a Mateus, a Marcos, a Lucas e a João! Acuso-os de terem assassinado Paulo, cujas epístolas constituem os Livros mais valiosos da cristandade! Acuso os réus de terem matado Pedro e Judas! Vejam, Senhores, suas mãos manchadas pelo crime!

Os juízes, completamente perplexos, olhavam as mãos aparentemente ensanguentadas de Gutenberg e, diante da eloquência do acusador, não teriam dúvida alguma sobre a culpa dos acusados se não fosse pelo fato de que os personagens supostamente assassinados haviam morrido vários séculos atrás. A voz do acusador reverberava nas alturas do domo e se multiplicava ao repercutir contra as paredes:

— Eu, Sigfrido de Mogúncia, acuso estes três criminosos de terem entregado, aprisionado, martirizado e crucificado novamente

Nosso Senhor Jesus Cristo, cujo calvário conhecemos através da Paixão! Vejam, Senhores, estas mãos limpas como as de Pilatos — disse, apontando os dedos entrelaçados de Fust —, e aquelas outras — referindo-se às de Gutenberg — sujas como as dos homens que colocaram a coroa de espinhos na cabeça de Cristo. Senhores: acuso Johann Fust, Petrus Schöffer e seu líder, Johannes Gutenberg, de terem cometido o mais cruel assassinato!

O acusador respirou fundo, fez um longo silêncio, conteve a respiração e, quando teve a certeza de que os juízes não conseguiam mais suportar o suspense, Sigfrido por fim concluiu, definitivo:

— Acuso os réus de terem assassinado o livro.

5

Um cortejo formado apenas por mulheres acompanhava o caixão ao seu destino final. Os empregados do cemitério observavam, não sem estranheza, aquelas mãos femininas sustentarem, meio desequilibrado, o pesado féretro, à frente do qual ia Ulva. Não havia nenhum homem no séquito. Na verdade, elas recusaram de maneira taxativa as ofertas de ajuda; os princípios secretos da congregação proibiam que varões participassem da cerimônia. Não permitiram sequer que os coveiros fizessem seu trabalho. Elas mesmas pegaram as pás e, como se tivessem aprendido o necrológico ofício nos dois enterros anteriores, cavaram uma cova perfeitamente retangular. Os olhares dos curiosos se detinham nos decotes, dentro dos quais as carnes generosas balançavam ao ritmo das pazadas; a uma distância prudente, os olhos lascivos dos coveiros se regozijavam diante da visão das pernas que apareciam das saias e se esticavam quando apoiadas na borda da pá. De vez em quando, Ulva lhes lançava um olhar carregado de tédio, e, como aves de rapina, os coveiros recuavam alguns passos apenas para recuperar terreno pouco depois. Quando terminaram de cavar, enxugaram o suor da testa com as mangas, recuperaram o fôlego e, sem a ajuda de desconhecidos, encarregaram-se, usando cordas, de descer o caixão às entranhas da terra úmida. Depois, com a respiração agitada pela fadiga, cobriram o caixão com a própria terra que haviam acabado de remover. Um ar fresco corria pelos becos do cemitério e se misturava com o cheiro nauseabundo que as sepulturas mais recentes deixavam escapar. Por fim, colocaram uma austera lápide sem cruz com o nome de Zelda e a deixaram na companhia das outras duas mulheres que jaziam ao seu lado sob a terra. Com os olhos inchados pelas lágrimas, a noite de insônia e a luz do sol, as mulheres voltaram ao Mosteiro da Sagrada Canastra.

Aquele morno sol do meio da manhã que cegava Ulva também penetrava pelos vitrais da catedral e iluminava os membros do tribunal. Quase despercebido, em um lado dos altos estrados ocupados pelos juízes, mas bem abaixo deles, ficava a pequena escrivaninha sobre a qual arqueava suas costas Ulrich Helmasperger, o notário encarregado de anotar de maneira fidedigna tudo o que era dito no julgamento. Com ouvido atento e mão veloz, deveria captar cada uma das palavras que ressoavam no recinto sem outro auxílio além dos da pluma, do tinteiro e do papel. Não tinha voz, muito menos voto. Impedido de questionar ou de pedir esclarecimentos, era obrigado a reproduzir as frases altissonantes e também as palavras sussurradas e mal audíveis. Além de expedito e fiel às palavras, tinha de escrever com letra clara e perfeitamente legível. Sua tarefa, por si só difícil, tornava-se mais complicada devido ao protagonismo de Sigfrido de Mogúncia. Ulrich não ignorava o fato de estar diante do melhor calígrafo de Mainz. E o acusador, decerto, não o poupava de nenhum sofrimento. Enquanto falava, perambulava de um lado para o outro e com frequência parava diante da escrivaninha para examinar o trabalho de Helmasperger, que, durante aqueles instantes, não apenas devia manter o pulso e a atenção, como evitar que as gotas de suor que brotavam de sua testa por causa do nervosismo decorrente da proximidade do acusador caíssem no papel. Além disso, existia uma surda hostilidade entre os copistas e os notários. Os primeiros sentiam um profundo desprezo pelos segundos, considerando-os meros secretários sem arte nem qualificação. Por sua vez, os notários, curtidos no crisol da urgência, peças fundamentais dos trâmites mais importantes do Estado, achavam que os calígrafos eram convencidos e donos de um virtuosismo pomposo, excessivo e superficial, cujos ornatos inúteis não faziam nada além de obscurecer o sentido dos textos e relegá-los a um segundo plano. Por sua vez, não existia pior ofensa para um escriba que alguém, por engano, chamá-lo de "escrevente". De qualquer maneira, o acusador devia se sentir profundamente grato ao notário, já que, por mais desimportante que considerasse seu trabalho, Ulrich transcrevia as frases de Sigfrido com exatidão. Mas o hábil escrevente tinha outros motivos para se sentir inquieto, além da maneira como o acusador enfiava o nariz em suas anotações. Helmasperger não era apenas membro destacado do grêmio dos funcionários públicos, um fiel servidor da justiça e da Santa Igreja; além de tudo isso, era devoto das adoradoras da Sagrada Canastra e, antes que a desgraça se abatesse, costumava visitar o bordel pelo menos uma vez por semana. Ao temor se somava a preocupação de que algum dos presentes na sala pudesse identificá-lo como um dos clientes habituais do prostíbulo. Por isso, tentava manter o rosto oculto dentro do semicírculo que formava com seus braços. Não era fácil para o notário manter o pulso firme diante daquela soma de circunstâncias.

Depois de dar início às alegações, perante a expressão absorta dos juízes, o acusador desceu do tablado, caminhou até uma longa mesa na qual reunira as provas, pegou dois livros que estavam em um compartimento embaixo do tampo e colocou-os em um púlpito. Com os braços abertos, abraçou os enormes volumes, tal qual Moisés sustentando as Tábuas da Lei no Monte Sinai. E, assim, Sigfrido de Mogúncia se dispôs a fazer uma revelação que arrancaria arquejos de surpresa dos presentes.

As capas dos dois livros eram exatamente iguais. Aparentemente, tratava-se de dois belos manuscritos da imensa Bíblia. As capas de couro polido e trabalhado eram idênticas: quatro molduras retangulares concêntricas, enfeitadas com uma profusão de detalhes gravados. As lombadas das Escrituras eram reforçadas com nove dobras, também de couro, que protegiam as costuras das páginas. Depois de exibir as capas, Sigfrido abriu cada um dos livros na mesma página: os juízes, a pedido do acusador, contaram as linhas: nos dois casos, tratava-se de 42 linhas agrupadas em duas colunas. Então, o acusador mostrou as últimas páginas dos dois exemplares, observando aos magistrados que um e outro tinham a mesma quantidade de páginas, 1.282.

A letra do manuscrito, bela e perfeitamente legível, deixava patente o magistral trabalho dos copistas, atividade que deveria ter levado vários anos. Fora escrito em papiro egípcio, cuja qualidade podia ser comprovada pela vista e pelo tato: o tom amarelado evitava o cansaço dos olhos, e a trama, que formava um quadriculado diminuto, suave, quase imperceptível, era ao mesmo tempo de uma resistência tal que, se alguém pretendesse rasgá-lo, só poderia fazê-lo com um instrumento cortante ou pontiagudo. As letras capitulares no começo do livro, dos capítulos e dos versículos eram ricamente adornadas com ornamentos e bordas. As maiúsculas dentro do corpo do texto haviam sido iluminadas com tinta vermelha. Cada livro valia uma verdadeira fortuna: não menos de cem escudos, dinheiro suficiente para comprar uma casa luxuosa no melhor bairro de Mainz.

Os réus, longe de exibirem orgulho diante das revelações do acusador e do assombro dos juízes, estavam abatidos. Uma ruga de preocupação se desenhava no cenho de Gutenberg, que trocava olhares inquietos com Fust e Schöffer. Sigfrido de Mogúncia pegou um dos livros e o entregou ao presidente do tribunal para que o examinasse pessoalmente. O juiz o sopesou, percorreu a capa com as pontas dos dedos, abriu-o ao acaso e leu algumas passagens. Admirou a caligrafia e as iluminuras, raspou o papiro com a unha e até aproximou o livro do nariz para sentir o belo perfume da mistura vegetal do papiro com o aroma animal do couro. Como se não quisesse largar aquela Bíblia, finalmente, a seu pesar, apresentou-a à consideração de seus companheiros. Com o mesmo enlevo diante de tão precioso exemplar, os juízes assentiram ostensivamente antes de devolver o livro e a palavra ao presidente do corpo de jurados.

— São as Escrituras mais maravilhosas que já tive em minhas mãos — disse o juiz, sem hesitar.

— Em outras circunstâncias eu lhe agradeceria a atenção, pois uma destas Bíblias eu mesmo escrevi com meus próprios punhos e letra. Mas agora lhes suplico que examinem esta outra Bíblia

O LIVRO DOS PRAZERES PROIBIDOS 31

— acrescentou o acusador, entregando o outro exemplar. — Mas, antes, devo adverti-los de que um dos livros não tem nada de sagrado, pois é obra...

Sigfrido de Mogúncia fez uma longa e deliberada pausa e, levantando a voz, quase gritando, completou:

— ... pois uma destas Bíblias... é obra do demônio!

A mão do notário tremeu ao escrever esta última palavra.

6

omo sua mãe. Como sua filha. Como a mãe de sua mãe. Como a filha de sua filha. Como a mãe da mãe de sua mãe e as filhas das filhas de suas filhas. Como as setenta gerações de putas que a antecederam. Como as setenta gerações de putas que haveriam de sucedê-la, Ulva, a puta mãe de todas as putas do Mosteiro da Sagrada Canastra mantinha viva a chama da profissão mais antiga de todas as profissões. Apesar da tristeza por suas filhas mortas, apesar das lágrimas, apesar de todos os pesares, Ulva tentava devolver o aspecto de um bordel ao salão no qual Zelda havia sido velada. Retirou as cadeiras e, no lugar em que o féretro estivera, voltou a colocar a poltrona forrada de seda vermelha. No entanto, não era a primeira vez que a morte as atingia.

Ao longo da história, o destino parecera não se apiedar das prostitutas: enterradas até o pescoço e apedrejadas no Oriente Médio, purificadas pelas chamas das fogueiras da Santa Inquisição, perseguidas, encarceradas e mortas, renasciam de vez em quando desde o começo dos tempos. Ulva não tinha motivos para se surpreender com o assassinato de três prostitutas. Desde o alvorecer da humanidade, incontáveis massacres haviam sido cometidos; no entanto,

O LIVRO DOS PRAZERES PROIBIDOS 33

nenhuma mãe estava preparada para a morte de suas filhas, mesmo sabendo que em suas costas pesava, de antemão, a condenação moral. As prostitutas, como as bruxas, eram filhas do Satanás.

Sigfrido de Mogúncia se regozijava ao observar a expressão espantada dos juízes, que haviam estremecido em seus assentos ao ouvir o nome do maligno. O presidente do tribunal largou o exemplar que sustentava nas mãos temendo a possibilidade de que tivesse sido tocado pelo próprio demônio. Então, aproveitando o golpe de efeito, o acusador continuou:

— Senhores: comparem com atenção os dois livros. Acredito que vosso sábio critério saberá diferenciar a obra de Deus da do Diabo.

Dissimulando uma expressão de terror, os juízes cotejaram, minuciosamente, as duas Bíblias. Prestaram atenção no conteúdo do texto, na caligrafia, compararam — letra por letra — versículos escolhidos ao acaso, detiveram-se nas capitulares, nas maiúsculas coloridas e nas minúsculas. Além de compartilharem a perfeita feitura, os livros pareciam não ter diferenças: haviam sido escritos no mesmo papiro, suas capas eram iguais, tinham a mesma quantidade de dobras cobrindo as costuras e peso idêntico; enfim, não cabia dúvida de que os dois livros haviam saído do mesmo lugar.

O veredito foi unânime:

— Parecem iguais — sentenciou o presidente do tribunal.

Sigfrido de Mogúncia voltou a subir no estrado e, sem abandonar a teatralidade, declarou, agitando os braços:

— Permito-me contradizê-los, Senhores. Não parecem iguais... são iguais! Mais ainda: são idênticos. Meritíssimos, sou agora um homem velho. Perdi a saúde, mas ganhei sabedoria em virtude de meu nobre trabalho. Dediquei a maior parte da vida a copiar Bíblias, sempre com a mesma paixão e entrega ao Altíssimo. O sacrifício da minha mão direita é a prova — disse o acusador, exibindo seus dedos semelhantes a garras, deformados pela artrite. E, quando digo sacrifício, não queiram ouvir uma alegoria; minha mão adoeceu e mal consigo mexer os dedos devido à dor inenarrável que vive no tutano dos meus ossos à força de movimentar a pluma para compor manuscritos. Não peco por soberba ao lhes dizer que ninguém em toda a cidade de Mainz conhece como eu a arte de copiar livros. Talvez sem perceber, os senhores acabam de admitir um fato que não poderia qualificar de outro modo, além de diabólico, ao reconhecer que não é possível perceber nenhuma diferença entre os dois livros. Meritíssimos, nunca antes, em toda minha vida, havia visto manuscritos idênticos. A imperfeição dos homens nos leva a ver que a perfeição não pertence aos mortais. Posso perceber que um dos livros não é de minha autoria pelo inquietante fato de que ambos são exatamente iguais. Nem o mais experiente dos copistas conseguiria desenhar uma letra igual a outra, até em uma mesma palavra. Peguem uma linha qualquer do mesmo livro e comparem, por exemplo, as diferentes letras "a". Constatarão, sem muitos esforços, que cada uma apresenta uma singularidade.

De fato. Os juízes puderam ver claramente que, em alguns casos, a parte circular era perfeitamente fechada e, em outros, apresentava um pequeno resquício; que, algumas vezes, a parte superior estava rematada com um ponto pouco perceptível e, em outras, terminava em uma pequena ponta, como a de um anzol. Cada letra, como os rostos das pessoas, era singular, distinta, e, olhada com mais atenção, permitiria afirmar que tinha expressão única.

O escrevente Ulrich Helmasperger teria dado sua mão direita para ver aquela cena maravilhosa se a mesma não estivesse ocupada, escrevendo. Além disso, a loquacidade do acusador era tal que o notário não podia sequer levantar a vista do documento diante do tropel de palavras que brotavam da boca de Sigfrido de Mogúncia.

— Agora vejam; comparem esta linha com a mesma do outro livro — desafiou o acusador.

Os rostos dos juízes empalideceram: as duas linhas eram idênticas. Ou seja, as imperfeições se repetiam em cada palavra, em cada letra. Era impossível alcançar semelhante perfeição.

— Meritíssimos — disse o acusador —, por mais que quisesse, eu nunca poderia desenhar letras iguais. Pelo mesmo motivo, jamais conseguiria repetir os defeitos com tanta exatidão, pois, se tivesse essa habilidade, não cometeria erro nenhum. E isso não é tudo: recordo claramente ter cometido um erro que aparece no colofão, vejam: onde se diz *Spalmorum* deveria estar *Psalmorum*. É evidente que eu não poderia ter incorrido duas vezes no mesmo erro. E, no entanto, aí está. Fico arrepiado quando constato que ambos os livros são como dois gêmeos monstruosos e inexplicáveis.

Sigfrido de Mogúncia abaixou a cabeça e, com verdadeira contrição, disse:

— Meritíssimos, neste ponto devo confessar algo que me causa profunda vergonha: nem eu mesmo sou capaz de distinguir qual Bíblia é de minha autoria e qual a falsa. E não posso atribuir semelhante e maligno prodígio a não ser à magia e à feitiçaria.

Apontando os três acusados, o acusador esticou o indicador disforme e berrou:

— Perante Deus e perante os senhores, Meritíssimos, acuso os réus de bruxaria, pois não existe outra forma de multiplicar as coisas a não ser por meio da necromancia, ferramenta do demônio e veículo do mal. Com a sagrada exceção de Nosso Senhor Jesus Cristo, que multiplicou os pães e os peixes graças ao milagre divino, ninguém seria capaz de semelhante portento. Ninguém, salvo o repugnante impostor: Lúcifer! Meritíssimos, eu lhes peço, de acordo com as leis do Santo Ofício, que, se os acusados não puderem demonstrar as artes com as quais obtiveram a falsificação, sejam condenados a morrer na fogueira pelo crime de satanismo.

7

m nome da mãe, da filha e do santo espírito que as mantinha unidas, as meretrizes do Mosteiro da Sagrada Canastra tentavam superar a desgraça e o medo para reabrir as portas do bordel. Tarefa difícil, pois não havia o menor indício de que o assassino tivesse se conformado com a morte de Zelda. Ulva suspeitava que aquele algoz misterioso talvez não matasse por ódio, mas por motivos muito mais difíceis de compreender. O sexo e a morte eram, afinal, os pilares dos grandes enigmas: o da origem e o do fim, o da tentação e o do pecado, o da perdição e o da salvação eterna. A mais velha das prostitutas sabia que em cada homem e em cada mulher se replicava a tragédia do pecado original. Quantos clientes chegavam ao bordel famintos de sexo e se retiravam empanturrados de remorsos, tal qual Adões caídos nas tentações daquelas Evas voluptuosas. Antes de serem adotadas por Satanás, as prostitutas eram as filhas preferidas de Deus. Desde a época de Inanna, na Suméria, de Ishtar, na Acádia, de Artemísia, na Jônia; desde os dias de Elishet-Zenunim, na Babilônia, de Cibeles, na Frígia e de Afrodite, na Grécia, as prostitutas eram veneradas nos templos: santificadas e elevadas à categoria de divindades, foram objetos de culto ritual nas eras douradas. Na Babilônia, eram conhecidas como *kadistu*, as sagradas; na Grécia, as donzelas consagradas dos santuários eram as *hieródulas*; na Índia, as santas *devadasis* e, em Jerusalém, as *Kadesh* foram introduzidas no templo durante a opressão dos babilônios. Quando o povo hebreu conseguiu se libertar do jugo, identificou-as como símbolo do antigo inimigo: a Prostituta da Babilônia era, na realidade, Babilônia, a prostituta, a responsável pela iminência do Apocalipse, a esposa de Satanás. Assim, abruptamente caídas do Céu ao Inferno, as prostitutas foram demonizadas, temidas e, na mesma proporção, igualmente desejadas. Aparentadas com as bruxas, as prostitutas eram, para muitos, donas de uma sabedoria inacessível ao restante das mulheres e, sobretudo, aos homens: o segredo da arte de dar prazer. O que monarcas, nobres e comerciantes não estariam dispostos a pagar para conhecer, pelo menos, algumas poucas páginas dos livros que compilavam as experiências de gerações de meretrizes ao longo de sua existência, maior que a própria história? As adoradoras da Sagrada Canastra conheciam, como ninguém, todos os mistérios do deleite carnal; não só estavam gravados em sua memória e em cada nesga de seu corpo, mas entesouravam os manuscritos mais valiosos e obscuros na clandestinidade. O próprio Santo Padre teria dado um braço para ter aqueles livros em sua biblioteca secreta.

Mais preocupado com os livros sagrados do que com os profanos, Sigfrido de Mogúncia observava com satisfação o semblante dos réus diante de seu pedido pela pena capital. Gutenberg engoliu em seco; seu rosto atordoado demonstrava incredulidade e indignação. Fust

O LIVRO DOS PRAZERES PROIBIDOS 39

empalideceu e baixou a cabeça. Schöffer sentiu que seus joelhos se afrouxavam e precisou se apoiar no genuflexório para não cair no chão. Estavam preparados para ensaiar uma defesa das acusações de falsificação e fraude, mas jamais haviam imaginado imputações por necromancia, bruxaria e satanismo. Estavam, aliás, resignados a purgar sua culpa à custa de seus patrimônios e, em última instância, a passar alguns meses na prisão. Mas nem no pior dos cenários conceberam a possibilidade de enfrentar a pena de morte. Enquanto observava a expressão imperturbável dos juízes iluminados pelos raios solares que penetravam pelos imponentes vitrais do claustro, Johannes Gutenberg tentava reconstruir *in pectore* de que maneira haviam se encadeado os elos do destino para chegar a esse ponto. Acreditava ter sido destinado à glória e sempre guardara a íntima ilusão de que a posteridade lhe pertencia. Existiam motivos para que seu nome ficasse marcado na memória da Germânia como o de um herói ou do mais desprezível dos vilões.

O fascínio de Gutenberg pelos livros, as técnicas xilográficas, a fundição de metais e a gravura em lâminas remontava a sua mais tenra infância. O pai de Johannes havia sido diretor da Casa da Moeda durante mais de uma década. Seu nome era Friedrich Gensfleish; sua família e seus amigos o chamavam com o carinhoso diminutivo Friele, mas todos o conheciam como Gensfleish der Arme[4] devido à sua paradoxal austeridade: todo o dinheiro que circulava na cidade passara por suas mãos. Nem os senhores feudais mais prósperos, nem os comerciantes que traziam sedas e especiarias do Oriente, nem os príncipes ou os imperadores havia visto, sequer, os tesouros

---

[4] Gensfleish, o *Pobre*.

que Friele Gensfleish fabricava em um único dia. Moedas de ouro e prata, lingotes de ouro, barras de prata e quanta cédula oficial servisse para fazer fortuna ou comprar bens: tudo, para ele, matéria tão corriqueira quanto a massa para o padeiro.

Apesar de administrar tamanhas arcas, Gensfleish der Arme era um homem de aparência e atitude franciscanas e de uma honestidade inatacável. Jamais considerou a possibilidade de ficar com uma única moeda que não lhe pertencesse, embora seu salário fosse uma parte ínfima do dinheiro que produzia. É justo dizer que não havia em toda a Germânia um homem tão obcecado pelo dinheiro como ele; não porque o ambicionasse para si, mas porque era perfeccionista à beira da doença. O menor defeito de uma moeda, imperceptível para o mais experiente cunhador, era para ele uma mácula intolerável ao tato e à vista. Uma diferença insignificante no canto de uma moeda era motivo para devolvê-la ao crisol. Ele conseguira reconhecer uma moeda falsa com os olhos fechados. Desprezava os falsários medíocres, não por serem falsários, mas por serem medíocres.

— Se algum falsário conseguisse fazer uma moeda tão boa quanto as minhas, mereceria com justiça ser rico — disse uma vez ao pequeno Johannes. A frase haveria de significar um irresistível desafio para seu filho. — O dinheiro é falso por definição, não passa de uma convenção, um acordo comum baseado na fé: o dinheiro autêntico é uma falsificação de boa-fé; a moeda falsa é uma falsificação de má-fé. O valor não está na moeda, mas na fé. Quem pode estabelecer o preço das coisas? Que relação consubstancial de equivalência existe entre um pão e um pequeno disco de metal? Se por acaso acabasse todo o trigo do mundo, a ninguem ocorreria engolir moedas de ouro. Um príncipe sedento não hesitaria em trocar todos os seus tesouros por um gole de água em um oásis. Fortuna que, certamente, ninguém aceitaria se aquela fosse a única fonte de água. Não é possível falsificar a água nem o ar nem a terra nem o teto nem o pão nem os peixes. Só é possível falsificar o que já é uma falsificação, ou seja, aquilo que não tem utilidade em si nem constitui um bem por si só.

E agora, diante do tribunal que o acusava de falsário, enquanto ouvia as alegações do acusador, Gutenberg recordava a frase que seu pai não se cansava de repetir: "Para ser um bom cunhador de moedas, é preciso aprender a ser indiferente aos encantos do dinheiro."

8

ara ser uma boa prostituta é preciso aprender a ser indiferente aos encantos do prazer — Ulva costumava repetir a suas filhas inexperientes. Fiel à antiga tradição, o bordel da Sagrada Canastra não tinha clientes, e sim devotos. Suas anfitriãs não eram simplesmente prostitutas, mas hetairas dignas da antiga aristocracia grega. Os aposentos não se assemelhavam em nada aos cubículos miseráveis dos prostíbulos vizinhos, mas com os recintos decorados dos palácios dedicados ao prazer da mítica Pompeia.

Aqueles que experimentavam as inigualáveis habilidades das adoradoras do Mosteiro da Sagrada Canastra jamais voltavam a sentir um prazer semelhante ao lado de outras mulheres. Ninguém conhecia tão bem quanto elas os segredos da anatomia masculina, como percorrê-la e transformar cada pecado do corpo em um território de deleites inauditos. Compreendiam como nenhuma outra o espírito varonil, centrado sempre no amor-próprio; sabiam pronunciar as palavras exatas no momento certo para despertar a faísca da vaidade: nada enaltecia tanto o rústico caráter luxurioso de um homem quanto um elogio à sua virilidade, um gemido exagerado ou a simulação de um orgasmo exuberante repleto de uivos, exclamações e agonia.

O LIVRO DOS PRAZERES PROIBIDOS 43

Os homens que passavam pelos aposentos do bordel mais caro de Mainz não conseguiam evitar a tentação de voltar de vez em quando. Houve aqueles que se precipitaram na ruína depois de ter dilapidado fortunas em seus aposentos. Os devotos da congregação veneravam as habilidades das putas mais putas de todas as putas. Não se tratava de mera relação carnal, mas de uma experiência que, nascida dos mais baixos instintos, alcançava as sublimes alturas divinas. Por mais paradoxal que fosse, os homens que visitavam o bordel não iam embora com a angustiante sensação de quem pecou; pelo contrário, tinham a certeza de haver cumprido uma elevada missão religiosa. E assim era. Cada vez que um cliente se entregava aos braços das adoradoras, ignorava que, na verdade, se transformava em peça fundamental de um rito sagrado e ancestral. Sem suspeitar, os muitos fiéis daquele peculiar mosteiro eram as perfeitas vítimas que propiciavam as cerimônias secretamente dedicadas a Ishtar. O prazer que recebiam não se pagava apenas em dinheiro vivo; ao se entregar de corpo e alma, eram imolados no altar da mais voluptuosa das divindades. Enquanto fruíam as delícias incomparáveis de Ulva e suas filhas, eram sacrificados no milenar tabernáculo da deusa babilônica.

Cada serviço que os clientes recebiam era, para elas, um complexo ritual composto de oferendas e sacrifícios no marco de um ato supremo de comunhão com a divindade. Nenhum dos ardorosos fregueses que chegavam a cada dia no mosteiro tinha consciência de que recebia os mesmos prazeres que as sacerdotisas ofereciam nos antigos templos babilônicos, nos quais se praticava a prostituição ritual. Da mesma forma que, nos santuários do passado, a cerimônia começava com ritos de iniciação, atos preparatórios para a celebração. Primeiro, um grupo de seis a doze homens reunia-se no salão principal dominado por uma magnífica escultura de mármore do deus Príapo em tamanho real, supondo que este último termo pudesse ser aplicado às dimensões anatômicas da divindade masculina. Inclinados todos diante do deus do colossal falo ereto, encomendavam-se à sua magnificência, pedindo que sua virilidade lhes fosse conferida. A cerimônia era celebrada por Ulva, que, como uma sacerdotisa, pronunciava as orações que os fiéis deveriam repetir. Um a um, os homens se revezavam para beijar a glande de pedra da divindade masculina e, depois, se entregavam ao ato penitencial. Este consistia em se humilhar aos pés de uma das filhas de Ulva, que, sentada em um trono, obrigava os fiéis a lamber a sola de suas sandálias acordoadas em torno das panturrilhas enquanto castigava com um chicote suas costas arqueadas, instando-os a pedir perdão por seus erros contra as mulheres. Feito isso, o grupo passava a um recinto adjacente onde as oferendas eram deixadas. Em uma grande bandeja de bronze depositavam suas moedas de ouro, que, ao cair, soavam como os badalos de um sino. Pela intensidade do ruído e a quantidade de tilintares, cada um dos homens revelava o montante da oferenda. Aqueles que faziam soar o metal com mais força mais prazeres haveriam de receber.

Concluídos o ato penitencial e a coleta, o grupo de homens se dirigia com as costas surradas pelo chicote até o oratório de Ishtar. Ignoravam quem era aquela figura feminina que dominava o tabernáculo. De um baixo-relevo de argila, a deusa exibia grandes asas abertas enquanto sua perna desnuda surgia de um vestido apertado ao mesmo tempo que subjugava, sob a planta do pé, um leão rendido. Com suas enormes tetas ao léu, Ulva dava início às orações:

O LIVRO DOS PRAZERES PROIBIDOS   45

Iltam zumra rasubti ilatim
Litta id Belet Issi Conejo Igigi
Ishtar zumra rasubti ilatim
litta id Belet ili nisi Conejo Igigi[5]

Ajoelhados em torno do altar, os clientes repetiam a breve oração em um murmúrio. Embora não entendessem uma única palavra daquela língua morta, era possível dizer, a julgar por suas expressões, que entravam em um transe no qual o corpo e a alma de cada um se fundiam com os dos demais fiéis ao mesmo tempo que entravam em comunhão com as adoradoras e a divindade. Diferentemente das missas celebradas nas igrejas, no Mosteiro da Sagrada Canastra a carne se elevava, literalmente, às mesmas alturas alcançadas pelo espírito. Muitos dos homens se despiam àquela altura, dominados por ereções soberanas que as vestes não conseguiam conter. Finalizada a oração em dialeto, Ulva pronunciava as preces em idioma germânico:

— Este corpo é o pão descido do céu; quem comer deste corpo gozará para sempre. O que come minha carne e bebe de mim terá um prazer eterno, entrará em mim, e eu entrarei nele.

Então, duas das sacerdotisas colocavam, entre as próprias pernas, um grande falo de barro cozido forrado com couro, preso ao corpo por um cinto, e se aproximavam do grupo de homens,

---

[5] *Cantem à deusa, a mais temível dos deuses,*
Louvada seja a governante mulher dos homens, a maior dos Igigi!
Cantem a Ishtar, a mais temível dos deuses,
Louvada seja a governante dama das pessoas, a maior dos Igigi!
Hino do rei Ammi-ditana a Ishtar.

que, ajoelhados, ofereciam suas proas a Ishtar e suas popas a Príapo. Assim, nessa posição, se dispunham a receber os ataques das adoradoras, que os penetravam freneticamente. Assim como as antigas divindades que reuniam ambos os sexos em um só corpo, sodomizavam os fregueses, que, com os olhos revirados, gemiam de prazer, dor e arrebatamento físico. Nenhum homem era forçado nem submetido contra sua vontade; todos, sem exceção, se entregavam às belas mulheres fálicas de *motu proprio*.

— Eu entrarei em você, e você entrará em mim. E, ao comer minha carne e a beber de mim, vocês entrarão uns nos outros como irmãos, porque, por este sacramento, se unirão a Ela e, com seu corpo e seu sangue, formarão um único corpo — proclamava Ulva com os olhos fechados e as pernas abertas apoiadas no braço do trono.

Então, sem parar de ser sodomizados alternadamente pelas duas mulheres que usavam vergas de couro amarradas na cintura, os homens se uniam, penetrando uns aos outros, formando filas, círculos ou fileiras serpenteantes que se estremeciam como um único corpo. Aos olhos de um estranho, poderia parecer que reinava ali o mais herético caos; no entanto, tudo estava de acordo com um ritual preciso, e nada escapava dos protocolos litúrgicos dos templos babilônicos. Reunidos em corpo e alma, seus corações enlaçados com a deusa da lascívia, o grupo de fiéis se dispunha a entregar a oferenda de seus fluidos corporais. Um a um, todos os homens vertiam sua branca semente na canastra de ouro que estava aos pés da deusa. Então, Ulva transvasava o conteúdo a um cálice, e tinha início o grande banquete de Nossa Senhora: em um mesmo ato, os fiéis bebiam o sangue branco tal qual vinho branco e se alimentavam do *corpus*, como se se tratasse de uma hóstia viscosa e nutritiva. Depois daquele primeiro êxtase, o vigor dos homens não apenas não decaía, mas, ao contrário, crescia, fato patente em seus membros ainda erguidos e cada vez mais inflados. Ulva dava fim àquela estranha *Eukharistia* pronunciando uma breve frase:

— *Ite Missa est*.

Ao rito grupal se seguia a cerimônia íntima. Cada sacerdotisa escolhia um freguês e o conduzia a um aposento. O que acontecia dentro daqueles claustros, semelhantes aos recintos privados dos templos da antiga Babilônia, era um segredo que nem as sacerdotisas nem os fiéis podia revelar. Era um ato que obedecia aos mais antigos arcanos, escritos nos sagrados livros do prazer, cujos caracteres só podiam ser lidos pelas iniciadas. Apenas os homens que passaram pelos adoratórios de Ishtar na Ásia Menor e os do Mosteiro da Sagrada Canastra conheceram aqueles deleites nos quais a carne e o espírito alcançavam as alturas do panteão e foram os privilegiados que, em vida, puderam ver o rosto divino. Cativos daqueles prazeres desconhecidos, os fiéis acreditavam ser os escolhidos, os que recebiam as maiores homenagens por parte das prostitutas. No entanto, assim como nos antigos templos babilônicos, eram meros objetos dentro do culto. Na realidade, eles eram oferendados pelas sacerdotisas à glória da divindade. Não se tratava de homenagear os clientes, mas, ao contrário, de comprazer Ishtar através dos homens, inocentes vítimas que possibilitavam aquelas celebrações.

Uma vez finalizados os rituais, cada qual se retirava da congregação cabisbaixo, o passo veloz e sem sequer se saudar. Depois de haverem compartilhado o pão e o vinho, depois de haverem fundido seus corpos e até seus fluidos, os devotos da Sagrada

Canastra continuavam vivendo como se nada tivesse acontecido. Comerciantes, funcionários públicos, militares, aplicados calígrafos, altos membros dos mais diversos grêmios e clérigos inatacáveis se cruzavam nas ruas, nas tendas dos mercados e na igreja como se não se conhecessem, como se jamais tivessem se visto; vizinhos respeitáveis, maridos dedicados e pais exemplares compartilhavam seus segredos no mais hermético silêncio. Talvez o vínculo mais forte que os unia fosse o irrefreável desejo de voltar ao bordel o quanto antes.

Os visitantes furtivos recorriam a tantos argumentos para venerar suas caríssimas amantes em privado como para condená-las em público. De fato, os grandes senhores que solicitavam os mais excêntricos caprichos eram os primeiros a rasgar as vestes nos púlpitos e salões de palácios para denunciar a decadência e a degradação.

Os laços entre o bordel e os representantes do poder eram mais estreitos e antigos do que os próprios clientes podiam imaginar. Ninguém melhor do que as mulheres que trabalhavam no prostíbulo conhecia a natureza da velha relação que mantinham com a Igreja e a realeza. A rigor, o Mosteiro da Sagrada Canastra tinha uma organização mais semelhante à de um verdadeiro mosteiro do que à de um bordel, embora fosse muito mais do que ambas as coisas. Naquele prédio de três andares funcionava, também, uma espécie de universidade, na qual eram transmitidos não apenas os mais altos ensinamentos relacionados às voluptuosas artes do prazer, mas, além disso, se tinha acesso a uma educação refinada, digna das cátedras mais famosas da Europa. Ali nasciam e cresciam cercadas pelo amor de sua mãe e de suas irmãs de sangue e profissão. Ali se instruíam e trabalhavam. Ali concebiam suas filhas e envelheciam recebendo o primoroso cuidado das mais jovens, e ali morriam, acompanhadas até a antessala do além, levadas pela morna mão de suas irmãs no último suspiro. Era uma comunidade de mulheres e, salvo na condição de clientes, prescindiam por completo de homens.

9

omens. Somente os homens estavam em condições de fazer justiça. Diante daquele tribunal composto por sete homens que haveriam de decidir seu destino, Gutenberg evocava o dia em que seu pai o levara pela primeira vez para conhecer a Casa da Moeda. Gutenberg jamais esqueceria a emoção infantil que tomou conta dele naquela manhã distante, a qual recordaria para sempre como o momento mais transcendental de sua existência. Nenhuma outra lembrança lhe provocava a mesma excitação pueril do que a evocação daquele imponente templo pagão do dinheiro: o cheiro dos metais fundidos, o brilho resplandecente das moedas de ouro e de prata recém-cunhadas. A Casa da Moeda era um mundo no qual, com uma precisão só comparável à mecânica do universo, conviviam fundidores, copistas, gravadores, desenhistas, escreventes, contadores de dinheiro e os mais diversos artesãos, cuja tarefa era tão específica que parecia inverossímil que existissem como ofícios independentes. Por exemplo, havia quem se dedicasse apenas a contar florins, outro a agrupá-los em determinadas quantidades e outro a contá-los pela segunda vez.

Na primeira visita à Casa da Moeda, o pequeno Gutenberg sentiu um estremecimento idêntico ao que os privilegiados romanos do antigo Império deviam ter experimentado ao conhecer o interior do templo de Juno Moneta, o santuário encravado na cúpula do Capitólio, sétima colina de Roma, onde o dinheiro era cunhado.

— Todas as coisas têm seu nome e seu preço. O que não tem preço não tem nome; e o que não tem nome não existe — costumava dizer o pai de Gutenberg.

— Deus tem nome, mas não tem preço — rebateu uma vez a esposa de Gensfleish durante o jantar em família.

— Trinta denários — respondeu o marido com a naturalidade de um comerciante, recordando o punhado de moedas pelo qual Judas vendera Cristo.

Apesar de sua condição profana, a Casa da Moeda provocava o mesmo espanto de reverência que deviam causar o tempo de Juno e o santuário de Teseo Estefaneforo em Atenas, sob cujo patronato se cunhava dinheiro para toda a Grécia Antiga. Os tetos altos e abobadados, as colunas imponentes, os vitrais majestosos, os soldados armados com lanças e escudos diante da porta de cada recinto, o estrondo das maças sobre as cunhas, semelhante ao som dos sinos: tudo tinha uma aura extremamente sacra. De fato, em parte de brincadeira, em parte com seriedade, quem passava pela porta costumava se persignar. Se as diferentes igrejas competiam entre si pela quantidade de tesouros que possuíam, pela exuberância do ouro de seus ornamentos monumentais, sem dúvida a Casa da Moeda superava em riquezas todas as catedrais da Germânia. Gutenberg rememorava aquela primeira visita na qual, ainda muito pequeno, caminhava atrás do passo decidido de seu pai: suas pernas curtas e seus olhos enormes precisavam se esforçar para conseguir percorrer aqueles salões que se repetiam, austeros e, ao mesmo tempo, majestosos em sua escala colossal.

Na maior parte da Europa, o dinheiro era cunhado segundo as antigas tradições. Desde a aparição das primeiras moedas na Ásia Menor durante o século IV, a técnica não havia variado muito: primeiro, o fornalheiro fundia o ouro e a prata. Então, o metal era esticado em lâminas a golpes de maça e cortavam-se peças do tamanho e da forma de cada moeda de acordo com seu valor. Os discos lisos passavam da fornalha ao portal. Ali, a moeda virgem era inserida entre dois cunhos: um superior para a cara e outro inferior para a coroa. Então, o operário desferia um último e certeiro golpe de martelo, e a moeda ficava pronta. Era um trabalho rudimentar, e a qualidade da moeda dependia da força do golpe sobre o cunho. Muitas vezes se percebia à vista a diferença entre uma moeda e outra. A autenticidade era comprovada através de pontos secretos ou marcas imperceptíveis, embora os falsificadores não demorassem a descobrir as diferentes senhas ocultas. Assim eram fabricadas as moedas na maior parte da Europa. Os germanos, sem dúvida, estavam entre os mais avançados cunhadores. O pai de Gutenberg não apenas havia idealizado as mais inovadoras técnicas, como guardava seus segredos com o maior zelo.

As peças que saíam da Casa da Moeda administrada por Gensfleish, o Pobre, provocavam a admiração dos entendidos: não existiam diferenças perceptíveis apenas entre as de uma mesma série, mas, também, entre moedas de diferentes anos. Na verdade, poucos sabiam que os discos de Mainz não eram cunhados à força de um martelo, mas com uma das primeiras ferramentas mecânicas aplicadas ao processo de amoedação. As pranchas que saíam da fornalha eram esticadas com uma prensa que o próprio Gensfleish idealizara a partir das adufas com as quais se extraía o azeite das olivas. O peso uniforme do cilindro de pedra sobre o metal quente fazia com que as lâminas de ouro e prata fossem perfeitamente parelhas, sem defeitos de textura e espessura. Cunhar os discos tampouco dependia da força sempre variável dos operários, mas de outra prensa semelhante às que os fabricantes de vinho usavam para extrair o suco da uva. Tratava-se de uma máquina de estrutura de madeira, provida de um grande torniquete metálico ao qual se aplicava pressão mediante uma alavanca acionada por dois operários. A parte móvel da prensa tinha uma prancha com as cunhas da cara, enquanto na base fixa ficavam as cunhas da coroa. Em cada prensada se cunhavam dez moedas. Como a pressão exercida sobre a alavanca era sempre a mesma — quatro voltas de manivela —, não havia possibilidade de que a profundidade do baixo-relevo variasse. Mas, além disso, para evitar que os delinquentes raspassem as bordas da moeda para obter aparas de ouro e prata, Gensfleish implementara uma técnica para fazer ranhuras nos cantos. Assim, quando eram raspadas, ao apagar as estrias, a adulteração ficava evidente. Era praticamente impossível falsificar aquelas moedas; mas, mesmo supondo que alguém tivesse semelhantes habilidade e audácia, a fraude seria tão onerosa que um falsário não perderia tempo tentando.

Desde muito pequeno, Johannes aprendera a guardar os segredos do pai. O filho do diretor da Casa da Moeda se enchia de orgulho ao se saber depositário da confiança paterna. De fato, mesmo adulto, jamais revelou a ninguém os feitos que testemunhara durante a infância. Não apenas devia guardar silêncio sobre as técnicas e as máquinas, mas também sobre as quantidades dos metais preciosos abrigados na Casa da Moeda. No dia em que entrou pela primeira vez no recinto de fundição, não conseguiu articular sequer uma palavra: jamais imaginou que pudesse existir tamanha quantidade de ouro em todo o mundo. A gigantesca sala de teto abobadado, mais alto que o domo de uma igreja, era dominada por uma lareira colossal que surgia do crisol. Em cima do setor direito, havia uma montanha de lingotes de ouro travados uns contra os outros como tijolos, formando uma pirâmide em cujo vértice um operário acomodava, nos espaços vazios, as barras douradas que outro deixava cair no crisol com o uso de uma roldana. Apesar de ser um lugar onde a luz não penetrava diretamente, o brilho do ouro era tal que Johannes precisou cerrar os olhos. Seu pai convidou-o a pegar um lingote. Com a inocência própria de uma criança, inclinou-se, acariciou-o com as duas mãos e tentou levantá-lo: era como se estivesse soldado no chão. Só então teve noção do peso do ouro e compreendeu por que o chão da sala de fundição estava perceptivelmente afundado embaixo da pirâmide refulgente.

Mas o que marcou a fogo o pequeno Johannes não foram as montanhas de ouro e prata, nem as arcas repletas de moedas, mas a sala dos copistas. No andar superior, ao qual levava uma escada de mármore, havia um espaço iluminado pelos raios solares que penetravam através de uma sucessão de janelas de arcos mouriscos de meio ponto. Coincidindo com cada janela, estendiam-se, paralelas, longas mesas inclinadas, em cujas banquetas se sentavam, um ao lado do outro, os copistas. Com as costas arqueadas, as pálpebras tensas, o pulso firme e a pluma na mão direita, os escribas não levantavam os olhos de seus manuscritos. Todos vestiam um avental que lhes protegia o tronco, um gorro que impedia que os cabelos invadissem seus olhos concentrados, e, como se fizessem parte do uniforme, todos, sem exceção, tinham barbas longas e espessas. Na primeira vez em que entrou na sala dos copistas, o pequeno Johannes teve a impressão de que estava em um salão de espelhos cujos reflexos se multiplicavam infinitamente: tinha dificuldade de distinguir um copista de outro. Naquele recinto, não apenas se confeccionavam títulos de propriedade, documentos de pagamentos, garantias e um sem-fim de carimbos oficiais, mas, também, os preciosos livros que povoavam as bibliotecas mais valiosas da Germânia e, inclusive, de além das suas fronteiras. Já havia algum tempo, os únicos que gozavam do privilégio de copiar manuscritos eram os religiosos. A Igreja não via com bons olhos que o ofício chegasse a mãos alheias. Os clérigos argumentavam que os livros sagrados deviam ser feitos em recintos sagrados e que os livros profanos precisavam contar com a bênção dos religiosos, da mesma maneira que os mortais deviam receber o batismo para obter o perdão pelo pecado original e qualquer outro que os habitasse. Além disso, temiam que os laicos substituíssem alguma palavra clandestinamente, alterando o sentido das Escrituras, prerrogativa que eles mesmos haviam se atribuído durante séculos. Quanto se preservara na Bíblia dos manuscritos originais? Na verdade, ninguém sabia onde estavam os autênticos Evangelhos surgidos da pluma de protagonistas e testemunhas diretas da prodigiosa vida de Jesus. Não se conhecia sequer uma cópia em aramaico nem em hebraico, idiomas originais dos vários livros que formavam as Sagradas Escrituras. Tantas e tão extensas eram as discussões, inclusive na alta cúpula da Igreja, que estabelecer um cânone foi um litígio muito mais político do que teológico, mesmo supondo que a teologia fosse um ramo da política. Foi no Concílio de Roma de 382, durante o papado de Dâmaso I, que, depois de ardorosas discussões, ficou estabelecido o cânone oficial da Igreja, versão que São Jerônimo traduziu ao latim como um único livro formado, por sua vez, por dois grandes livros: o Antigo Testamento, ou seja, a soma dos deuterocanônicos, e o Novo Testamento. Assim, a Bíblia, à falta dos textos originais, era uma reunião de escritos recolhidos pela tradição hebraica do Tanaj e uma compilação de epístolas e evangelhos surgidos de cópias de cópias e de uma sucessão de traduções de textos em hebraico e aramaico para o grego — e do grego para o latim.

Os dez copistas que ocupavam as três primeiras mesas da sala se dedicavam exclusivamente a copiar Bíblias. Dia após dia, sem pausa, desenhavam, uma atrás da outra, as letras que formavam o Livro Sagrado. Cada exemplar demandava cerca de um ano, a razão de dezesseis horas de trabalho por dia, e, quando, por fim, concluíam um livro, começavam o seguinte imediatamente.

Naquela primeira visita à Casa da Moeda, o pequeno Gutenberg caminhava entre os copistas na ponta dos pés para não distraí-los com o ruído de seus sapatos. Sob o zeloso olhar do pai, escrutava os calígrafos por cima de seus ombro, mantendo distância suficiente para não roçar nas plumas nem, muito menos, tocar nos tinteiros. A ameaça de que a tinta pudesse se derramar era uma espécie de espada de Dâmocles que pesava sobre cada copista; tal possibilidade significava uma tragédia de dimensões literalmente bíblicas. Johannes observava, absorto, como a mão se descolocava pelo papel deixando, ao passar, as letras perfeitamente alinhadas. O menino imaginava a sabedoria daqueles homens que dedicavam toda a vida a disseminar o conhecimento acumulado pela humanidade. Inclinado sobre o livro, o semblante concentrado, a barba semelhante à de Zeus e a pluma como parte de sua anatomia, cada calígrafo compunha a imagem viva da sabedoria.

— Estes homens devem ser verdadeiros sábios — disse Johannes a seu pai.

— Talvez... — disse Gensfleish, esboçando um sorriso, e completou...

— ... se soubessem ler.

Então, o pai de Gutenberg convidou o filho a se sentar ao seu lado e lhe revelou alguns segredos do ofício:

— Os melhores copistas são aqueles que não sabem ler. O significado do texto não apenas altera a caligrafia, mas induz ao erro, na medida em que, muitas vezes, compreendemos o que desejamos ler ou, pior ainda, só entendemos aquilo que está ao alcance da nossa razão. Além disso, é muito frequente discordar de um texto, de maneira que os copistas letrados podem se ver tentados a deixar sua própria opinião em obra alheia.

Com os olhos atentos ao tribunal, mas a atenção voltada para as suas recordações, Gutenberg ouvia as alegações do acusador como se fosse uma ladainha e observava o notário Ulrich Helmasperger registrar no papel cada uma das palavras que, como punhais, brotavam da boca de Sigfrido de Mogúncia. A contemplação do escrevente, cuja mão se movia sobre a superfície da folha como um peixe na água, reavivava as lembranças de Johannes. Assim, refugiado em sua memória, evocava aquele distante dia em que, ao sair da Casa da Moeda, descobriu que suas poucas certezas tinham acabado de se derreter no crisol junto com os metais preciosos. Perguntava-se como era possível que aqueles que passavam toda a vida escrevendo fossem donos apenas de sua ignorância, e aqueles que dedicavam sua existência a fabricar dinheiro não possuíssem nada além da pobreza. Mas, no meio de tantas palavras, uma frase de seu pai ficou ecoando na memória do pequeno Gutenberg: "Um bom copista deve desconhecer o alfabeto."

10

Uma boa prostituta deve saber ler, escrever, falar vários idiomas e transmitir todos os seus conhecimentos às suas filhas — ensinava Ulva às jovens discípulas.

Três gerações conviviam no Mosteiro da Sagrada Canastra: Ulva, a mais velha das prostitutas, sustentava em seus braços a pequena filha de Zelda, que pedia aos gritos os amorosos cuidados que até há muito pouco sua mãe lhe dera. O pranto da menina, que estendia suas mãos diminutas para o quarto que Zelda ocupara, adicionava dramaticidade à tragédia e contagiava as outras mulheres, que não conseguiam conter um soluço amargo. Velha como era, Ulva desnudou um de seus seios enormes e ainda túrgidos, acomodou a pequena boca no mamilo, e a menina, sugando com força e mais angústia do que fome, conseguiu, mais uma vez, que acontecesse o milagre: aqueles seios habituados a proporcionar prazer voltaram a oferecer o maternal alimento. O leite saía aos borbotões, inundava a boca ávida da criança e se derramava sobre o espírito de todas, devolvendo a calma e o silêncio.

Embora Ulva jamais tivesse parido, tinha dezenas de filhas. Todas as mulheres que cercavam o ataúde a consideravam sua mãe.

Não se tratava de um mero sentimento ou de uma figura de linguagem: além de trocar suas roupas, niná-las e cantar para que adormecessem, em muitos casos Ulva as amamentara. E não apenas quando eram meninas. Todas recordavam o dia em que, sem que ninguém tivesse previsto, a desgraça se abatera sobre a cidade. Desde suas origens, Mainz fora objeto da cobiça de diversos invasores. No final do século IV, fora saqueada por alamanos, suevos e alanos. Os silingos a destruíram no século V. Reconstruída anos mais tarde, fora ocupada novamente pelos hunos. Quando as invasões pareciam coisa da antiguidade, em meados do século XV, Mainz sofreu um dos piores ataques: o da peste negra. A peste se espalhou rapidamente pela cidade; virtualmente sitiados entre o rio e as muralhas, os habitantes não tinham escapatória. À mercê da febre, com a pele lacerada pelas ínguas, tomados pelo delírio, pela loucura e pelo ardor, os órgãos genitais purulentos ao ar porque não suportavam sequer o contato da roupa, exércitos de enfermos perambulavam pelas ruas como simulacros do inferno. Em alguns casos, homens e mulheres se atiravam da ponte no Reno impelidos pelo fervor vindo das entranhas. Preferiam morrer afogados nas águas frias e torrenciais a padecer aquela dor inenarrável. Os clérigos apontavam como causa da tragédia a ira de Deus; os médicos, o calor incomum do verão anterior e os vapores carregados das águas paradas; as bruxas e os astrólogos olhavam para o céu e apontavam o alinhamento de Marte, Júpiter e Saturno. Diante da falta de um diagnóstico unânime, todos dirigiram o olhar à sinagoga da cidade e chegaram, então, a um acordo: os culpados eram, como não?, os judeus. Ninguém sabia exatamente em que consistia sua responsabilidade, mas, sem dúvida, eles haviam despertado a fúria divina manifestada no alinhamento dos planetas que provocara as altas temperaturas do verão e, por isso, as águas ficaram paradas e empesteadas da mesma forma que, durante a peste de 1283, os judeus foram acusados e punidos. Naqueles dias, as autoridades levaram à fogueira e queimaram vivos mais de seis mil judeus. Na última ocasião, nem foi necessário que as autoridades interviessem: a turba excitada foi arrancá-los de suas casas, seus templos, suas lojas e, arrastando-os pelas barbas, liquidavam-nos aos golpes. Seus cadáveres eram amontoados na praça e, como fardos de feno, queimados para que a origem do mal fosse exterminada.

No meio da loucura generalizada, a população era dizimada pela peste, pelo exército e pelas multidões enfurecidas, enfermas e famintas. A congregação da Sangrada Canastra, obediente a seus preceitos ancestrais, habituada às perseguições, armazenava grandes quantidades de provisões em um porão secreto. Ulva fechou as portas, trancou as janelas e não permitiu que ninguém entrasse nem saísse do prédio. Depois, racionou as reservas de alimentos com imparcialidade maternal, e, assim, conseguiu manter afastadas a epidemia e a fome, enquanto a morte tomava conta da cidade. Passavam os dias, as semanas e os meses, mas a enfermidade não recuava. Até que, um dia, a água e a comida acabaram. Então, Ulva puxou uma de suas tetas colossais e começou a sugar. Todas as mulheres a olhavam achando que a peste negra se apoderara da razão da mais velha das prostitutas. De repente, seus lábios se umedeceram com um fio branco e espesso, até que brotou do mamilo um manancial de leite morno. Uma a uma, primeiro as menores, depois as mais velhas, todas beberam daquela fonte providencial. Ulva, a puta mãe, alimentou suas filhas, netas e irmãs com suas tetas brancas, gigantes e belas durante meses. A peste negra não conseguiu levar nem uma única das adoradoras do Mosteiro da Sagrada Canastra.

11

Ulva não apenas mantinha intactos os encantos da sua juventude, mas, para muitos, os anos a haviam tornado ainda mais desejável. Sempre pudera se dar ao luxo de escolher seus clientes e, na velhice, era ainda mais solicitada do que na primavera de sua existência. Suas tetas portentosas, incomensuráveis, mantinham a turgidez de sempre. A cintura de Ulva ainda era fina, e seu ventre, macio e generoso, produzia a plácida atração dos almofadões de veludo. Suas coxas grossas, duras, rosadas, suínas — se os porcos não carregassem o injusto desprezo bíblico — eram, para muitos, seu maior encanto. Como as boas mães, Ulva dava conselhos às suas filhas legando-lhes toda a sua experiência para evitar pesares desnecessários. Adestrada no crisol da profissão, a puta mãe ensinava às iniciadas todos os segredos e sutilezas da elevada arte de dar prazer no recinto consagrado à divindade masculina por excelência. A escultura que guardava o salão não coincidia com a representação de Príapo dos murais de Pompeia nem com a que enfeitava os jardins de Roma; não era aquele do membro vencido por seu próprio peso e a glande escondida atrás de um prepúcio semelhante a um gorro, mas o Príapo-Mercúrio, o da verga ereta, curvada para cima, com a cabeça soberba e descoberta, apontando para as alturas como se quisesse se apoderar do lugar que sempre lhe fora negado no panteão.

A estátua de mármore não pretendia ser um mero ornamento, nem tinha por função afastar o mau agouro, atrair a abundância, nem, muito menos, propiciar a fertilidade masculina, como costumavam lhe encomendar. Nada disso. A imponente escultura do luxurioso filho de Dionísio e Afrodite cumpria um papel eminentemente pedagógico. Se os professores de medicina ensinavam a seus alunos as formas e o funcionamento dos órgãos abrindo e dissecando cadáveres, Ulva se servia do escultural corpo de Príapo para que as prostitutas principiantes aprendessem a anatomia e a fisiologia do deleite masculino. Antes que a tragédia tivesse tomado conta do prostíbulo mais luxuoso de Mainz, a mais velha das prostitutas ensinara às suas filhas alguns dos segredos da arte de dar prazer. As aulas costumavam ser tão festivas quanto didáticas. Mas, depois dos assassinatos, Ulva perdera o ânimo de reunir suas discípulas em torno de Príapo.

A tragédia havia penetrado o Mosteiro das adoradoras da Sagrada Canastra sem que ninguém tivesse podido predizê-la. A alegre monotonia que imperava no bordel, de repente, se viu alterada pela macabra e insistente visita da morte. Mais preocupada com a sorte de suas filhas do que com a sua própria, enquanto tentava elucidar o mistério e descobrir quem as amaldiçoara de tal forma, Ulva precisava manter alto o moral das suas e não permitir que fossem invadidas pelo terror e pelo desânimo. A mais velha das meretrizes tinha certeza de que a sucessão de crimes tinha relação direta com o segredo mais bem-guardado do mosteiro: os valiosos manuscritos, os livros que guardavam os mistérios mais antigos da mais antiga das profissões.

Ulva sabia que devia se ocupar daquele nefasto presente sem descuidar o futuro de suas filhas, ensinando-lhes os pormenores do trabalho. No entanto, já quase não apareciam clientes no bordel. A magnífica figura de Príapo se erguia solitária no meio do salão principal; seu membro ereto e arqueado parecia pedir as grandes oferendas que a puta mãe costumava lhe dar durante suas aulas magistrais. Até há pouco, as mãos experientes de Ulva percorriam aquele torso amplo, desciam até o ventre povoado de músculos, davam uma volta nos glúteos redondos como os de um fauno até que, por fim, chegavam ao lugar esperado por todas as discípulas. As dimensões colossais do Deus fálico eram duplamente úteis: por um lado, permitiam assinalar com clareza cada detalhe anatômico e, por outro, avivavam o entusiasmo e a atenção das aprendizes. Então, Ulva começava a aula:

— Em primeiro lugar, preparem um odre com água de rosas morna. Depois, e isso é extremamente importante, fiquem em uma posição confortável. Nunca fiquem de joelhos diante do cliente. Sentem-se na beira do leito e façam com que o homem fique em pé. Tudo o que contribuir para cansar o cliente redundará em descanso para vocês. Afastem o prepúcio deixando a glande descoberta e o friccionem suavemente com infusão abundante. A água morna dilata os tecidos, prepara a ereção, inflama os testículos e, sobretudo, remove o sebo e os odores pestilentos.

Em seguida, Ulva dava exemplos, usando a monumental verga de Príapo, de como lavar as partes antes de se ocupar delas.

—A felação jamais deve ser iniciada na glande. Prestem atenção: antes de alcançar o topo, vocês devem se deter em todas as paradas anteriores.

Dito isso, iniciava o percurso da *Via Voluptuosis*, através do longo e íngreme caminho do prazer.

— Primeira parada: a base — anunciava Ulva, com clareza sintética. — A peregrinação começa embaixo dos testículos e dali deve subir e se deter nas sucessivas partes — dizia Ulva, enquanto iniciava o extenso percurso do deleite.

Assim, sentada na beira de uma poltrona semelhante à de Cleópatra, a mais velha das prostitutas explicava às suas discípulas de que maneira fazer uma perfeita *fellatio* valendo-se do modelo escultural do mais viril dos deuses.

—Antes que a boca entre em contato com as partes, vocês devem se acostumar a esconder os dentes para que eles jamais entrem em contato com os tecidos do membro, extremamente sensíveis. Uma mordida involuntária em qualquer parte poderia provocar uma grande dor e, inclusive, uma ferida. No entanto, antes de começarem a usar a boca, vocês devem preparar os dedos. Verifiquem se as mãos foram aquecidas na infusão morna, jamais iniciem os toques com as mãos frias. Friccionem a base do membro em sentido ascendente, alternando o polegar direito com o esquerdo, até perceberem que ele aumenta de volume.

Sentada confortavelmente diante do Deus da fertilidade masculina, a velha prostituta cercava o saco com o indicador e o polegar da mão direita, enquanto, com a outra, friccionava o músculo que unia os genitais ao buraco do cu. Chegando a esse ponto, fazia uma primeira recomendação:

—Vocês devem ser muito cuidadosas neste lugar e avançar com extrema precaução, sondando a disposição do cliente. Nenhum homem é indiferente ao próprio cu. Há aqueles que não toleram sequer uma leve batida em suas portas fechadas com ferrolho, e existem os hospitaleiros que, como gentis anfitriões, as convidarão a entrar imediatamente em seu cálido aposento com um dedo, com dois, com três e até com a mão inteira. Pode acontecer que, em alguns casos, o motivo da recusa dos primeiros seja o pudor, a salvaguarda da honra ou o temor de descobrir os prazeres de Sodoma. Às vezes, vocês conseguirão encontrar a chave mágica que abre a porta traseira do deleite masculino. Mas jamais tentem forçar a fechadura se não quiserem perder um bom cliente.

Depois desse breve desvio, Ulva voltava a segurar a sagrada via da Paixão.

— Uma vez que o membro tenha alcançado a primeira etapa da ereção, vocês devem prosseguir até a parada seguinte.

Nesse ponto, Ulva se interrompia, fazia um breve suspense e, então, apontando a localização exata na rota priápica, enunciava:

— Segunda parada: o testículo maior. Dificilmente vocês haverão de encontrar um homem que os tenha iguais. Mas, antes, saibam que a testemunha gostaria de ser protagonista e que não se conforma em ser *testis* nem, muito menos, *culus*, ou seja, um pequeno enxerido. Deem aos *testiculus* a importância devida e, decerto, merecida.

Feita a breve digressão, Ulva continuava com os aspectos práticos:

— Existem duas formas de se congraçar com as redondas testemunhas; a primeira é golpeá-las com rápidos movimentos de língua.

Então, Ulva esticava a língua e começava a movê-la com tanta velocidade que se tornava visualmente invisível, como o chocalho da cauda de uma cascavel. Aproximava a boca de um dos testículos de Príapo e, assim, com a língua em movimento, como se tivesse vida própria, percutia de tal maneira sobre o mármore que era possível ouvir o repique.

— Esses golpes com a língua estimulam a produção do fluido seminal, provocando a excitação. Vocês perceberão que a ereção se torna ascendente e aumenta em dureza, ao mesmo tempo que provoca contrações como se a cabeça calva e brilhante concordasse com tudo. Vocês devem, então, seguir o ritmo dos espasmos com o movimento da língua e os dedos. Cada membro tem seu próprio ritmo. Não se deve ir muito depressa nem muito devagar. Poucas mulheres conhecem esse segredo. Se conseguirem descobrir o sutilíssimo *tempo*, vocês terão o cliente nas mãos. A terceira parada é o testículo menor. Procedam da mesma forma que com o anterior, embora o tratando com mais delicadeza, pois o menor é também o mais frágil. Se o maltratarem, vocês correrão o risco de matar o gladiador ereto.

— E, agora, preparem-se para pular, dos escarpados rochedos dos testículos para o caminho que conduz diretamente ao prazer supremo.

12

Antes de lhes ensinar a proporcionar um grande deleite a um membro viril, devo lhes dar uma boa e uma má notícia: a boa, para que não temam por sua integridade física, pois vocês jamais encontrarão nada deste tamanho — dizia, pondo em evidência as dimensões cavalares dos dotes de Príapo.

— E a má? — perguntavam as mais jovens, com uma mistura de alívio e desagrado.

— A má é que vocês nunca encontrarão nada deste tamanho. — As aprendizes riam um pouco decepcionadas.

Ulva apontava, então, a protuberância alongada que ia da base do membro ao começo da glande que, graças às generosas dimensões de Príapo, podia ser vista em toda sua extensão e detalhe.

— Terceira parada: o *corpus spongiosum* — anunciava Ulva. — Esta é parte mais suave do membro. A textura esponjosa lhes permitirá levar e trazer os fluidos com um suave movimento dos dedos e da língua, gerando um intenso prazer. Podem lamber o *corpus spongiosum* com a ponta da língua de maneira ascendente e, paralelamente, percorrer, com a palma da mão, o *corpus cavernosum*. Dessa maneira, vocês conduzirão todos os humores para a cabeça, fazendo com que ela aumente e se aqueça. No entanto, vocês terão de prolongar um pouco mais a espera: antes de alcançar a glande, dirijam-se à próxima parada.

Ulva guardava um momento de silêncio para que as discípulas pudessem assimilar tantos ensinamentos; depois, continuava:

— Quarta parada: o *sillon baleano preputial*.

A mais velha das prostitutas apontava a dobra que cercava o pescoço sobre o qual se assentava a glande de Príapo e, depois, percorria aquele perímetro com a ponta da língua como faria um satélite ao redor de seu planeta.

— Chegando a este ponto, administrem com precaução seu entusiasmo, pois o cliente poderá chegar ao êxtase. Não é conveniente que isso aconteça, pois ele não aceitará que este seja o fim da visita; mesmo que esteja exausto, ele não irá embora sem consumar o ato, não apenas porque pagou, mas, além disso, porque o amor-próprio o impedirá. Nesse caso, recomecem desde o princípio e reanimem o guerreiro tombado, o que exigirá o dobro de esforço e de tempo. Se perceberem qualquer indício da proximidade do êxtase, detenham-se imediatamente até terem certeza de que o perigo foi afastado. Então, sim, vocês poderão avançar à parada seguinte.

Ulva fazia uma pausa para pedir mais atenção de suas filhas e prosseguia:

— Quinta parada: a glande.

Ulva apontava a fina membrana que unia a enorme e brilhante cabeça fálica à pele do tronco e acrescentava:

— Jamais toquem o pequeno freio com os dedos nem, muito menos, com os dentes; mal o rocem com a língua. Qualquer movimento impróprio poderia produzir um corte e o rompimento da membrana, provocando uma hemorragia incontrolável. Na verdade, o que vocês devem lamber é a região que o circunda: quase todo o prazer se concentra neste ponto; então, sejam cuidadosas e não se excedam na fruição ou no tempo. Um minuto é tempo de sobra. Finalmente, então, dirijam-se à quinta e última estação: a glande.

A puta mãe, exibindo uma perícia invejável, abria a boca e, de um só bocado, engolia a cabeça gigantesca do membro de Príapo. Com grande disposição, Ulva conseguia não apenas envolver a magnificência daquela glande pétrea, mas, em um ato que se diria mágico, fazia desaparecer a maior parte daquele membro colossal mais além de sua garganta. As discípulas, espantadas, não entendiam como aquilo era possível.

— Aproveitem que ficaram boquiabertas para praticar — dizia Ulva a suas alunas, ao mesmo tempo que as convidava a percorrer as cinco estações daquele enorme mastro arqueado do Deus que derrotara o asno na competição pela supremacia fálica. As que conseguiam introduzir a glande na boca imediatamente estremeciam devido às ânsias ao tentar metê-la um pouco mais fundo. Depois de se divertir um bom tempo enquanto via suas discípulas à beira do vômito, Ulva continuava com a aula:

— Agora que são experientes na *arte da felação*, vou lhes ensinar algumas técnicas secretas — dizia.

A mais velha das prostitutas voltava a ocupar sua posição na poltrona ao lado de Príapo e continuava:

— Vou lhes ensinar a fazer o *Voo do colibri*: agitem a língua da maneira que aprenderam e, como um beija-flor, percorram as paradas na ordem estabelecida, mas se detenham por breves instantes em cada uma, apenas tocando as partes do membro. Uma vez que alcançarem a cabeça, introduzam a ponta da língua na abertura do canal e façam-no vibrar lá dentro da mesma maneira que um colibri enfiaria o bico em uma flor. Quanto mais profundamente introduzirem a língua e quanto mais vibrarem, maior será o prazer.

A boca de Ulva ia e vinha pelo grosso tronco de Príapo, lembrando o levíssimo voo do beija-flor, e sua língua vivaz ficava invisível como as asas do pequeno pássaro.

— Agora, preparem-se para aprender o *Beijo de Judas*. Tem esse nome porque é uma técnica travessa para provocar o êxtase imediato, se o cliente, voluntária ou involuntariamente, atrasá-lo, prolongando a visita em excesso.

A puta mãe desnudava seu peito e, ao mesmo tempo que prendia o tronco da verga do Deus libertino com suas tetas colossais, introduzia a glande em sua boca. Depois de mostrar às alunas a posição correta, detalhou:

— Prendam a cabeça dentro de suas bocas pressionando-a entre a língua e o palato. Como faria um bebê com o mamilo de sua mãe, suguem vigorosamente, criando um vácuo mais intenso a cada mamada, como se estivessem ordenhando com a boca. Ao mesmo tempo, friccionem o tronco entre os peitos, com uma das mãos puxem suavemente os testículos e, com a outra, a base do membro. Assim, com todas as paradas tomadas de assalto, o êxtase não demorará a chegar. O gozo será tão contundente que o cliente ficará exausto, a tal ponto que vocês devem tomar precauções para que ele não caia rendido no mais profundo dos sonos.

Depois de explicar com palavras compreensíveis, Ulva fazia uma demonstração prática com a escultura. Apesar de sua idade, as discípulas não conseguiam evitar a profunda excitação que sentiam ao ver a puta mais puta de todas as putas tomada por toda a sua generosa humanidade, agitando-se e rebolando em cima daquele membro monstruoso. Qualquer testemunha teria afirmado que o rosto de mármore de Príapo se transfigurava em uma súbita careta de prazer. Houve quem tivesse jurado que, certa vez, Ulva conseguira que brotasse um fluido branco, espesso e abundante, do falo de pedra do Deus da luxúria, milagre muito mais espantoso que o da Virgem de Speyer que, às vezes, chorava lágrimas de sangue.

No entanto, todos esses prodígios que a puta mãe ensinava a suas filhas não eram nada em comparação com os verdadeiros segredos, reservados apenas às eleitas. As que ascendiam aos arcanos do prazer supremo eram pouquíssimas: apenas uma entre centenas. A eleita era a única de todas habilitada a ter acesso ao livro mais bem-guardado de todos os livros: o *Libri voluptatium proibitorum*.

E as últimas eleitas haviam sido, precisamente, as três mulheres assassinadas; as depositárias do segredo do prazer supremo, destinadas a suceder a maior das prostitutas. As únicas, além de Ulva, que sabiam onde estava escondido o *Livro dos prazeres proibidos*.

13

leitura não deve ser considerada um deleite do intelecto nem, muito menos, uma diversão — declarou Sigfrido de Mogúncia do alto do estrado se dirigindo ao tribunal. — A leitura é um ato sagrado, só reservado àqueles que devem interpretar as Escrituras e difundi-las entre os comuns. Os senhores, e ninguém além dos senhores, doutores da Igreja, são os responsáveis pelo que nós, clérigos, devemos ler na missa. E, em verdade, lhes digo que não existe motivo algum para que a leitura ultrapasse os breves limites do púlpito. Os livros não foram feitos para estar ao alcance de qualquer um. Deus confiou a Moisés as tábuas da Lei, não ao povo. Os comuns não têm o raciocínio necessário para discernir, por si mesmos, o verdadeiro do falso, o bom do mau, o justo do injusto. Isso é para os senhores, pastores do rebanho. Imaginem, por um momento, o que aconteceria se os livros se multiplicassem com a mesma facilidade com que esses falsários conseguiram, através da bruxaria, reproduzir as Escrituras!

Na realidade, Sigfrido de Mogúncia não estava preocupado apenas com o rebanho, e, sim, com sua própria razão de ser; o acusador não podia permitir que seu ofício de copista corresse o risco de desaparecer.

— Meritíssimos, imaginem o que aconteceria se o satânico ofício dos falsificadores de livros se espalhasse como a semente ruim ao vento. O que seria dos copistas que, além de exercerem o nobre ofício, velam pela autenticidade da Palavra Sagrada? O que aconteceria se as Escrituras fossem adulteradas pelos falsários? E não me refiro apenas aos livros: os próprios textos poderiam ser facilmente mutilados sem a zelosa vigilância dos copistas! Vejam a magnitude do perigo! A palavra de Deus será substituída pela vil arenga do demônio!

Sigfrido de Mogúncia desceu do estrado, aproximou-se do tribunal e, olhando cada um dos juízes, perguntou:

— Estão a par de que o pai do principal acusado, além de conhecer como ninguém a arte de cunhar, foi durante anos o diretor da Casa da Moeda e o responsável por emitir um parecer nos casos de falsificação de dinheiro? Meritíssimos, é de seu conhecimento que o principal acusado herdou o ofício de seu pai?

O acusador se aproximou de Gutenberg e, apontando-o com o indicador, disse:

— Quem está em melhores condições de falsificar do que aquele que conhece desde o berço todos os segredos aplicados pelos impostores?

Enquanto ouvia, absorto, as venenosas alegações do acusador, Johannes evocava a figura de seu pai.

Friele der Arme, severo diretor da Casa da Moeda, era ainda mais espartano como chefe de sua casa: dono de um caráter inflexível, não permitia a menor falha de comportamento. A mãe de Johannes, Else Wyrich, era, por sua vez, uma mulher doce, delicada e permissiva com a disciplina e a educação do filho primogênito e dos outros três filhos do casal. Não hesitava, inclusive, em defendê-los de um corretivo arbitrário ou excessivo por parte do pai. Else era uma mulher justa; seu caráter afável condizia com a expressão calma e a alegria contagiante, embora não com seu corpo, enorme e avermelhado. Filha de um comerciante viúvo chamado Werner Wyrich zum steiner Krame, crescera na fábrica de machados de seu pai.

Else parecia forjada com o ferro das maciças peças que saíam da oficina do pai. Tinha uma estatura pouco comum para uma mulher e era, aliás, mais alta do que a maior parte dos homens de Mainz. Loura de cabelos quase brancos e pele transparente, seu olhar claro e amável contrastava com seus braços fortes, robustos, e as pernas musculosas. Criada entre operários no rigor da forja, manejava o machado como ninguém e gostava de fazer tarefas consideradas masculinas: cortava lenha e carregava os troncos nos ombros; era ela quem fazia os trabalhos mais pesados da casa, como reparar as vigas de madeira, consertar as esquadrias e fazer a manutenção do telhado. Naturalmente, também se encarregava dos demais afazeres, próprios das mulheres: cozinhar, costurar a roupa, limpar e cuidar dos filhos. Friele era o cérebro, e Else, o músculo; ele era, em geral, pensante e rigoroso; ela, a tropa, obediente e aguerrida. A figura monumental de Else, de machado à mão, era dissuasiva o bastante para qualquer um que se aproximasse da casa com segundas intenções. Muitos supunham que o nome da casa, Gutenberg,[6] era

---

[6] *Gutenberg*: boa montanha.

uma homenagem àquela montanha feminina de proteção e bondade. Dona de um instinto animal, protegia sua prole dos estranhos, mas também dos próprios. Assim como as cadelas defendiam as crias do ataque dos machos, Else se interpunha, com a mesma coragem, silenciosa e intimidante, entre Friele e os meninos quando ele se excedia em sua autoridade e ameaçava levantar a mão. Além disso, o canto era parte substancial de sua pessoa: quando estava alegre, cantava; se amanhecia maldisposta, cantava para se animar; cantava enquanto trabalhava e, ao voltar das compras na praça do mercado, caminhava cantando para não fraquejar na marcha e amenizar o peso das sacolas cheias que carregava nos ombros. Desde pequeno, Johannes estava habituado a que sua mãe acordasse a ele e seus irmãos com uma melodia animada e os colocasse para dormir com uma cantiga de ninar. Com o passar dos anos, preferia se mostrar como um jovem de caráter forte perante seu pai para comprazê-lo e evitar sermões; mas, diante de Else, costumava revelar suas fraquezas e, assim, receber a proteção maternal daquela mulher doce e gigantesca.

E, agora, diante do tribunal, enquanto assistia as que imaginava serem as últimas cenas de sua existência, não conseguia evitar recordar sua mãe; do fundo de seu coração, desejava que ela estivesse ali e, com sua figura todo-poderosa e seu sorriso eterno chegasse para levá-lo em seus braços como quando era um menino. Um véu aquoso umedeceu os olhos de Gutenberg, e ele precisou inventar um acesso de tosse para dissimular o soluço.

E, assim, como se quisesse reconstruir cada instante de sua vida diante da possibilidade certa de perdê-la, recordou o momento exato em que decidiu seu destino. Depois daquela distante visita à Cada da Moeda, Johannes prometeu a si mesmo ser um digno sucessor de seu pai, que, decerto, não lhe ocultou nenhum segredo do ofício; pelo contrário, foi um mestre generoso e paciente. Com apenas 12 anos, chegou a ser o braço direito de Friele. Chegavam juntos ao trabalho antes de o sol nascer e eram os últimos a ir embora quando a noite caía. No começo, os empregados receberam o jovem Johannes com frieza e receio; viam-no apenas como o filho do diretor. No entanto, longe de ocupar um lugar privilegiado, os primeiros trabalhos que seu pai lhe deu foram os mais ingratos: carregar o metal até o crisol, transportar as moedas, limpar as máquinas e varrer as lascas de ouro e prata. Cada vez que Friele via que estava prestes a desperdiçar o menor cisco de metal, Johannes recebia castigos muito mais severos do que qualquer outro empregado. Só assim conquistou o respeito de seus companheiros. Com o tempo, demonstrou ter todas as melhores qualidades de um fundidor. Chegou a se destacar a tal ponto que o arcebispado de Mainz solicitou ao diretor da Casa da Moeda os serviços de seu filho. Para Friele, foi uma das decisões mais difíceis de sua vida: por um lado, queria que Johannes fosse o herdeiro de seu cargo, embora, por outro, soubesse que seria melhor para seu filho que trilhasse um caminho próprio e forjasse um destino por seus próprios meios. Assim, ao completar 13 anos, Johannes deixou de depender de seu pai e foi trabalhar nas oficinas do clero, como mestre ferreiro. Além disso, transformou-se rapidamente em um dos mais destacados ourives. Nada parecia se interpor para que Gutenberg chegasse a ser o chefe dos ferreiros, fundidores e ourives do arcebispado da cidade. No entanto, as tragédias costumam chegar sem se anunciar.

14

—Jesus Cristo teve de passar por todas as estações do suplício da Paixão e sofrer na própria carne por nós, pecadores — disse Sigfrido de Mogúncia ao retomar suas alegações. — Como banalizar o mais comovente dos livros da Bíblia? Meritíssimos, deem por certo que voltaríamos a martirizar o Filho do Homem se os falsários se apropriassem de Sua palavra. Os únicos livros verdadeiros em que devem ser lidas a Paixão e o sofrimento de Nosso Senhor são os que foram escritos com o próprio punho por aqueles que deixaram testemunho de Seus prodígios. Não se pode conceber outro livro que o manuscrito. Qualquer outra forma de produzir livros, seja qual for, não merece ser considerado senão como falsificação e obra de Satanás.

O acusador fez uma pausa, caminhou de um lado a outro do recinto como se hesitasse em fazer uma grande revelação, até que, finalmente, se decidiu:

— Meritíssimos, os senhores sabem que a ocasião faz o ladrão. Não quero lhes dizer, com isso, que todos são criminosos em potencial, mas que, talvez, muitos homens sejam bons porque o destino não os colocou à prova. É provável que sejam poucos os que se deparam com a desgraça e a atravessam com dignidade e sem se corromper. Meritíssimos, o principal acusado foi vítima de uma das piores calamidades vividas pela nossa cidade. Como tantos outros homens e mulheres, teve a casa saqueada, os bens roubados, experimentou o exílio. Tenho certeza de que esse infortúnio foi a forma que Deus usou para colocá-lo à prova. E devo lhes dizer, senhores, que o suplício deixou patente a fraca fibra moral do acusado e sua debilidade de espírito. Esse foi o motivo que o impeliu a delinquir. Só encontra o diabo quem o procura.

Enquanto o notário apressava a pluma para não perder uma única palavra, Gutenberg, que até então ouvia as alegações do acusador como uma ladainha, de repente se sentiu aludido, como se Sigfrido de Mogúncia tivesse acabado de colocar sal em uma velha ferida que jamais cicatrizara. Então, recordou o dia em que suas desgraças começaram.

No fim de 1411, a economia de Mainz trilhou um caminho tortuoso. Um dos primeiros a percebê-lo foi, como não podia deixar de ser, Friele der Arme. As autoridades políticas exigiam, cada vez com mais frequência, que ele fabricasse maiores quantidades de dinheiro, ao mesmo tempo que os barraqueiros da praça do mercado se viam obrigados a transferir, aos preços que cobravam, os aumentos diários das mercadorias que recebiam. Em outubro daquele ano, a Casa da Moeda fabricou mais dinheiro do que nunca. As moedas se evaporavam das mãos da população com a mesma velocidade com que saíam da prensa. O pai de Gutenberg entendeu que aquela combinação de fatores não poderia anunciar nada de bom. Em novembro do mesmo ano, um despacho ministerial decretou um drástico aumento nos impostos. O pouco dinheiro que restava nas mãos dos camponeses era brutalmente tomado pelos coletores, até que, no início do ano seguinte, as magras economias se esgotaram e, em consequência, a paciência dos aldeães. Em dezembro de 1411, o povo de Mainz, desesperado, se levantou contra as autoridades. Houve incêndios, saques e punições sumárias de ambos os lados. Seus concidadãos de toda a vida, camponeses que vendiam produtos no mercado, barraqueiros, gente pobre com quem trocavam saudações amáveis todos os dias, de repente agiam como desconhecidos selvagens. Com tochas nas mãos, incendiavam tudo quanto podiam e saqueavam sem pensar até encher suas miseráveis carroças.

A rebelião tinha como alvo a nobreza e, embora Friele der Arme não pertencesse, exatamente, àquele círculo reduzido, se viu obrigado a fugir junto com os seus. Era difícil explicar à turba alvoroçada que o diretor da Casa da Moeda na realidade não tinha um cobre e era quase tão miserável quanto todos eles. Assim como o punhado de famílias mais abastadas, a de Friele teve de deixar a casa com os poucos bens que conseguiu salvar.

Quis o destino que, pouco tempo antes, Else tivesse herdado de seu pai uma pequena granja em Eltville am Rhein, um verde e elegante mirante entre as cidades de Wiesbaden e Lorchhausen voltado para a margem norte do Reno. Friele e sua família tinham tudo para serem felizes; poderia se dizer que aquela casa na encosta da colina mais alta, de cujas janelas se viam o rio e o imponente vulto do Castelo dos Eleitores que se alçava como uma monumental torre de xadrez, era o lugar perfeito para se aposentar depois de uma vida de sacrifícios.

O novo lar estava longe de ser luxuoso; na realidade, tratava-se de um antigo galpão transformado em vivenda. Embora fosse muito maior e mais iluminado do que a casa de Mainz, não oferecia nenhum dos confortos das pequenas residências tradicionais dos burgos; ao contrário, a família se deparou com a gélida rusticidade dos lares dos camponeses. As paredes não eram revestidas com madeiras nobres; entre as tábuas do piso e das paredes havia frestas por onde penetravam uma incômoda brisa e a umidade da terra sob o assoalho. Não havia mármores nas escadas nem ornamentos nas colunas. Os frágeis degraus que levavam ao sótão se dobravam e rangiam embaixo dos pés como se fossem desabar. Galinhas, gansos e roedores indecifráveis pulavam de todos os lados cada vez que algum membro da família se aventurava em um rincão inexplorado.

Habituada desde pequena à vida rústica, Else não viveu a mudança forçada como se fosse uma tragédia; pelo contrário, o entorno verde e bucólico tinha toda afinidade com sua alma forjada na firmeza dos machados que seu pai fabricava. Tinha vinhedos para trabalhar e produzir os melhores vinhos, árvores frutíferas e um clima seco e ensolarado o ano inteiro. Para Else, aquele era um pequeno paraíso terrestre. Friele, ao contrário, se sentia no inferno; primeiro seu caráter e depois sua saúde sofreram mudanças drásticas. Sem saber a que dedicar sua nova existência, perambulava pelos arredores do Castelo de Crass e dos palácios mais aristocráticos da Germânia como um tigre enjaulado. Sentia falta de sua cidade de Mainz, da penumbra da Casa da Moeda, da silenciosa sala dos copistas e do ouro e da prata borbulhando no crisol. Não conseguia evitar a insuportável certeza de que as delicadas moedas que fabricava se transformariam em toscos discos opacos nas mãos de qualquer um dos candidatos a sucedê-lo.

15

Enquanto, na solidão do salão principal do bordel, Príapo parecia sentir saudades dos tempos idos, na catedral, o notário Helmasperger, que também conhecia as habilidades de Ulva e suas filhas, inclinado sobre a escrivaninha, apressava a pluma para que não lhe escapasse nenhuma das palavras do verborrágico acusador. Assim como o Deus da virilidade, em silêncio, o escrevente também desejava receber outra vez as incomparáveis carícias das adoradoras da Sagrada Canastra. Gutenberg, por sua vez, acompanhava as alegações de Sigfrido de Mogúncia, que argumentava com eloquência tentando convencer o tribunal. Ao mesmo tempo que o acusador se deleitava com suas próprias artimanhas semânticas, Gutenberg recordava a complexa relação que o unia e também o afastava de seu pai.

Embora jamais tivesse se atrevido a explicitá-lo, Friele descobriu que, da noite para o dia, ficara pobre. Afinal, a austeridade que sempre o caracterizara era uma escolha própria; a pobreza, por sua vez, uma cruel imposição do destino. O salário que recebia como diretor da Casa da Moeda lhe permitia levar uma vida folgada, sem privações para sua família, e, além disso, poupar um pouco.

O LIVRO DOS PRAZERES PROIBIDOS 83

Mas, agora, estava com as mãos vazias e não sabia como ocupá-las: não conseguira salvar a poupança dos saques e não via como nem onde poderia exercer seu ofício.

Johannes, que na época já era adulto, recriminava o pai com um silêncio hostil pela despreocupação que sempre tivera em relação ao dinheiro. Sem mencioná-la, fazia-o ver que a ruína em que haviam caído era de sua exclusiva responsabilidade. Os sermões sobre a importância de levar uma vida modesta estavam sendo desmentidos pela súbita desgraça. Johannes recordava a montanha de ouro, as barras de prata, os discos, os milhares de moedas empilhados, resplandecentes, todos aqueles tesouros da Casa da Moeda ao alcance da mão, como um sonho distante.

Durante a ceia familiar, iluminado por uma mísera vela, Johannes observava seu pai com os olhos carregados de ressentimento. Sem se atrever a comentar o paradoxo, reprovava Friele por sua conduta irrepreensível. Não lhe perdoava não só a honestidade, mas que tivesse educado a ele e a seus irmãos na mais absoluta retidão. Não responsabilizava seu pai apenas por ter sido incorruptível, mas por não lhe ter ensinado que a honestidade não leva à fortuna. Roubavam os príncipes e seus empregados; roubavam os ministros e os coletores; roubavam os escreventes e os conselheiros; todos roubavam, salvo o estúpido do seu pai. Com um agravante: todo o dinheiro que corrompia as consciências e degradava a moral saía, precisamente, da Casa da Moeda. Como era possível que o homem que provia o vil metal a todo o mundo não tivesse ficado sequer com uma única moeda das que ele mesmo fabricava?

Todos sabiam que os príncipes, seus ministros, conselheiros e escribas acumulavam enormes somas de dinheiro, ouro, prata e todo tipo de tesouro não apenas por ambição pessoal, mas como precaução diante da possível conquista do reino por mãos inimigas. Justificavam a corrupção argumentando que aquela fortuna os sustentaria em um hipotético exílio. Acaso seu pai também não era um funcionário? Seu cargo, eminentemente político, do qual dependia boa parte da economia, o colocava no centro das lutas do poder e o expunha às consequências de um desastre como o que estava padecendo. Não teria, então, o mesmo direito que os príncipes de se enriquecer, levando em conta que, diferentemente daqueles, não gozava de investidura real nem de um título nobiliárquico no qual se amparar? No entanto, seu pai já respondera a essa pergunta nos dias que antecederam a revolta: antecipando-se aos fatos, comentara de passagem na mesa familiar:

— Um verdadeiro príncipe, um governante que se dê ao respeito, deve sacrificar a vida antes de abrir mão da dignidade de seus súditos e da sua própria.

Depois dos incêndios, dos saques e das promessas dos camponeses de matar toda a nobreza, à medida que os rescaldos foram se apagando e os ânimos se aplacaram graças a novas promessas, os mesmos governantes que estavam no poder desde sempre fizeram, como bons enxadristas, alguns roques, sacrificaram peões e um ou outro bispo e, como se nada tivesse acontecido, continuaram aferrados às suas poltronas. Os pobres continuaram tão pobres quanto sempre e os ricos enriqueceram ainda mais. Mas Friele e sua família, eles sim tiveram que se exilar sem um cobre.

Johannes sentia que haviam destruído seu futuro com uma penada. O destino que imaginara frente à Casa da Moeda ou das oficinas do Arcebispado acabara de se evaporar para sempre. Então, a mosca do ressentimento colocou os seus fatídicos ovos na ferida. A larva do rancor começou a crescer dentro do espírito de Gutenberg, corroendo sua consciência, até que num dia ruim, a cria faminta da cobiça se apoderou de toda a sua pessoa. O processo foi invisível e silencioso. Como todos aqueles que decidiram se afastar do caminho, Johannes não se via como um delinquente; pelo contrário, um sentimento de justiça guiava seus passos cuidadosos. Sentia que o mundo estava em falta com ele, que o destino o tratava com crueldade, que seu pai o abandonara à própria sorte e que o resto dos mortais era incapaz de compreendê-lo. Tudo isso se potencializava com a força irrefreável da juventude e certo verniz romântico. Else nem sequer percebeu a obscura metamorfose que seu filho sofrera. Mas seu pai sim.

Pai e filho estavam unidos pelo sangue, pelas rígidas regras da moral familiar, pela confiança e pelo amor entre pai e filho. O trabalho pesado na forja os tornara inseparáveis como os metais fundidos no crisol. No entanto, tocados pela mesma natureza das moedas, Fricle e seu filho se transformaram em cara e coroa, em duas entidades indissolúveis, mas contrapostas. Como as duas faces de uma moeda, pai e filho não conseguiam se ver sem se tocar, nem se dirigir a palavra.

À dolorosa inimizade com Johannes se somou a nova existência, intolerável para Friele. A vida aprazível do campo não era para ele. Tanto sol e ar puro, longe das emanações tóxicas da fundição e das oficinas sombrias, tanto silêncio e tranquilidade em comparação com o ruído dos martelos, das prensas, dos gritos dos operários, a pressão para entregar a produção a tempo e na forma estabelecida, tanta paz e sossego acabaram matando Friele em 1419.

16

utenberg recordava a súbita morte de seu pai, enquanto o acusador continuava com seu discurso carregado de frases de efeito e gestos pomposos.

Levando em conta o amargo fim de seu marido, Else, embora se lamentando, decidiu que Johannes daria continuidade à tradição do pai e o enviou à Universidade de Erfurt, onde foi matriculado com o nome de Johannes de Eltville. Foi um ótimo estudante: seus conhecimentos prévios, todos os segredos que seu pai lhe revelara, sua passagem como ourives pelo arcebispado de Mainz e as mãos prematuramente calejadas no trabalho pesado surpreendiam seus mestres e despertavam a inveja de seus companheiros. Era um jovem introvertido, curioso e muito mais afeito à pesquisa e à prática do que às especulações teóricas. Tinha a mesma habilidade de seu pai para a arte da fundição, a sutil delicadeza para a ourivesaria, a força e a precisão para a serralheria. Mas, além disso, relevou-se um excelente gravador. Diferentemente de Friele, não via o dinheiro apenas como um mero objeto artesanal, mas como o meio principal de atingir seus objetivos mundanos.

O LIVRO DOS PRAZERES PROIBIDOS 87

Quando obteve todos os conhecimentos necessários, renunciou às honrarias e aos títulos e, antes de completar os estudos, partiu para Estrasburgo, onde vivia um irmão de sua mãe. Reservado e silencioso, ninguém sabia quais eram, exatamente, os planos do garoto vindo de Mainz. Decidiu, então, ocultar seu rosto com uma barba. Apesar da estatura que herdara da mãe, costumava passar despercebido: a cabeça baixa e sempre protegida por um chapéu, a roupa escura e o passo ligeiro lhe davam o escorregadio aspecto de uma sombra.

Graças aos contatos de seu tio e a seu indiscutível talento, Johannes foi trabalhar como ourives no Exército de Estrasburgo. Aos seus conhecimentos na arte da fundição, na serralheria, na cunhagem, na cópia de livros e na ourivesaria, somava-se o das armas. Todas as artes, ciências e ofícios eram, para ele, a maior fonte de curiosidade. Ávido pelo saber, levava os estudos e a pesquisa às últimas consequências.

De *motu proprio*, pediu autorização para fabricar uma espada que desenhara. O general que havia fornecido o material que o jovem de Mainz lhe pedira ficou mudo ao ver a peça: a empunhadura ricamente talhada e decorada com pedras preciosas incrustadas, e a lâmina leve, mas capaz de cortar um fio de cabelo no comprimento, faziam dela uma arma tão bela quanto mortal. A admiração do general não significou apenas a ascensão imediata de Johannes, mas também lhe abriu as portas de uma nova disciplina: a joalheria. Um dos irmãos do militar era um dos joalheiros mais prósperos de Estrasburgo. Como não podia deixar de ser, o general mostrou ao seu experiente irmão a espada que acabara de ganhar. Ao ver a empunhadura e a maneira como as pedras preciosas haviam sido engastadas, o comerciante não hesitou em dar um emprego a Gutenberg. Ao seu modesto soldo nas oficinas do Exército, somou-se uma quantia de dinheiro nada desprezível que o joalheiro lhe pagava para que desenhasse joias. No entanto, considerava as joias coisas frívolas, pomposas e superficiais, distantes das alturas que imaginava para seu futuro. Por fim, resolvera não voltar a transitar pelo caminho íngreme, árido e previsível que seu pai percorrera. O atalho para chegar a seu destino de riqueza não seria através do campo plano, mas lá por cima, voando como as águias. Ele merecia algo mais do que uma vida humilde como a do velho Friele, transformado em exemplo do que ele não queria ser.

Gutenberg abandonou rapidamente a joalheria e se dedicou a estudar a impressão em lâminas. Às técnicas tradicionais, somou seus conhecimentos na cunhagem de moedas mediante a prensagem com chapas metálicas. Seus trabalhos foram tão bem-feitos que, em março de 1434, recebeu uma notificação lacrada das mãos de um mensageiro oficial. Tratava-se de um convite do próprio alcaide de Estrasburgo. De repente, Gutenberg se deu conta de que conseguira abrir caminho por seus próprios meios. Graças a seus méritos, e não aos favores de alguém influente, chegou ao lugar com o qual todo jovem com aspirações sonhava. E, embora soubesse que seu destino haveria de transcender a simples gravura, o jovem Johannes Gutenberg sentiu que o céu era o limite. Da noite para o dia, transformou-se no gravador oficial da prefeitura de uma das cidades mais importantes da Europa. Como se não bastasse, o alcaide o enviou à Holanda para que concluísse sua formação com o maior gravador do mundo: Laurens Koster.

17

Para suplício do esgotado notário, Sigfrido de Mogúncia voltou a subir no estrado, segurou com as duas mãos o balaústre de madeira talhada e, elevando novamente o tom da voz, adicionou uma nova imputação ao principal acusado.

— Meritíssimos — começou a dizer, dirigindo-se aos juízes —, além das acusações de falsificação, necromancia, bruxaria e satanismo, acuso os réus de roubo. Vulgares ladrões, senhores. Em verdade lhes digo, meritíssimos, que o diabo não pactua com os melhores, mas, pelo contrário, com os piores, com os medíocres, com os plagiadores. Nem sequer são três geniais fraudadores, supondo que a fraude e a genialidade pudessem ser irmãs. Estão diante de vulgares gatunos que não se valeram nem de sua própria inventividade para o mal!

Gutenberg, Fust e Schöffer sentiram o golpe. Fora como um punhal que Sigfrido de Mogúncia acabara de cravar no coração de seu orgulho. Os três olharam para o acusador com um ódio profundo. Gutenberg estava disposto a ouvir qualquer outra imputação. Mas não essa.

Johannes recordou, então, o dia em que chegou a Haarlem com o entusiasmo e a curiosidade de um explorador que chegasse a um lugar pela primeira vez. Assim que avistou, a distância, as altas agulhas da catedral de Sint-Bavokerk e os edifícios públicos que cercavam a *Grote Mark*, seu coração, sempre aberto a novos conhecimentos, bateu com a força do cansaço da longa viagem e a euforia da chegada. Da praça do mercado chegava o aroma das barracas de flores, cuja fragrância se misturava com os da fumaça dos cordeiros assados, do peixe fresco, das frutas e das verduras.

A pequena cidade não podia ser mais acolhedora: o vento do Mar do Norte trazia o frescor da maresia que contrastava com a brisa suave e úmida do Spaarne. Contornada pelo rio e pelo mar, Haarlem, além disso, era sulcada por encantadores canais cujas águas tranquilas confluíam em um grande lago central.

Depois de comer e beber com a gula dos viajantes em uma taverna do *Grote Mark*, Johannes se dirigiu à catedral. Com o ânimo renovado pelo farto almoço, o bom vinho, o sol que brilhava em um céu límpido e o som das águas, o espírito do visitante era o melhor possível. Tomado por uma profunda felicidade, Gutenberg disse a si mesmo que aquele dia não poderia lhe apresentar nada além de alegrias. Além de seu excelente estado de espírito, tinha bons motivos para estar otimista e confiar no êxito da viagem. O destino lhe dera o mais precioso dos presentes: a possibilidade de estudar com o homem que mais conhecia os segredos da xilogravura, da gravura e da arte da escrita: o abade Laurens Janzoon, conhecido como Koster[7] por ter ingressado muito jovem na catedral como sacristão.

Nascido no ano de 1370, Koster era, então, um ancião de aspecto respeitável. Envolto em uma toga larga e cheia de pregas que o cobria

---

[7] *Koster:* sacristão em holandês.

do queixo aos pés, a cabeça oculta por um chapéu clerical de três pontas e uma ampla estola de pele sobre os ombros, mal se via uma nesga de seu rosto. No entanto, seus olhos claros, límpidos, se destacavam, como se brilhassem com luz própria. Quando ficou na frente do velho abade, Gutenberg se curvou em um gesto espontâneo surgido do respeito verdadeiro, e não das normas protocolares. Depois, apresentou as cartas com as credenciais da Prefeitura de Estrasburgo e fez saber ao religioso de sua admiração por sua bem-conquistada fama. Homem simples e humilde, Koster ordenou a Johannes que se levantasse com um gesto de autêntica humildade. Mas a verdade era que tinha motivos de sobra para merecer a devoção de qualquer gravador.

Desde que ingressara como coroinha na catedral, Koster fizera todo tipo de trabalho, por menor que fosse, com a máxima responsabilidade. Em seu primeiro ofício, o de veleiro, ocupava-se fazendo, um por um, os círios, as candeias, as lucernas para as luminárias, os pavios e todas as velas destinadas aos serviços religiosos ou à iluminação. Aquele antigo trabalho foi o que o levou a tentar, pela primeira vez, a arte da modelagem: usava argila para confeccionar moldes para velas e a cera das velas para reproduzir as formas de diferentes imagens. Convencido de que jamais conseguiria conhecer o espírito humano sem travar contato com os homens simples e seus afazeres cotidianos, resolveu abandonar o hábito e se ocupar dos mais diversos trabalhos mundanos: como lavrador, compartilhou duras jornadas com camponeses para ganhar o magro pão de cada dia; foi hospedeiro em uma taverna de baixo nível e conheceu a alma dos criminosos, dos pobres de espírito que precisavam afogar suas mágoas no álcool, o desespero dos insones, a corrupção dos poderosos que contratavam os serviços dos criminosos e se aproveitavam dos pobres de espírito e dos desesperados. Foi oficial da guarda municipal de Haarlem e chegou a capitão. Foi tesoureiro, carpinteiro, ferreiro, ourives, fundidor, gravador. Foi discípulo e foi mestre. Somente quando suas mãos ficaram nodosas, calejadas e fortes, quando sua alma conheceu a necessidade, o sofrimento e a falta de misericórdia padecida pela maior parte das pessoas comuns, resolveu voltar a vestir o hábito para parecer o monge que nunca deixara de ser.

Outra vez na catedral, Laurens Koster se dedicou a difundir o Verbo aos que não sabiam ler, estampando lâminas que representavam as diversas passagens da Bíblia. Sempre o surpreendera o fato de que os melhores jogadores de cartas da taverna fossem incapazes de entender uma única letra, embora, naturalmente, fossem muito bons com os números e as figuras. Assim, para chegar àqueles que mais necessitavam da Palavra, precisou apelar às imagens. Idealizou um maço de baralho que, ao invés das figuras pagãs, apresentava imagens sagradas: em vez da espada, cruzes; em lugar do rei, Jesus; a rainha era a Virgem, e, consecutivamente, cada figura do baralho comum era substituída por outra, venerável.

Na época, o jogo de cartas havia sido proibido em quase todas as grandes cidades da Europa: desde 1310 estava proibido em Barcelona; em 1337 foi declarado ilegal em Marselha e, mais tarde, em Veneza. As autoridades de Haarlem haviam tentado perseguir os jogadores diversas vezes, mas estes sempre davam um jeito de encontrar lugares clandestinos. O baralho de Koster funcionava de maneira paradoxal: ao invés de os jogadores driblarem a norma moral, era a moral que entrava de contrabando em suas almas viciadas. Aos olhos dos

O LIVRO DOS PRAZERES PROIBIDOS 93

viajantes, era um estranho espetáculo ver os trapaceiros invocando o nome de Jesus, Maria e José, ao mesmo tempo que depositavam suas figuras no feltro verde.

Muito além da eficácia do baralho de Koster, a verdade é que os naipes eram de uma beleza incomparável. Diferentemente das cartas rústicas e ordinárias, as fabricadas pelo monge pareciam feitas pelas mãos de um sutilíssimo artista. Não tinham nada a invejar das melhores lâminas que reproduziam os murais de palácios e igrejas; pelo contrário, eram muito superiores.

A técnica requeria vários passos. Com um buril, Koster gravava as figuras em um molde de madeira com a forma de cada naipe. Quando completava os quarenta moldes, reunia-os em quatro grupos de dez e, depois, os cobria com tintas que ele mesmo fabricava. Feito isso, colocava um grosso papel de algodão rígido do tamanho de cada grupo de dez moldes e os submetia à pressão de uma prensa muito semelhante à que se usava para fabricar vinho. Depois, tirava o papel, e, magicamente, ficavam impressos os dez naipes, que ele, então, cortava com a lâmina afiada que trabalhava sobre uma dobradiça. E assim repetia o procedimento até formar o baralho. Com esse método conseguia produzir até dez maços de baralho por dia. Esse, claro, foi só o começo; mais tarde, com a mesma técnica, imprimiria não apenas lâminas, reproduções de pinturas famosas que adornavam igrejas e palácios, mas, graças a essa arte, as colocaria ao alcance de todo o mundo a um custo ínfimo.

Laurens Koster acolheu Gutenberg como discípulo. Foi um mestre generoso. Johannes soube conquistar a confiança do monge holandês à força, demonstrando-lhe seu talento. Mas, sobretudo, em virtude de sua disposição para o trabalho; o novo discípulo de Mainz era incansável. Podia passar dias trabalhando, estudando e pesquisando sem dormir. À medida que Gutenberg se mostrava cada vez mais aplicado, o velho mestre ia lhe revelando uma nova técnica que, até então, ninguém conhecia. Johannes era um verdadeiro privilegiado. No entanto, suspeitava que o velho Laurens Janzoon Koster guardasse um segredo que só reservava para si. Gutenberg decidiu não abandonar a Holanda antes de conhecer o último dos arcanos de gravador.

18

Ao perceber a irritação que sua última acusação provocara em Gutenberg, Sigfrido de Mogúncia resolveu insistir e se aprofundar no argumento:

— Ladrões de pouca monta, é isso o que são os acusados! — vociferou o acusador.

Depois, ficando em pé perto de Johannes, apontou-o com o braço esticado e, em tom dramático, à beira do pranto, acrescentou:

— Não apenas me despojou da única coisa que possuo, o meu modesto ofício de copista, mas também não hesitou em se apropriar também do trabalho e das ferramentas do mestre holandês Laurens Koster, que o acolheu em sua casa, lhe deu abrigo, comida e o tratou como um discípulo estimado.

Diante do tribunal, Gutenberg rememorava seus dias na Holanda e a relação que havia estabelecido com seu mestre, que em alguns momentos se mostrava generoso e, em outros, quando lhe pedia alguma explicação, mergulhava em silêncios herméticos. Johannes notara que cada vez que o interrogava sobre certos detalhes das técnicas dos livros xilográficos, Laurens Koster lhe respondia com uma brevidade enigmática. Diante da insistência de Johannes, o velho monge costumava se livrar do assunto com evasivas que contrastavam com o habitual entusiasmo com que lhe ensinava outras particularidades do ofício da gravura. No entanto, tamanha era a tenacidade do discípulo de Mainz que, em certa ocasião, já no limite da paciência, o abade lhe respondeu, misterioso e taxativo:

— Se quiser evitar problemas, dedique-se à gravura das lâminas. Os livros são um assunto delicado que só lhe trará complicações.

Tal declaração só fez instigar ainda mais a curiosidade de Johannes. A partir daquela conversa, Gutenberg redobrou sua atenção: seguia seu mestre furtivamente e o investigava das sombras para descobrir os esconderijos secretos de toda a catedral. Não existia igreja que não escondesse um alçapão no solo que levasse aos porões, uma claraboia alta que conduzisse a um sótão recôndito ou uma porta escondida atrás de um móvel que desse acesso a uma sala privadíssima. Johannes não perdia um passo do velho Koster. No entanto, nunca conseguiu surpreendê-lo em nenhum movimento furtivo.

Um dia em que o abade precisou viajar à vizinha Amsterdã para resolver certo assunto, o discípulo aproveitou e entrou em seu claustro. Revistou as gavetas nas quais o abade guardava seus poucos pertences, as páginas de seu livro de anotações, o interior do guarda-roupa, os cantos do modesto catre e até as tábuas do piso. Nada. Quando estava para abandonar o quarto, convencido de que seu mestre não tinha nada a ocultar, aconteceu uma coisa inesperada. Ao acomodar os objetos que tirara do lugar, um pequeno carimbo que estava na mesinha de cabeceira — que ele vira antes, mas sem lhe dar importância alguma — deslizou por cima da capa do caderno e caiu no chão. Ao segurá-lo nas mãos, duas coisas chamaram sua atenção: por se tratar de um carimbo, tinha uma forma diferente, alongada, e, mais notável ainda, a inicial não era o K de Koster nem o L de Laurens; nem sequer o J de Janzoon. Tratava-se de uma inexplicável letra *a* minúscula. Não havia ninguém na catedral cujo nome começasse com *A*. Além disso, quem, por mais modesto que fosse, usaria um carimbo com iniciais minúsculas? Gutenberg escondeu no meio de suas roupas aquela misteriosa peça de madeira talhada, disposto a resolver o pequeno enigma.

Convencido de que a talha com a letra, aparentemente insignificante, fazia parte de algo maior, Johannes esperou o regresso do prior para que ele mesmo o conduzisse à elucidação do mistério. Examinara a peça de madeira algumas vezes, mas não descobriu o que poderia ser nem para que serviria. Quando, por fim, Koster voltou de sua breve viagem, Gutenberg resolveu retomar suas indagações. Debatia-se entre duas alternativas: a primeira, revelar ao mestre que encontrara aquela peça por acaso e lhe perguntar, sem rodeios, o que era exatamente; a segunda, guardar a letra de madeira e esperar que Koster a procurasse sem êxito, até que, como um animal de carga, se dirigisse ao covil no qual fabricava seus enigmáticos artefatos secretos. A primeira opção era a mais simples, mas, evidentemente, a menos segura: corria o risco de que o abade se negasse a lhe responder e recuperasse a peça, despojando Johannes de seu achado. Além disso, poderia alimentar a suspeita de que o aluno de Mainz estivera fuçando em seus aposentos. A segunda tampouco lhe garantia que seria bem-sucedida, mas, pelo menos, se Gutenberg não conseguisse encontrar a oficina oculta de Koster, poderia conservar a peça e decifrar sua utilidade. Talvez, todas aquelas elucubrações não tivessem sentido algum; talvez, a letra fosse o resto de uma gravura, de uma prancha xilográfica ou uma simples tela feita para ensaiar caligrafia. No entanto, por alguma estranha razão, Johannes intuía que aquela simples letra *a*, minúscula e insignificante, era a parte visível de um universo desconhecido.

Somente alguns dias depois de Koster voltar de Amsterdã Gutenberg percebeu que o velho abade mantinha uma expressão séria, como jamais havia visto; ia para todos os cantos procurando e revirando todas as gavetas, armários e estantes da catedral. Viu-o andar de quatro no meio dos reclinatórios, atrás das imagens, no átrio, no altar, no púlpito, nas escadas, degrau por degrau, e em todos os cantos de cada ambiente da basílica. Conhecendo o objeto da busca, Johannes lhe perguntou:

— Perdeu alguma coisa?

— Uma coisa, sim, uma coisa... — disse o abade sem dar mais detalhes.

— Posso ajudá-lo?

— Acho que não...

— Talvez, se você me dissesse o que está procurando...

— Nada importante — disse, sem conseguir esconder o desespero com que examinava cada canto.

— Se me disser o que é, poderei ajudá-lo.

— Um pedaço de madeira, nada especial, uma recordação de... enfim, nada, assim, deste tamanho — disse separando as pontas do indicador e do polegar.

O LIVRO DOS PRAZERES PROIBIDOS 99

Só então Gutenberg conseguiu perceber a importância daquela peça cujo nome o prior evitava lhe revelar.

Ao cair da noite, Johannes teve certeza de que estava muito perto de encontrar, por fim, o que procurara durante tanto tempo, embora ainda não soubesse exatamente do que se tratava. Sozinho em seu claustro, comeu apenas uma batata cozida sem tempero. A comida da catedral costumava ser muito simples, mas, além disso, Gutenberg estava com as tripas tensas como as cordas de uma lira. Koster também comeu em seu próprio quarto de clausura: uma tigela de sopa e um pão dormido. Um porque a havia perdido e o outro porque a havia encontrado, ambos, mestre e discípulo, estavam com a cabeça naquela peça de madeira com uma pequena letra gravada. Depois da ceia sóbria e solitária, os dois se enfiaram em seus catres e, quase ao mesmo tempo, apagaram os candis.

Como se a catedral tivesse sido visitada por íncubos, Johannes e o abade, cada qual em sua cama, se reviravam sem conseguir pegar no sono. Vítimas de acessos de frio repentinos, cobriam-se até o pescoço e logo depois afastavam as mantas, ensopados de suor. Os pensamentos se sucediam em imagens caóticas, perturbadoras. Os corações palpitavam com tanta força que ambos, acordados, precisavam mudar de posição para que as batidas não se tornassem audíveis. De repente, o rangido de uma dobradiça sobressaltou Gutenberg; depois, ouviu o ruído de uma porta se fechando e, finalmente, ouviu passos que avançavam pela galeria e apressavam a marcha diante de sua porta. Ergueu-se, apoiando-se nos braços. Com mais cuidado do que pressa, Gutenberg pulou do catre, cobriu-se com um roupão, abriu a porta sem fazer ruído e, ao sair pela porta, acreditou ter visto o vulto do velho Koster se afastar pelo corredor que levava dos claustros ao pátio adjacente. Então, resolveu segui-lo. O prior caminhava com passo decidido e, levando em conta sua idade, bastante ligeiro. Beirou o muro perimetral, avançou até uma das portas secundárias que conduziam ao exterior da basílica, segurou uma grande chave de ferro, abriu a porta e saiu. Uma vez fora, Koster voltou a girar a chave na fechadura.

Johannes ia e vinha sem saber o que fazer; não havia maneira de abrir nenhuma das portas. Então, tal qual um jovem, trepou pelos galhos grossos da hera que revestia o muro e chegou ao topo. Mas, no outro lado, não havia plantas nem nenhuma outra coisa que servisse para facilitar a descida. Daquela altura, pôde ver Koster se afastar por um beco pavimentado. Sem pensar, fechou os olhos, persignou-se e, encomendando-se à providência, caiu no outro lado.

Gutenberg desabou de maneira escandalosa; o impacto contra o solo foi brutal. Havia se enganchado na ponta de uma pedra do muro e, ao se atrapalhar em suas próprias vestes, caiu de costas no chão. No entanto, o acidente causado por sua roupa o livrou de quebrar os ossos, pois reduziu a velocidade da queda e, por consequência, o impacto foi menor. Quando se certificou de que estava são e salvo, Gutenberg se levantou, ajeitou suas vestimentas — voltando a cobrir as partes que haviam ficado desnudas durante o salto — e correu atrás dos passos do abade.

A rua estava deserta e só se ouvia o som da água que cortava a cidade. Johannes precisava avançar em silêncio para não ser descoberto. Um após o outro, o abade e seu discípulo atravessaram a praça do mercado em diagonal, cruzaram a ponte sobre o canal, serpentearam vários becos até que, por fim, o velho Koster, agitado, chegou ao seu destino. A alegria de Johannes pela descoberta do refúgio do prior se transformou em assombro quando viu o que era aquela construção na qual o gravador holandês entrava apressadamente.

19

s juízes ouviam com atenção as revelações do acusador. O notário Ulrich Helmasperger estava concentrado nas palavras de Sigfrido de Mogúncia, que, implacável, mantinha o tom inflamado e a língua ferina. Os acusados não tinham esperanças de sair com vida do processo diante da incisiva oratória do acusador.

Abstraído em suas próprias recordações, com o olhar perdido nas escarpas da memória, Gutenberg evocava sua estadia na Holanda. Johannes sentira-se surpreso com a notável escassez de mulheres em Haarlem. Nas ruas, nas praças e nas lojas, era evidente a superioridade numérica dos homens. No entanto, recebeu a espantosa notícia de que, na realidade, a quantidade de mulheres era quase duas vezes maior que a de homens. "Onde se escondem?", perguntou-se, antes de saber da verdade. O segredo residia no *hofje*.

O *hofje* era uma instituição que existia havia muito tempo em Haarlem. Em geral, tratava-se de uma imponente construção em forma de ferradura que se estendia em torno de um grande jardim povoado de flores e árvores: em alguns casos, esses parques atingiam o tamanho de um pequeno bosque. Alguns eram cercados por belos

O LIVRO DOS PRAZERES PROIBIDOS ✿ 103

canais e por muralhas altas e majestosas. As portas, decoradas e pintadas, em geral, com um azul intenso, costumavam ter uma imagem de uma virgem protegida por um pequeno capitel. No entanto, o mais curioso nestas edificações não era a arquitetura, mas seus habitantes: tratava-se de verdadeiras cidadelas onde só havia mulheres. Diferentemente dos conventos, nos *hofjes* não viviam monjas nem existia uma ordem hierárquica; não reinava a dura disciplina eclesiástica, tampouco eram dirigidos por uma madre superiora inflexível. As mulheres costumavam ser religiosas, sim, mas laicas, e a organização se estabelecia de acordo com princípios seculares mais que monásticos. Nascidos em Liège, Bélgica, no século XII, com o nome de beguinaria, em virtude do nome de seu fundador, Lambert le Bègue, espalharam-se rapidamente por todos os Países Baixos. Mas em nenhuma outra cidade havia tantos como em Haarlem. Essas cidadelas surgiram como casas de caridade nas quais se refugiavam as mulheres pobres, as viúvas, aquelas que, fosse qual fosse a razão, ficavam sem teto ou sem família ou, simplesmente, as que queriam ser admitidas para aprender ofícios ou se retirar a uma vida espiritual sem se submeter às privações monásticas. Em todos os casos, as beguinas — assim se chamava essa ordem laica — tinham liberdade para abandonar o *hofje* quando quisessem e não precisavam prestar contas a ninguém se decidissem deixar a beguinaria para se casar.

Em contraste com os mosteiros, onde as religiosas levavam uma vida de clausura, quando não de sacrifício e até de flagelação, o *hofje* se caracterizava por uma existência alegre, voltada para fora dos claustros, ao ar livre do amplo jardim. Os trabalhos eram mundanos e agradáveis, e havia várias oficinas nas quais as mulheres aprendiam e desenvolviam diversos ofícios. Fundados, em geral, por benfeitoras ricas, as beguinarias logo passavam a se manter graças ao trabalho de suas moradoras e aos subsídios das autoridades. Naquela época, existiam em Haarlem muitas dezenas de *hofjes*, espalhados por toda a cidade. Para os estrangeiros, esses conventos laicos eram motivo de assombro e costumavam despertar as mais variadas fantasias, muitas delas fundadas em boatos. Alguns imaginavam verdadeiros templos da perversão; talvez porque estivessem cercados de água, muitos os associavam à ilha de Lesbos, a mítica terra em que Safo, a poetisa, cantara sua paixão por mulheres. Contribuía para essas lucubrações o fato curioso, e para certos membros do clero condenável, de que as beguinas, assim como Safo, também fossem poetisas, escritoras e amantes dos livros.

Talvez a mais célebre das beguinas tenha sido Hadewych de Amberes, que, em meados do século XIII, deixou uma vasta obra poética, epistolar e diversas crônicas a respeito de suas experiências espirituais. Para a indignação de muitos clérigos, Hadewych não escrevia no idioma do Sacro Império, o latim, mas em seu impenetrável holandês, uma língua considerada vulgar pela Igreja. Mas, além disso, muitos de seus versos não eram apenas profanos, mas pura e simplesmente heréticos. Seu poema mais conhecido, *Amar o amor*, era uma verdadeira elegia ao amor mundano e carnal, distante do conceito monástico que só admitia que um único homem fosse adorado: Jesus. De fato, muitos de seus versos acabaram ardendo nas fogueiras.

Não tiveram melhor sorte as obras de Matilde de Magdeburgo, beguina e poetisa, cujo livro, intitulado *A luz que flui da divindade*,[8] acabou

---

[8] *Vliessende lieht miner gotheit*, 1250, aproximadamente.

repudiado pela Igreja. A hierarquia eclesiástica não suportava que essas mulheres laicas e escritoras tomassem a liberdade de abordar questões mundanas ou, pior, de escrever sobre coisas sagradas sem seu consentimento prévio nem sua exegese posterior. Na verdade, os clérigos não toleravam que fossem mulheres, escritoras, laicas e que espalhassem suas fantasias heréticas ou, ainda mais grave, religiosas, em línguas vulgares como o flamenco, o holandês, o francês e o alemão.

Mas, de todas as beguinas, a que padeceu o pior dos martírios foi Marguerite Porrette, autora do maravilhoso livro *O espelho das almas simples*,[9] cujos versos foram enviados ao fogo da Inquisição junto com sua autora. Condenada pelo bispo de Châlons, foi queimada viva em 1 de junho de 1310 na praça de Grève.

Devido à longa história de julgamentos e preconceitos que pesavam sobre as beguinas, muitos viajantes, inclusive o próprio Johannes, davam asas à imaginação cada vez que passavam diante das portas azuis daquelas fortalezas habitadas exclusivamente por mulheres. Gutenberg imaginava uma entrada triunfal na qual, pouco antes de transpor os muros, hordas de mulheres desesperadas se lançariam sobre sua máscula pessoa e, ávidas de sexo, arrancariam sua roupa e o fariam conhecer prazeres como jamais um homem experimentara. Por essas mesmas razões, Johannes continuava espantado enquanto via Koster pronto para entrar naquele lugar proibido. Então, já havia se esquecido por completo da pequena peça de madeira gravada com a primeira letra do alfabeto: suas fantasias viajavam agora em uma direção bem diferente.

---

[9] *Mirouer des simples ames anienties*, 1305.

Oculto atrás de um arbusto à beira do canal, Gutenberg viu o velho monge pegar no chão uns pequenos seixos e atirá-los com um intervalo de poucos segundos, um depois do outro, como se fosse uma senha, em um dos telhados que apareciam por detrás do muro. Depois, Koster recuou alguns passos e esperou a uma distância prudente. Johannes ouviu movimentos dentro da fortaleza feminina e, pouco depois, viu, perplexo, o vulto de uma mulher entreabrir a porta azul para deixar entrar o abade da catedral de Sint-Bavokerk. Como era possível que o ancião venerado por toda a cidade de Haarlem ousasse entrar naquele recinto onde, como se supunha, as mulheres ficavam a salvo dos homens? E se fosse o contrário? Se, na realidade, os *hofjes* protegessem os homens da lascívia das beguinas? De qualquer modo, que relação poderia existir entre a letra que subtraíra de seu mestre e as misteriosas atividades secretas daquele lugar proibido? Gutenberg não estava disposto a desistir das respostas a todas as suas perguntas.

20

 acusador dava prosseguimento às suas muitas alegações. Gutenberg, com os olhos voltados para suas próprias recordações, rememorava como penetrara aquele incrível refúgio feminino.

Com o corpo ainda dolorido pela recente queda do muro da catedral, Johannes disse a si mesmo que Deus talvez tivesse decidido, literalmente, levantar paredes para colocar à prova sua determinação. Mais uma vez, dispôs-se a subir. Mas, diferentemente de sua façanha anterior, desta vez teria de escalar sem o auxílio de nenhuma trepadeira: o muro era alto e completamente liso. Olhou ao redor para ver o que poderia ajudá-lo a subir. No canal, exatamente diante dele, havia uma barcaça atracada. Sem pensar, desenrolou a corda do amarradouro e, com suas mãos hábeis, desatou o nó que prendia a embarcação ao cais. Nem sequer se deu conta de que, quando tirara a corda, a pequena nave ficara à mercê da correnteza do canal e se afastara lentamente, à deriva. Correu com a corda até o *hofje*, fez um laço corrediço e, com a destreza de um domador de cavalos, enlaçou um dos minaretes que rematavam o muro. Sua curiosidade era tão forte que não teve consciência das consequências de tal ousadia.

Violar a privacidade de um refúgio de mulheres poderia lhe custar a vida. Mas o fato de o velho Koster ter entrado era, de alguma forma, uma licença que talvez também se estendesse a ele.

Com alguns puxões, constatou que a corda estava bem presa e tinha resistência suficiente para suportar seu peso. Então, enrolou a corda no antebraço, firmou a sola dos sapatos no muro e começou a subir lentamente. Quando chegou ao alto da parede e conseguiu ver o que havia lá dentro, ficou estupefato. O luar iluminava o jardim central; copos-de-leite resplandeciam como se fossem olhos arregalados. Tudo era de uma beleza paradisíaca: no meio do parque havia um pequeno lago no qual flutuavam as mais diversas e maravilhosas plantas aquáticas: nenúfares em flor, violetas-d'água e lírios. Os balcões e as janelas estavam repletos de vasos igualmente floridos. As portas eram hospitaleiras com seus arranjos de fitas coloridas. Em alguns dos áticos que antecediam os claustros, viam-se canastras cheias de frutas. Não havia nada que não tivesse sido tocado pela delicada mão das mulheres. A brisa trazia o inconfundível perfume de corpos femininos. Só então Gutenberg compreendeu o abismo que separava o *hofje* do convento. Era a diferença mais absoluta entre opostos: o branco e o preto, a luz e a escuridão, o perfume e o fedor, o bem e o mal, a saúde e a doença, a pureza e a imoralidade, o homem e a mulher. De fato, refletiu Johannes, qualquer presença masculina teria corrompido aquela deliciosa harmonia que só as mulheres seriam capazes de criar.

Avaliou, por um momento, a possibilidade de voltar e desistir de cometer semelhante sacrilégio, mas, nesse exato momento, de sua posição atrás do minarete, viu o abade caminhando na companhia da mulher que lhe abrira a porta. Não parecia ser uma circunstância clandestina. Pelo contrário, o velho estava com as mãos enlaçadas atrás das costas e a mulher falava animadamente com um sorriso nos lábios. Bordejaram o lago, atravessaram o jardim e, por fim, perderam-se debaixo de uma galeria que levava a outra construção. Então, Johannes passou a corda para o outro lado do muro e desceu com cuidado. Uma vez lá dentro, deslizou, ocultando-se de árvore em árvore, de parede em parede, até que, por fim, chegou ao recinto em que haviam entrado, momentos antes, seu mestre e a anfitriã. Caminhou de cócoras até o parapeito de uma das janelas e passou com cautela pelo meio das plantas. E, então, viu uma cena inverossímil.

Era uma oficina cuja disposição lhe recordou a Sala dos Copistas da Casa da Moeda que seu pai dirigira. Só que, ao invés de homens barbados e circunspectos, havia mulheres graciosas e sorridentes trabalhando em enormes, preciosos livros. Mas seu assombro aumentou muito quando constatou que as letras não saíam da pluma de um copista, mas de umas tábuas formadas por pequenas peças talhadas em madeira. Eram letras exatamente iguais àquela que encontrara no claustro de seu mestre! Todo o alfabeto estava gravado em pequenos carimbos, independentes e intercambiáveis. Com as diferentes peças, Koster armava palavras e ia compondo páginas, em espelho, dentro de uma caixa. De seu esconderijo, Johannes pôde ver todo o processo. Uma vez concluída a caixa que continha as futuras páginas de cada livro, uma mulher espalhava tinta na superfície das letras com uma estopa de tecido compacto. Depois, levava a caixa com tinta a uma prensa, cobria-a com um papel do mesmo tamanho do bastidor e, depois, três mulheres acionavam as manivelas da prensa com toda força, retiravam o papel e, como se fosse mágica, pronto, a página estava impressa. O processo não era muito diferente do usado para a cunhagem de moedas; de fato, era como entintar moedas, cobri-las com um papel e prensá-las.

Ao ver a página pronta, Gutenberg precisou morder a língua para não dar um grito e, agachado como estava, precisou segurar os pés com as mãos para não dar um pulo e irromper na oficina pela janela. Sem dúvida — disse Johannes a si mesmo —, estava assistindo a um verdadeiro sabá de bruxas. O hábito de Koster escondia o próprio Satanás. Que outra coisa poderia ser aquilo se não a obra do Maligno tantas vezes condenada pelos Pais da Igreja? Certamente, aqueles enormes e decorados volumes eram as obras proibidas das beguinas heréticas. Intuía que, daquela prensa diabólica, saíam os versos de Hadewych de Amberes, de Heilwige Bloemart e de Matilde de Magdeburgo. Não tinha a menor dúvida de que aquelas filhas do maligno tentavam difundir os livros de Maria de Oignies, de Lutgarda de Tongeren, de Juliana de Liège, de Beatriz de Nazaré e, logicamente, também os de Marguerite Porrette.

Gutenberg estava convencido de que Deus o levara àquele lugar para que cumprisse uma missão. Aquela certeza o desvinculou de qualquer sentimento de profanação, apesar de estar escondido como um ladrão, espiando o grupo de mulheres. Já era muito tarde. Estava disposto a esperar ali até que Koster e suas assistentes terminassem o trabalho, mesmo que tivesse de ficar até o amanhecer.

Não precisou esperar tanto tempo. Quando a última página do livro foi impressa, o monge se despediu com uma saudação breve, mas afetuosa, saiu da oficina e, acompanhado pela mesma mulher que lhe abrira a porta, retirou-se do *hofje*. As mulheres limparam, arrumaram e colocaram as páginas para secar em uma corda como quem estivesse pendurando roupa. Feito isso, sopraram as candeias e também abandonaram a oficina. Johannes, por prudência, deixou passar um tempo; quando teve a certeza de que mais ninguém estava fora dos claustros, empurrou as folhas da janela e entrou sorrateiramente, como um felino, na oficina.

21

utenberg percorreu a oficina mal-iluminada à luz da lua cheia que penetrava pela janela. Com os olhos habituados à escuridão e sua memória prodigiosa, conseguia se orientar perfeitamente e localizar até o mínimo detalhe de tudo o que havia visto do parapeito. Johannes sabia qual era seu objetivo; em cima de uma das grandes mesas, ao lado da prensa, havia, em uma caixa alongada, um jogo completo de letras de madeira, como aquela que encontrara no claustro de Koster, mas que incluía todos os caracteres do alfabeto e os números de 0 a 9. Além disso, queria confirmar suas suspeitas a respeito dos títulos empilhados nas prateleiras.

Foi grande a surpresa de Johannes ao constatar que, longe de se tratar de livros proibidos como os de Marguerite Porrette, dos versos heréticos de Hadewych de Amberes ou de qualquer outro anátema da impura tradição das beguinas, o volume que estava em suas mãos era um belo exemplar da *Gramática Latina*. Nervosamente, examinou os outros títulos: todos eram textos sacros. Cheio de assombro, viu uma *Biblia pauperum*. Koster, refinadíssimo gravador, conseguira combinar a arte da xilografia à da caligrafia; a *Bíblia* dos pobres saída de sua prensa exibia uma sucessão de imagens do Antigo Testamento que prenunciavam a chegada do Messias e cenas da vida de Jesus Cristo que confirmavam os ditos dos profetas de Israel. Não se tratava de um livro com ilustrações, mas, ao contrário, de uma série de desenhos acompanhados de breves legendas colocadas de tal maneira que as palavras pareciam sair da boca dos vários personagens. A *Bíblia pauperum* tinha o objetivo de fazer com que qualquer um, mesmo aqueles que mal sabiam ler, pudesse compreender a mensagem.

Havia um exemplar da versão resumida do *Ars Moriendi*, uma série de recomendações para um bom cristão alcançar uma morte digna. Assim como a *Bíblia dos pobres*, este livro constava de 11 gravuras: as cinco primeiras mostravam Satanás com o aspecto das diferentes tentações e a outras tantas imagens ilustravam as formas de evitar cair nelas. A última representação era a de um moribundo em seu leito que, indiferente à sedução do maligno, era recebido nos braços de Deus, enquanto os íncubos e os súcubos fugiam para o inferno. Naquela época, era um dos livros mais influentes e, de fato, fora traduzido para a maioria dos idiomas europeus. Aquela era a versão em holandês.

O livro que momentos antes saíra da prensa, aquele cujas páginas ainda frescas estavam penduradas em uma corda como se fosse peça de roupa, era o *Ars Memorandi*, que tinha o objetivo, como seu nome sugeria, de ensinar a arte de memorizar a Bíblia. De maneira simples e sucinta, resumia em trinta páginas — 15 com ilustrações e 15 com textos — a sequência e os feitos narrados pelos apóstolos. O *Ars Memorandi* era usado por Koster para instruir os seminaristas.

No entanto, Johannes estava convencido de que algo obscuro devia estar escondido naquela oficina oculta na cidadela das mulheres. Virou e revirou até que, de repente, leu, na penumbra, em um dos títulos, a palavra *Speculum*; eis aqui, disse a si mesmo, a prova da heresia: não podia ser outro livro que não *O espelho das almas simples*, e, para aumentar o sacrilégio, traduzido ao latim como se fosse uma obra santa. No entanto, quando o aproximou dos olhos, descobriu, quase com decepção, que se tratava do *Speculum Humanae salvationis*, o célebre apócrifo do século XIV que, na ocasião, se transformara no livro mais consultado pelos clérigos depois da Bíblia. Era, na verdade, um manual prático para se alcançar a salvação da alma, redigido de maneira simples e compreensível, distante dos complexos tratados clássicos de teologia.

Johannes conseguiu se convencer de que não estava sendo guiado pelo vil propósito de roubar o jogo de letras móveis de Koster, mas, sim, pela épica tarefa de salvar o mundo das ferramentas do maligno para difundir sua obra. No entanto, a descoberta de que os livros nada tinham de diabólicos, mas exatamente o contrário, o deixou sem argumentos com os quais justificar suas intenções. Então, procurou motivos em outro lado. Ao examinar, ao pálido luar, uma das páginas impressas, constatou que a falsificação era evidente; não era necessário dispor dos raios do sol para perceber que aquelas letras não haviam sido feitas por mão humana. Tão grosseira era a fraude que, por exemplo, o falsário nem sequer se dera ao trabalho de gravar um molde com a letra m, mas que, para imitá-la, utilizara dois n, um ao lado do outro, artifício que ficava evidente pelo espaço que havia entre as duas letras. Johannes não considerou a possibilidade de que Koster não pretendesse imitar um manuscrito, mas simplificar

O LIVRO DOS PRAZERES PROIBIDOS 🐾 115

a tarefa de copiar livros. Além de tudo, pensou Gutenberg, a tinta não parecia a mais adequada para as peças talhadas: quando chegava ao papel, já tinha sido absorvida pela madeira e deixava uma impressão débil, irregular, como a de um carimbo desgastado. Como se não bastasse, as letras eram exageradamente grandes, fato que atribuiu à dificuldade para cinzelar a madeira com os minuciosos detalhes da caligrafia feita à pluma.

Disposto a fazer justiça, pegou um pedaço de pano e improvisou uma sacola. Dentro dela, guardou a caixa com o jogo de letras, algumas folhas impressas e um frasco de tinta. Pendurou a sacola no ombro, observou a prensa pela última vez para memorizar cada detalhe e saiu pela mesma janela pela qual havia entrado. Uma vez fora, atravessou o parque correndo e suspirou, tranquilo, quando avistou a corda pendendo da muralha. Voltou a trepar por ela e, por fim, abandonou o *hofje* com o precioso produto de seu roubo.

Enquanto fugia a toda velocidade pelos becos de Haarlem, Gutenberg temeu que alguém o confundisse com um simples ladrão.[10]

---

[10] Hadrianus Junius, em sua obra *Batávia*, publicada postumamente em 1568, menciona o roubo do jogo de letras de que Koster foi vítima no final de 1441 e o atribui a um discípulo seu de nome Johannes.

22

utenberg partiu de volta a Estrasburgo antes que a aurora despontasse sem sequer se despedir de seu mestre. Para justificar a apropriação do jogo de letras, convenceu a si mesmo de que Laurens Koster não era o velho monge venerável que aparentava, mas sim um herege disfarçado de clérigo. Só um aliado do maligno poderia ingressar naquele antro de bruxas e se servir delas para levar adiante suas artes obscuras. De nada servia a constatação de que os livros que vira não apenas não eram blasfemos, mas, pelo contrário, faziam parte do cânone do Sacro Império. Devia haver algum engano, pensou Johannes, pois, se não fosse isso, por qual motivo Koster se refugiava clandestinamente em um *hofje*? No entanto, Gutenberg usava a discrição que condenava no abade para justificar suas próprias investigações. O que, em seu caso, era uma reserva cautelosa se tratava de ocultação e clandestinidade quando aplicado ao mestre.

Durante seus anos de vida mundana antes de voltar a vestir o hábito, Laurens Koster aprendera que, ao contrário do que se dizia, as mulheres eram muito mais reservadas e confiáveis que os homens. De fato, a julgar pela maneira como o discípulo de Mainz o retribuíra por seus ensinamentos e hospitalidade, a convicção do prior se confirmava. As mulheres não apenas sabiam guardar segredos, mas costumavam ser mais aplicadas, responsáveis e rigorosas para desempenhar, inclusive, aqueles ofícios que se acreditava reservados aos homens. O próprio Johannes devia saber disso melhor do que ninguém, pois sua mãe era o exemplo mais próximo e eloquente. No entanto, para diminuir o peso da culpa e limpar sua consciência, Gutenberg precisava apagar a figura de seu mestre.

Johannes se aferrava ao tesouro que havia roubado de Koster como se acabasse de livrar a humanidade do pior dos perigos. Nem bem chegou a Estrasburgo, retomou seu trabalho na Prefeitura. Todas as técnicas que aprendera com o velho gravador de Haarlem se viam refletidas em sua nova produção de lâminas que agregavam frases ao pé, cuja delicada feitura parecia nascer da pluma do melhor dos calígrafos. O alcaide de Estrasburgo admirou o desempenho de Gutenberg e parabenizou a si mesmo pela decisão de tê-lo enviado para estudar na Holanda. O que o mandatário não sabia era que os trabalhos secretos de Johannes, feitos na solidão de sua casa, eram muito mais surpreendentes do que suas lâminas.

Gutenberg descobriu depressa os defeitos das técnicas de Koster. Em primeiro lugar, a tinta, que, embora fosse um pouco mais espessa do que a usada para escrever a mão, não tinha a consistência adequada para copiar as sutis formas da caligrafia. Além disso, depois de examinar as peças minuciosamente, concluiu que, por mais dura que fosse a madeira de que as peças eram feitas, estavam expostas a um desgaste excessivo: a força da prensa fazia leves estrias e depressões que, com o tempo e o uso, deformavam as letras.

Por fim, percebeu que, apesar de estarem contidas em um bastidor, as peças se desalinhavam com frequência. Para resolver o problema, Gutenberg recorreu a uma saída simples, mas muito eficaz: perfurou as laterais dos tipos e os encoleirou com um fio retesado, de maneira que as letras talhadas ficaram perfeitamente alinhadas. Mas, mesmo assim, outra inconveniência persistia: a da margem direita. Entre os vários segredos partilhados pelos copistas, havia o da arte de espaçar sutilmente as letras e as palavras, de modo que as linhas ficassem exatamente centradas entre ambas as margens. Mas as peças móveis apresentavam uma dificuldade: levando em conta que todos os moldes de madeira tinham o mesmo tamanho, a distância entre uma letra e outra era sempre a mesma, o que fazia com que as últimas palavras das linhas não coincidissem na margem direita. Johannes encontrou a solução: fabricou pequenas peças em branco de diferentes tamanhos para completar de maneira imperceptível o espaço entre as letras, as palavras e os sinais de pontuação. Assim, as linhas ficaram centradas entre ambas as margens.

No entanto, todos os caracteres de uma mesma letra eram idênticos, detalhe nada sutil que evidenciava a falsificação. Não era necessário ser um entendido em livros para perceber. Mas, além desses defeitos, facilmente sanáveis fabricando-se várias letras sutilmente diferentes entre si, havia algo em todo o sistema de Koster que não o convencia: o gravador holandês não conseguia escapar dos estreitos limites da xilografia e da gravura. Johannes se convenceu de que era necessário dar um passo a mais. Mas em que direção?

A xilografia era, sem dúvida, um grande avanço quando se tratava de facilitar o trabalho de impressão; no entanto, Gutenberg notou

O LIVRO DOS PRAZERES PROIBIDOS ❧ 119

que o defeito residia na própria virtude. Suspeitava que, para fazer livros perfeitos, teria de se afastar das técnicas xilográficas, e quebrar as amarras da gravura, se quisesse vislumbrar novos horizontes. Além disso, sabia que Koster e ele próprio não eram os únicos que andavam atrás de uma nova técnica. De fato, um dos copistas da Prefeitura comentara com Johannes uma história que havia chegado aos seus ouvidos: na Itália, o anielador Maso Finiguerra estava trabalhando com um método de burilar o cobre para obter impressões mais fidedignas. Suas gravuras na capela batismal de Florença eram, como diziam aqueles que as haviam visto, impressionantes. Fizera uma reprodução da *Crucificação*, outra da *Pax* e uma da *Coroação da Virgem* que superavam em muito qualquer uma das impressas em madeira.

Assim como a gravura havia conduzido Koster ao livro xilográfico produzido a partir de uma única peça de madeira para cada página e, dali, ao tipo de madeira individual e móvel, Gutenberg precisava se apressar para que os anieladores italianos não tomassem a dianteira na passagem da ilustração à letra impressa usando pranchas de metal.

Os gravadores diziam que um prateiro de Praga chamado Procopius Waldfoghel inventara uma técnica inovadora que batizara de *Art scribendi artifialiter*, ou arte de escrever artificialmente. Graças ao método, conseguia imitar perfeitamente a aparência do manuscrito usando letras talhadas em ferro.

Como se todas essas versões não fossem suficientes para encadear a ansiedade de Gutenberg, ao indagar sobre as pesquisas de seus colegas de outros países, ficou sabendo que um tal Panfilo Castaldi estava trabalhando, em Milão, no desenvolvimento dos sistemas de impressão que o veneziano Marco Polo descrevera nas crônicas de suas viagens pela China. De acordo com os relatos, Castaldi desenhara moldes com o famoso cristal de Murano. Cada molde continha uma letra do alfabeto, e, com eles, Panfilo imprimia os sinais de maneira individual até formar palavras, linhas e páginas. Para facilitar o trabalho, ocorreu-lhe usar uma prensa. No entanto, Johannes achava inverossímil que o vidro conseguisse suportar a prensagem. Por via das dúvidas, submeteu uma garrafa comum de vinho, verticalmente, a uma pressão semelhante à usada para extrair azeite da oliva. O resultado do teste foi espantoso: o vidro suportava muitíssimo mais peso do que a madeira.

Gutenberg se convenceu de que, se quisesse tomar a dianteira, devia começar a trabalhar sem demora.

23

iéis ao antigo hábito proveniente da prostituição ritual, as adoradoras da Sagrada Canastra jamais se despiam na frente de seus clientes. Em vez de tirar a roupa, vestiam os enfeites cerimoniais e se adornavam com as mesmas joias que as prostitutas dos templos babilônicos exibiam. As vestimentas exóticas eram um dos principais atrativos do bordel. Em geral, as mulheres se apresentavam nos próprios aposentos, onde o cliente esperava deitado no leito. Envolviam-se no manto típico kaunake, que cobria os ombros e os braços, rodeava o torso e descia pelas costas como uma capa. Ocasionalmente também usavam o exótico traje pendurado, que consistia de uma simples gaze retangular que passava através de um buraco na altura da cabeça e era sustentada pelas amplas ombreiras escondidas pelas pregas.

Diante dos olhos do amante, em pé ao lado da cama, elas tiravam a túnica e revelavam suas silhuetas cingidas por trajes de couro de antílope. A roupa ajustada ao corpo tinha dois orifícios na parte superior, pelos quais apareciam os seios ou apenas os mamilos; na região entre as pernas se abria um extenso talho que começava na altura do clitóris e percorria toda a extensão da ondulada fronteira que separava os glúteos. A pele do traje era tão fina e delicada que copiava a musculatura, as protuberâncias, as concavidades e até os músculos mais sutis. Podia ser vermelha, preta muito brilhante ou até imitar o próprio tom da pele. A textura do couro era tão fina que, em muitos casos, os clientes achavam que as mulheres estavam completamente despidas. Em outras ocasiões, pelo contrário, o couro de antílope era ricamente adornado com metais; fios de ouro e peças de bronze cercavam o pescoço, os braços e os tornozelos. O couro podia também estar ornamentado com plumas de pavão ou escamas que representavam uma serpente deslizando em direção à genitália. Outro enfeite era uma camisola kaunake suméria que realçava as partes traseiras com uma espécie de borla de couro de cabra recheada com algodões que ficava presa ao redor das cadeiras com um grosso cinturão preto decorado com metais brilhantes.

As mulheres usavam os cabelos amarrados com fitas de ouro ou pregadores pontiagudos. Do lóbulo das orelhas pendiam aros em forma de meia-lua ou argolas que iam até os ombros. Entravam no aposento com o rosto coberto com um véu, tal como mandava a lei babilônica. Mas, quando o rito se iniciava, levantavam-no acima da cabeça para ficar com a boca livre e os olhos atentos, sempre fixos nos do homem. Em ocasiões especiais, podiam se vestir como as monjas de clausura dos conventos cristãos, embora, embaixo do hábito, usassem o traje de pele de antílope.

— Para ser uma boa puta é preciso aprender a ser indiferente aos encantos do prazer — costumava repetir Ulva a suas filhas inexperientes, que não conseguiam evitar de se sentir acaloradas diante da imponente figura de Príapo. Se uma simples escultura lhes causava tanta excitação, muitas se perguntavam como seriam capazes de evitar o prazer ao contato com um homem de carne e osso.

— Em primeiro lugar, vocês devem saber que a distribuição de carne e osso é, na maioria dos homens, tão injusta quanto a distribuição da riqueza. Eles são pobres onde deveriam ser ricos — dizia Ulva apontando a verga monumental do Deus da luxúria — e são ricos onde deveriam ser pobres — acrescentava, apontando o abdômen atlético da estátua.

Para reforçar a ideia, Ulva as convidava para ir à janela que dava para a rua e, naquela hora de trânsito intenso de pessoas pelas lojas, lhes dizia para prestar atenção nos homens. Quase todos eram velhos, cheios de carne ou, pelo contrário, abatidos e até doentes. Havia também os mancos, entrevados e maltrapilhos.

— Vocês poderão passar horas aqui e, garanto, não apenas não verão o seu Adônis, mas dificilmente encontrarão um único homem digno de levá-las para a cama. E, se, por acaso, encontrarem algum, tenham certeza de que ele não haverá de pagar para ter o que conseguiria de graça.

E, cada vez que um novo transeunte aparecia, as jovens alunas podiam comprovar que, tal como sustentava a putíssima mãe, estava muito longe de despertar nelas o menor sinal de atração. Isso lhes produzia dois sentimentos conflitantes: por um lado, o desassossego de descobrir quão ingrato haveria de ser seu trabalho; por outro, que, por contraste, se algum dia lhes coubesse receber um homem jovem e atraente, não poderiam evitar de se entregar ao prazer. Essa inquietação se baseava em um boato que corria entre as putas aprendizes. Dizia-se que as que eram incapazes de frear a volúpia, diante do risco de que pudessem fugir com um cliente eram submetidas à ablação do único órgão humano destinado exclusivamente ao prazer: o clitóris. E, certamente, aquela história tinha algum fundamento. Uma antiga pintura que decorava os aposentos de Ulva representava o momento da fundação, talvez mítico, da Congregação da Sagrada Canastra.

Era um quadro profano no qual se via um grupo de mulheres em cujo centro estava uma menina recém-nascida. A comparação com as muitas representações da circuncisão de Cristo era inevitável: no lugar do Menino Jesus estava a pequena; no lugar de Maria, uma mulher igualmente jovem; onde costumava estar José, uma anciã que segurava um punhal ensanguentado a cujos pés estava uma canastra na qual atirava o pequeno órgão seccionado. Todas as mulheres usavam túnicas brancas, quase transparentes, e o ambiente no qual a cena se desenvolvia, longe de ter um ar sagrado, parecia ser um dos lendários jardins babilônicos nos quais se celebrava o culto a Ishtar.

A verdade era que não se praticava mais a ablação do clitóris. Em seu lugar, estabelecera-se uma cerimônia ritual na qual, com um escalpelo afiado, se marcava por cicatrização ou escarificação um símbolo que distinguia as recém-nascidas como pertencentes à seita. A fundação da Congregação da Sagrada Canastra na remota Babilônia remontava a mil e oitocentos anos antes do nascimento de Cristo. Existia, em Mainz, uma lenda obscura em torno daquele prostíbulo peculiar: todos sabiam que, entre suas paredes, conviviam anciãs, jovens, meninas e até lactantes. Muitas vezes se ouviam os choros agudos de recém-nascidos. E também se sabia que todos os habitantes da congregação, qualquer que fosse sua idade, eram fêmeas. Como acontecia em qualquer prostíbulo, às vezes as meretrizes engravidavam. Mas, então, como era possível que só nascessem mulheres no lupanar administrado por Ulva? Alguns afirmavam que os pequenos varões eram mortos assim que saíam do ventre materno. A essa versão também não faltava fundamento: em um dos vestíbulos havia outra pintura, semelhante às imagens da matança dos Santos Inocentes, na qual se via o mesmo grupo de mulheres do quadro da "circuncisão" assassinando meninos recém-nascidos. A mais velha das mulheres segurava um pequeno pelo pescoço e, assim como Herodes, lhe atravessava uma espada no meio do peito.

Quanto de verdade havia naquela pintura? A mesma impronunciável pergunta se faziam as jovens discípulas de Ulva.

24

No alto do estrado e iluminado pelo sol que penetrava pelos vitrais da sala em que o julgamento acontecia, Sigfrido de Mogúncia sabia como impressionar os juízes. Conhecia os argumentos que deveria usar para deixar seus semblantes austeros cheios de indignação, a expressão boquiaberta pelo espanto e a surda respiração da fúria contida. Sabia que nada funcionava melhor do que apresentar Johannes Gutenberg como um falsário que, amparado no nome de Deus e das Sagradas Escrituras, pretendia enganar os cristãos de boa-fé com o objetivo de enriquecer. O fato de que os juízes fossem clérigos facilitava o caminho pelo qual o acusador conduzia o caso. Em seu canto, ao lado dos juízes, muito abaixo da altura do estrado, em um obscuro segundo plano, o notário Ulrich Helmasperger dava prosseguimento à infausta tarefa de anotar todas as palavras pronunciadas por Sigfrido de Mogúncia.

— Meritíssimos, quem é, na verdade, este homem? É o filho do venerável e honesto funcionário que, tendo ao alcance de suas mãos os tesouros da cidade, jamais tocou em um centavo que não lhe pertencesse, ou é, por outro lado, seu fiel aprendiz, aquele que estudou as belas-artes e as usou para fazer o mal, transformou-as em artes obscuras? É o homem piedoso que tenta convencê-los de que só pretende multiplicar a Palavra ou o que multiplica Bíblias com o auxílio das repugnantes garras do maligno?

Enquanto ouvia as perguntas do Sigfrido, Gutenberg não conseguiu evitar sentir a certeza de que, embora olhasse para os juízes, o acusador se dirigia a ele.

Gutenberg tinha duas faces opostas: uma, a pública, a do funcionário da Prefeitura que se mostrava um gravador talentoso, amável e recatado. Aqueles que haviam conhecido o velho Friele acreditavam ver no filho o mais fiel retrato do pai. No entanto, a face oculta de Gutenberg era exatamente oposta à que exibia: cada vez que assentia, solícito e zeloso, sua outra face negava com tédio; quando se mostrava atento e interessado por alguma ideia de um colega, uma expressão íntima de superioridade se desenhava em sua expressão facial. Quando sorria com interesse, uma careta amarga e hostil subjazia nas dobras de suas pálpebras. Mostrava-se generoso e desprendido em relação ao dinheiro, mas, diante de sua presença, um brilho intenso se apoderava de seus olhos, e só então seu verdadeiro rosto se revelava. Mas aquela outra face até então jamais fora vista por ninguém. A moeda que estava impressa com a cara e a coroa de Gutenberg girava no ar, e o destino haveria de estabelecer qual dos lados decidiria, por fim, sua sorte.

Da mesma forma que, conforme o princípio de Arquimedes, dois objetos jamais poderiam ocupar um mesmo espaço, era igualmente impossível que duas almas pudessem coexistir em um mesmo corpo. Aquela dupla existência não tardaria a transbordar o espírito de Gutenberg, produzindo o primeiro passo rumo à sua própria exclamação de "Eureca". Assim como tinha um espaço público e conhecido na Prefeitura, uma oficina iluminada na qual gravava as mais belas lâminas da Germânia, precisava de outro lugar para que seu lado oculto pudesse se expandir à vontade e colocar em marcha seus planos inconfessáveis. E, certamente, aqueles obscuros desígnios precisavam de um lugar cujas dimensões fossem compatíveis com a grandeza de suas aspirações. Mas comprar uma propriedade de tal porte estava completamente fora de suas possibilidades financeiras. E, mesmo que tivesse o dinheiro, deveria ser um espaço afastado dos olhares estranhos. Uma oficina de gravura não passaria despercebida aos vizinhos e, menos ainda, aos implacáveis coletores de impostos. Percorreu cada canto de Estrasburgo procurando um lugar que se adequasse às suas necessidades. Inquieto, concluiu que não existia espaço semelhante em toda a cidade. Levantou o olhar ao céu, e, então, a sorte colocou diante de seus olhos uma opção insuspeita. Nos confins da antiga cidadela havia uma colina alta e sempre nublada, cuja má fama a transformava em sua Meca tão procurada. Johannes atribuiu a súbita revelação a um desígnio divino.

Aquela elevação sombria onde poucos se atreviam a se aventurar ficava em um terreno acidentado e tortuoso que dificultava a subida. Mais além da ladeira de pedras escarpadas, cresciam arbustos cujos galhos, serpenteantes e rasteiros, haviam se apoderado do que pareciam ser as ruínas de uma velha construção. A certa distância se via um rochedo cinza-esverdeado. No alto, recortada contra o céu, era possível deduzir a forma de uma torre alongada e, mais embaixo, algo semelhante a uma série de arcos e uma muralha. No entanto, bem poderia se tratar de um capricho da natureza, que, misturado com a imaginação do observador, criava a ilusão de que aquela paisagem havia sido tocada pela mão do homem.

Eram muitos os boatos em torno daquela colina escabrosa. Dizia-se que, na parte mais alta, fora sepultado o monge ermitão Arascach. De acordo com a lenda, o eremita cristão chegara da Irlanda no século VII como missionário na Alsácia e na Germânia. Nomeado bispo de Estrasburgo, na época também chamada de Argentina, o religioso havia sido rebatizado com o nome latinizado de Arbogasto. Ao falecer, foi sepultado, conforme sua vontade, na própria colina, onde eram enterrados, então, os ladrões, os condenados e os vagabundos cujos corpos não eram reclamados por ninguém.

De acordo com a tradição, em cima de sua tumba foi erigido um mosteiro consagrado à sua memória. No entanto, em 1298, um grande incêndio na pequena vila que ficava na base da colina destruiu o povoado por completo. As chamas subiram rapidamente pelos galhos murchos devido à seca e atingiram a ala ocidental da abadia, deixando-a virtualmente em ruínas. Alguns anos mais tarde, quando o convento já havia sido reconstruído, o clima severo voltou a se irritar com Santo Arbogasto; na ocasião, a culpa não foi da seca, mas, pelo contrário, das chuvas torrenciais que desabaram como um dilúvio: no exato momento em que os pedreiros terminavam de colocar as últimas telhas, um deslizamento do solo provocou uma avalanche que sepultou o convento para sempre.

Mais além da veracidade dessas histórias, as formas incertas que se avistavam ao pé da colina eram chamadas de ruínas de Santo Arbogasto, e sua simples menção provocava um temor reverencial. Eram incontáveis as lendas sobre assombrações. Muitos afirmavam ter ouvido, naquele bosque de arbustos retorcidos, os lamentos e as súplicas de bandidos enforcados que imploravam ao santo que se apiedasse de suas almas. Outros diziam ter visto cadafalsos fantas-magóricos de cujo travessão pendiam cadáveres lacerados que, com voz lânguida, imploravam aos caminhantes que os despendurassem. E não faltavam aqueles que davam testemunho da temível presença do próprio Santo Arbogasto, que costumava aparecer entre os arcos do antigo convento ameaçando com um cajado quem ousasse interromper sua eterna solidão de eremita.

Educado na ciência e na fé, Gutenberg jamais acreditara em invenções de pagãos e hereges. Mas não ignorava que a maior parte das pessoas, por mais devotas e crentes que se declarassem, no fundo de suas almas, conservava as mais arcaicas superstições: fantasmas, bruxarias, cabalas, necromancia e ocultismo eram os espantalhos que despertavam um terror incomparável nos espíritos da maioria dos mortais. Gutenberg sabia que, muitas vezes, a Igreja, longe de levar a luz a tanto obscurantismo, costumava se aproveitar da credulidade em detrimento das crenças verdadeiras. De qualquer maneira, refletia Johannes, se as histórias das assombrações mantivessem o povo afastado das ruínas de Santo Arbogasto, talvez aquela colina tenebrosa e escarpada fosse um bom lugar para desfrutar de toda a privacidade.

Certa tarde, ao cair do sol, Gutenberg se certificou de que nenhum camponês da granja vizinha o visse entrar naquela paragem e, com a ajuda de um cajado e um candil, resolveu subir ao monte para ver com os próprios olhos o que eram aquelas ruínas. Tal como supunha, a subida ia se tornando difícil conforme avançava sobre as rochas, cujas bordas afiadas se cravavam nas solas de seus sapatos até atingir as plantas dos pés. Quando, por fim, superou a faixa de pedras, pôde constatar que a folhagem verde complicava

O LIVRO DOS PRAZERES PROIBIDOS   131

ainda mais a subida. Tal qual a cabeleira de Medusa, as ramas, assim como serpentes, se espalhavam por todos os lados, constringindo tudo o que se colocasse em seu caminho. Os talos retorcidos estavam cobertos de espinhos. O vento das alturas uivava, cortado pelas copas das árvores. O sol havia se posto atrás do horizonte irregular formado pelos cerros, deixando atrás de si uma mancha violeta que se fundia com nuvens altas, escuras e ameaçadoras.

Quando Johannes estava quase chegando ao topo, a claridade havia sumido por completo. A luz débil do candil, vacilante, produzia um estranho efeito nas ramas: as sombras trêmulas contagiavam com sua indecisão o pulso de Gutenberg. De repente, tudo parecia se animar por algo diferente da natureza vegetal do bosque, como se aqueles tênues movimentos tampouco dependessem do vento. Uma enorme angústia se instalou na garganta de Johannes. De vez em quando, seus pés se enredavam nas ramas rasteiras, que, como braços longos e disformes dotados de vontade própria, pareciam querer impedir que o visitante avançasse ainda mais. O coração de Gutenberg batia forte, e isso não se devia apenas ao esforço da subida. Ele começava a se inquietar. Tentou se acalmar com a ideia de que talvez estivesse um pouco afetado por todas as histórias que envolviam o lugar. De repente, tropeçou em algo que se destacava da folhagem, e nem a ajuda do cajado impediu que caísse e rolasse barranco abaixo. Por um momento, temeu se precipitar pelo despenhadeiro, mas algo agarrou suas vestes e deteve a descida.

Quando conseguiu distinguir o que era aquilo que a providência colocara em seu caminho, seu coração parou: era uma mão branca, fria, cadavérica. Tentou se levantar e se afastar daquela entidade que segurava sua roupa, mas os dedos eram tão fortes que não encontrou maneira de se safar. Como um inseto que quisesse se livrar de uma teia de aranha, Johannes se complicava cada vez mais: seus braços se enredavam nas ramas e, ao mexer as pernas com desespero, fazia com que as pedras sob seus pés desabassem no abismo. Então, conseguiu distinguir, no meio da espessa folhagem, um rosto que, literalmente, surgia da terra e o esquadrinhava com olhos mortos, inteiramente brancos e desprovidos de íris e pupilas. O rosto era da mesma cor marmórea da mão que segurara sua roupa. Tentou lutar, resistiu com socos a quem o capturou, mas era como bater em uma rocha. Enfim, deu-se por morto.

25

A genealogia das adoradoras da Sagrada Canastra era muito mais antiga do que suas próprias integrantes poderiam imaginar. Suas raízes se fincavam em profundezas às quais a memória das dinastias mais remotas nem sequer conseguia chegar. Tratava-se de uma sucessão de linhagens. Sua origem remontava aos princípios da Babilônia, ao domínio dos amorreus, quando ainda era uma cidade sem importância.

Em um miserável bordel dos arredores da cidade, exercia seu ofício um grupo de prostitutas livres, lideradas por Shuanna, a mais velha de todas. O pequeno lupanar, um cubículo dividido por cortinas puídas e sem nenhum conforto além de uns tapetes bolorentos atirados no chão de terra, não se diferenciava em nada dos outros prostíbulos vizinhos que formavam um cordão terroso e irregular ao redor da jovem cidade. Em seus pobres aposentos, as meretrizes de Shuanna ofereciam sexo aos comerciantes de quinquilharias, aos pastores e aos habitantes da cidade que se atreviam a transpor as muralhas, mais além das quais se estendia um sórdido subúrbio habitado por ladrões e bandidos da pior espécie.

Assim como os demais, o pequeno bordel mantinha uma relação instável com as autoridades; sua sorte dependia do humor dos funcionários menores da vez: sem que houvesse motivo, um belo dia as precárias construções eram derrubadas, e suas meretrizes, encarceradas. De tempos em tempos, apedrejavam uma puta velha para que servisse de exemplo. No entanto, com o tempo, pouco a pouco as mulheres iam reconstruindo paredes e tetos, e voltavam a trabalhar sem que ninguém as molestasse — até a próxima mudança de humor das autoridades.

Os governantes tinham como principal objetivo acumular dinheiro para usar em proveito próprio. Quando havia excedentes, destinavam-nos a obras públicas, de maneira que o descontentamento popular nunca crescesse até o ponto de que suas cabeças se vissem em risco de rodar para longe de seus corpos. As prostitutas não contribuíam apenas para manter os homens alegres, mas, além disso, engrossavam o erário público mediante o pagamento de impostos. Em épocas de vacas gordas, os governantes consideravam a si próprios gloriosos paladinos da moral e, então, destruíam os bordéis que tiravam o brilho da cidade. Mas, quando as vacas começavam a emagrecer e se tornava necessário receber tributos de onde quer que fosse, os coletores não sentiam nenhum pudor de bater às portas dos lupanares para embolsar as ímpias contribuições.

A primeira dinastia babilônica, fundada por Sumu-Abun, não hesitou em conciliar dois elementos até então antagônicos: para evitar conflitos morais, resolveu não apenas legalizar a prostituição, mas declarar seu caráter sagrado. Então, tirou as prostitutas de seus miseráveis cubículos, deu-lhes investidura de sacerdotisas e autorizou-as a distribuir sexo nos templos. Shuanna e suas meretrizes passaram

O LIVRO DOS PRAZERES PROIBIDOS 135

a ser as protetoras do templo de Ishtar e se transformaram nas favoritas da nobreza.

Com a chegada do rei Hamurabi, a prostituição não apenas manteve seu estatuto legal e religioso, mas sua sagrada condição ficou para sempre gravada na pedra fundamental em escrita cuneiforme: o código Hamurabi legitimou a prostituição ritual.

Cada vez mais numerosos, os devotos das sacerdotisas do templo de Ishtar pagavam verdadeiras fortunas para receber prazer e gozar dos favores da deusa da fertilidade, da vida e do amor. Mas a prosperidade não haveria de durar para sempre: Ishtar também era a divindade da guerra. E chegou o dia em que o povo precisou da proteção de sua deusa para enfrentar os invasores.

Depois da morte de Hamurabi, a unidade interna se quebrou, e as defesas da cidade ficaram debilitadas. Os líderes inimigos começaram a atacar a Babilônia, ao mesmo tempo que o reino se desmembrava em múltiplas dinastias.

Do norte, vinham os hurritas; do sul, os sumérios; do leste, os casitas; e, do oeste, outros povos arianos. A Babilônia foi humilhada primeiro por Agum e, mais tarde, por Mursil II. Invadida, saqueada e mais tarde incendiada, a cidade virtualmente desapareceu. Nada ficou em pé. Salvo o templo de Ishtar: Shuanna e suas mulheres foram as únicas que resistiram à invasão, salvaram suas vidas, seu templo e seus bens sem outras armas que não seus próprios corpos e sem outras artes para a guerra que não as do prazer.

A partir de então, Shuanna e suas sacerdotisas haveriam de se transformar no bastião da Babilônia durante as sucessivas e inúmeras invasões. Shuanna viveu cento e dez anos, exerceu a profissão até o último de seus dias e chegou a ungir sua sucessora, a quem legou todos os segredos para oferecer deleite aos homens em umas tabuinhas cuneiformes que ela própria gravou sobre argila. A Babilônia foi invadida por assírios, caldeus, persas e gregos. A cidade foi, finalmente, varrida da face da Terra. Mas as descendentes de Shuanna sobreviveram até mesmo à destruição do templo de Ishtar.

As mulheres iniciaram uma longa marcha e se estabeleceram em diversas cidades. Sempre prescindiram dos homens, os quais usavam apenas para se perpetuar através de sucessivas gerações. As meninas que nasciam na comunidade eram criadas de acordo com os velhos preceitos do livro de Shuanna. Os meninos eram abandonados ou, conforme as circunstâncias, sacrificados à glória de Ishtar ou suas várias denominações: Innana na Suméria, Anahit na Armênia, Astarte em Canaã ou na Fenícia, Afrodite na Grécia ou Ísis no Egito. As descendentes de Shuanna imolavam seus filhos varões até que conseguiram, através da ciência ou da bruxaria, conceber exclusivamente fêmeas. Esse novo segredo foi acrescentado ao livro que sua fundadora legou às herdeiras, junto com outros segredos que se somaram através de gerações.

Ao longo da história e de acordo com as várias alternativas, por momentos, elas voltaram a ser simples prostitutas, depois, outra vez, sacerdotisas dos templos, e chegaram a ser até religiosas afastadas da prostituição, mas sempre fiéis aos preceitos de Shuanna. Aonde iam, levavam consigo as frágeis tábuas cuidadosamente escondidas dos olhares alheios à seita. Mais tarde, substituiriam as tábuas de argila por rolos de pergaminho, material feito com peles, muito mais resistente, fácil de transportar e de ocultar.

Incontáveis gerações de mulheres descendentes daquelas que fundaram o pequeno prostíbulo dos arredores da Babilônia foram perseguidas, santificadas, assassinadas e, então, veneradas novamente.

O LIVRO DOS PRAZERES PROIBIDOS 137

Na Grécia, foram sacerdotisas pítias — ou pitonisas —, as profetisas oraculares; em Pompeia, as putas mais putas de todas as putas pompeianas; em Roma, virgens vestais encarregadas de manter o fogo-fátuo até que deixaram de sê-lo para se entregar às chamas do prazer. Na Judeia, voltaram a ser prostitutas, guiadas por Maria Madalena. Tornaram-se cristãs, mas jamais abandonaram os ensinamentos de Shuanna. São Paulo se dirigiu a elas em suas epístolas reconhecendo-as como sacerdotisas. Foram monjas de diversas ordens e até chegaram ao sumo pontificado através de Joana de Ingelheim,[11] nascida em Mainz, que, fazendo-se passar por homem, se fez chamar Bento III. A partir de então, viveram em Mainz, onde fundaram a Congregação da Sagrada Canastra.

Esta é a linha sucessória desde a longínqua fundação por parte de Shuanna, a primeira de todas, no ano 1800 antes de Cristo na Babilônia, até Ulva, sua digníssima herdeira através dos séculos, encarregada de velar o livro secreto e mantê-lo a salvo de curiosos, ladrões e, sobretudo, assassinos.

---

[11] "João, o Inglês, nasceu em Mainz, foi papa durante dois anos, sete meses e quatro dias e morreu em Roma. Depois disso, o Papado ficou acéfalo por um mês. Tem se afirmado que este João era uma mulher que, em sua juventude, disfarçada de homem, foi levada por um amante a Atenas. Ali, tornou-se erudita em diversos ramos do conhecimento até que ninguém pôde superá-la, e depois, em Roma, se aprofundou nas sete artes liberais (trivium e quadrivium) e exerceu o magistério com grande êxito. A elevada opinião que os romanos tinham dela os levou a elegerem-na papa. Ocupando o cargo, engravidou de seu cúmplice. Devido ao seu desconhecimento do tempo que faltava para o parto, pariu seu filho quando participava de uma procissão que ia da basílica de São Pedro a Letrán, em um beco estreito entre o Coliseu e a igreja de São Clemente. Depois de sua morte, comentou-se que havia sido enterrada nesse lugar. O Santo Padre sempre evita essa rua, e acredita-se que isso se deva ao desconforto que o fato lhe causa. Este papa não foi incluído na lista dos sagrados pontífices, por seu sexo feminino e pela irreverência do assunto." Martín de Opava, Chronicon pontificum et imperatum.

26

acusador desceu do tablado e percorreu em silêncio o longo estrado no qual os juízes se sucediam. Ao passar, dirigiu a cada um deles um olhar carregado de preocupação, como se quisesse responsabilizá-los pelo sombrio futuro da humanidade. Depois, aproximou-se dos réus e, em pé ao lado de Gutenberg, interrogou o tribunal:

— Quem é, na verdade, este homem? Será, como ele pretende, a mão de Deus e a ferramenta da verdade? Meritíssimos, me antecipo em lhes dizer que, certamente, o acusado dirá em seu favor que sua invenção não tem outro objetivo além de o de difundir o Verbo entre os homens comuns.

Sigfrido de Mogúncia se adiantara, habilmente, ao único argumento de que os réus poderiam lançar mão: não se tratava de uma falsificação, mas de uma técnica inovadora para facilitar a fabricação de livros. Então, o acusador decidiu encerrar a discussão antes mesmo que tivesse acontecido:

— Meritíssimos, se fosse essa a razão, eu me pergunto por que os acusados agiram de maneira clandestina, ocultando seu rosto da luz pública, escondendo e subtraindo suas maléficas ações do conhecimento das autoridades. Meritíssimos: a prova do que lhes digo é a indizível profanação que cometeu o réu, erigindo seu demoníaco templo secreto nos sagrados recintos de uma abadia. Ousou levar Satanás aos santíssimos âmbitos de Deus! Qual é, Meritíssimos, o nome desse delito?

Então, Gutenberg lembrou o dia em que fora à sombria e escarpada colina cujos domínios não pareciam os de Deus, mas os do Diabo.

Imobilizado na ladeira da montanha, quando percebeu que os nós de seus dedos sangravam, Johannes compreendeu que, na realidade, estava esmurrando um homem de pedra. Demorou a se dar conta de que se tratava da ruína de uma estátua derrubada que, meio enterrada, ficara presa na folhagem. O braço estendido sobressaía da mata, e, providencialmente, as roupas de Gutenberg ficaram enredadas na extremidade da escultura. Quando, enfim, Johannes reconheceu a figura de Santo Arbogasto, deu uma gargalhada estrondosa, feita de nervosismo contido e de alívio. Festejou a própria estupidez com uma alegria infinita. No entanto, sua euforia haveria de durar pouco.

Assim que conseguiu se livrar das ruínas da velha escultura, pegou novamente o candil e continuou a subir. Supôs que estava muito perto do topo da colina. Ainda agitado e um pouco enjoado, percebeu que seus pés não pisavam solo firme, mas um leito de trepadeiras. Tentou se apoiar em uma rocha diante dele, mas, ao dar um passo, os galhos rangeram e Johannes caiu em um poço negro que parecia não ter fim. A queda foi amortecida pela espessa vegetação, até que seu corpo bateu contra um piso duro e uniforme, muito diferente do solo acidentado do bosque.

Dolorido, sem conseguir se recompor, levantou o candil acima da cabeça e viu uma paisagem típica de pesadelo: por todos os lados, havia ossos humanos espalhados naquele recinto incompreensível. Crânios empilhados, costelas, vértebras e ossos que não conseguia classificar atapetavam o solo úmido e bolorento. Aquele bosque subterrâneo parecia um horripilante paraíso infernal, se isso fosse possível: uma abóboda feita de hera, cipós e juníperos, próprios do jardim do Éden, serviam de mortalha verde a inúmeros cadáveres destroçados pelo tempo e pelas bestas das profundezas. Gutenberg afastou com o pé uma caveira que parecia observá-lo das órbitas vazias dos olhos; então, ao remover a terra com o calcanhar, descobriu que o piso era feito de mosaicos dispostos como um tabuleiro de xadrez. Nesse exato momento, conseguiu imaginar o lugar: aquelas eram as entranhas do antigo convento de Santo Arbogasto.

As plantas haviam tomado conta por completo das ruínas do lugar. Johannes se levantou com dificuldade e, mancando, abriu caminho entre os macabros restos do ossário. De fato, tal como contavam as histórias que ouvira tantas vezes, esse lugar teria sido, antes e depois da existência do convento, um cemitério no qual coabitavam despojos de ladrões, vagabundos, indigentes e religiosos de várias épocas.

De acordo com a lógica arquitetônica do lugar, Gutenberg deduziu que devia estar no pátio central. Avançou até o que lhe parecia uma coluna e pôde constatar que, tal como supusera, era a galeria na qual se localizavam os claustros. Todos os tetos estavam desabados, e as telhas haviam sido substituídas por pérgolas naturais nas quais competiam a hera, a parreira virgem e todo tipo de plantas

O LIVRO DOS PRAZERES PROIBIDOS ✵ 141

trepadeiras. Onde antes deviam estar as portas, agora havia marcos vazios que conduziam à mais absoluta escuridão.

Não apenas a natureza se enfurecera com a velha abadia; em alguns lugares se percebiam os evidentes vestígios de diversos saques: seres humanos, vegetais e animais haviam se revezado para rapinar tudo quanto conseguiram. A enorme aflição que aquela lúgubre paisagem produziu no espírito de Johannes logo se transformou em uma excitação feita de inquietude e de uma leve euforia. Por fim, encontrara o lugar perfeito para seus planos secretos. Percorreu o convento em ruínas com um sorriso que, iluminado pelo candil, teria assustado as almas penadas de todos os defuntos. Aliás, se um perigoso assassino fugitivo tivesse presenciado a cena escondido em algum canto, também teria fugido às pressas: ao mesmo tempo que soltava gargalhadas estridentes, aquela figura esfarrapada que mancava entre os esqueletos era aterrorizante. Não poderia existir um lugar melhor no mundo: Gutenberg tinha um mosteiro só para si e ali poderia instalar uma enorme oficina. Por suas dimensões, nada tinha a invejar da Casa da Moeda. Além disso, não poderia contar com um exército mais convincente do que aquelas tenebrosas caveiras, as gárgulas ameaçadoras que apareciam entre as folhagens, as colunas góticas que, embora não sustentassem mais nada, tinham a aparência de lanças afiadas dispostas a atravessar quem quisesse se aventurar mais além.

O fato de se tratar de uma abadia fazia com que Johannes se sentisse incentivado pelos desígnios do Altíssimo; sempre fora crente, mas, naquele instante, experimentou a presença e a vontade divinas de maneira inaudita. Não apenas havia se livrado de qualquer culpa, como, além disso, se convencera de que sua tarefa era tão elevada e nobre que somente Deus poderia tê-la confiado. Se precisaria se afastar das leis dos homens e se manter na clandestinidade, era porque a maior parte de seus contemporâneos seria incapaz de compreendê-lo.

27

Assim, no lugar mais alto de Estrasburgo, longe dos mortais e perto de Deus e de Santo Arbogasto, Johannes foi tomado por um arrebatamento místico. Assim como os monges anacoretas, sentiu que, com a mão, o Todo-poderoso o afastava do resto dos homens e lhe encarregava de uma missão. Ajoelhou-se, abaixou a cabeça e, então, ouviu uma voz beatífica e celestial:

— Johannes, olhe para mim, abra os olhos. Estou aqui.

As pálpebras de Gutenberg, inundadas de lágrimas, se abriram com dificuldade. Então, viu o próprio Santo Arbogasto em pé ao seu lado, cercado de uma luz perfeitamente circular que coroava sua cabeça cabeluda. Não era a estátua derrubada que descobrira momentos atrás, mas uma imagem espectral que falava e se mexia.

— Feliz de você, Johannes, pois, a partir desse instante, será imortal. Devolva a vida a este santo lugar, resgate-o das trevas e traga-o à luz. Não tem por que usá-lo como refúgio, como se fosse um ladrão. Funde-o pela segunda vez e transforme-o no santuário onde haverá de nascer e se multiplicar o Verbo para que chegue a todos os homens do mundo.

Ao ouvir essas palavras, Gutenberg chorou como uma criança. Espasmos o sacudiam e o impediam de dizer qualquer coisa. Então, Santo Arbogasto se inclinou, tocou suas costas para acalmá-lo e continuou:

— A partir de hoje, você empunhará a tocha que iluminará a face da Terra para a glória do Céu e dos homens. Todos os povos que habitam o Orbe até seus confins, inclusive os hereges das terras mais distantes que ainda não tenham sido tocados pelo Verbo, poderão ler e, assim, entender as verdades sagradas; espalhá-las e multiplicá-las como o fogo que passa de graveto em graveto. Graças à sua obra, você será reconhecido e proclamado imortal por aqueles santos a quem haverá de imortalizar.

De repente, fez-se um longo silêncio. Johannes ergueu a cabeça e constatou que a aparição sumira da mesma forma misteriosa que aparecera. Então, uma voz diferente começou a falar. Gutenberg não conseguia precisar de onde provinha. Parecia vir de todas as partes e de nenhuma ao mesmo tempo, como se, na realidade, se originasse no centro de sua própria cabeça:

— Não o ouça, Johannes. Esqueça seu invento de vez e para sempre. Quer ser imortal, quer que os homens o recordem através dos tempos? É compreensível. Mas que preço você estaria disposto a pagar? O pensamento de seus semelhantes é, por acaso, sempre tão puro e tão santo para que mereça ser exposto aos olhos da humanidade? Além disso, as revelações dos livros verdadeiros são muito elevadas para que possam ser rebaixadas ao vulgo. O povo estaria em condições de compreendê-las, se nem sequer sabe ler? E, aliás, quantos livros mereceriam ser multiplicados? Não está vendo o perigo?

O LIVRO DOS PRAZERES PROIBIDOS 145

"Johannes, existem mais homens vis e mal-intencionados do que sábios e bons. Sua invenção será profanada; o bem que você almeja será usado para o mal. Ao invés de ser abençoado, você será objeto das piores maldições. Haverá homens cujas artes para escrever serão tão sedutoras quanto venenosas. Os corações deles, soberbos e corrompidos, haverão de corromper e ensoberbecer aqueles que deixarem se enredar por suas belas palavras. Sem sua invenção eles ficariam na obscuridade, não poderiam disseminar sua peçonha através da Terra, nem das gerações, nem das eras. Se você mostrar o resultado de seu conhecimento, eles levarão a desgraça e o crime a todos os homens de todas as idades e condições. Você verá milhares de almas se corromperem por meio da corrupção de uma única. O mal da leitura se espalhará como a peste.

"Você verá jovens pervertidos por livros cujas páginas verterão o veneno no espírito.

"Você verá jovens pecarem por soberba, adultério e perfídia por obra de livros que verterão a maldade em seus corações.

"Você verá mães chorando por seus filhos.

"Você verá pais envergonhados de suas filhas.

"Johannes, uma imortalidade à custa de tantas lágrimas e angústias não é cara demais? Você quer atingir a glória a esse preço? Não o espanta a responsabilidade que esta glória fará pesar em sua alma? Mais uma vez, eu lhe suplico: Johannes, esqueça seu invento e viva sua vida de sempre. Considere sua invenção um sonho sedutor, mas funesto, cuja realização seria útil e santa se o homem fosse bom. Mas o homem é mau. E oferecer armas aos malvados por acaso não é ser cúmplice de seus crimes?"[12]

---

[12] Tradução e versão livre do sonho de Gutenberg mencionado por Alphonse de Lamartine em *Le Civilisateur, Historie de l'humanité par les grands hommes*, 1852.

Gutenberg se levantou e, confuso, procurou a origem daquela voz. Mas não viu ninguém. Girou sobre o próprio eixo, meio tonto, mas consciente do dilema moral. O que devia fazer? Nesse instante, ouviu um ruído pavoroso, virou a cabeça e, em pânico, viu um conjunto de ossos espalhados pelo chão se reunir em um ponto do recinto e formar uma ossatura humana completa. O esqueleto ficou em pé e caminhou até Johannes. O horrendo cadáver se sentou no parapeito de uma janela em ruínas e, chacoalhando a mandíbula desnuda, começou a falar com voz aguda, áspera e zombeteira.

— Não lhe dê atenção, Johannes. A imortalidade é uma quimera. Posso dar fé disso. Será que eu gostaria de vê-lo como vejo a mim mesmo por toda a eternidade? Cristo já disse: se agir para chegar ao céu, certamente o perderá. Não há nada que o dinheiro não possa comprar: o prestígio, o reconhecimento, os títulos de nobreza e as indulgências.

Nesse instante, a caveira se ergueu, aproximou-se de Gutenberg e, com um bafo gélido e hediondo, sussurrou no seu ouvido:

— O céu também pode ser comprado.

Johannes se afastou com uma mistura de repugnância e medo, ouvindo a voz pigarrenta do defunto ladrão, que continuou com seu monólogo:

— Se a Santíssima Igreja alcançou o topo do mundo fundada em seus pilares de ouro, em seus tesouros inatingíveis, o que um simples mortal poderia esperar? Para atingir seu objetivo, Johannes, você precisará de dinheiro, dinheiro que, nem preciso lembrá-lo, você mesmo poderia fabricar. Quer servir a Deus? Você jamais poderia fazê-lo nem realizar sua obra sem dinheiro. Olhe para o seu pai: desterrado, na mais lamentável pobreza, deixou a oportunidade que teve escorrer como a água entre os dedos. Ou você acha, por acaso, que o velho Friele tem um lugar à direita do Altíssimo? — perguntou o ladrão morto e, depois, riu com ironia. — Até a imortalidade tem seu preço.

Nesse momento, o esqueleto fez uma pausa e, abandonando o tom cáustico, disse, com severidade:

— Johannes, não revele seu invento a ninguém; guarde-o para si e tire bom proveito. Multiplique os livros, não importa seu conteúdo, você não é juiz de ninguém. Reproduza-os às dezenas, às centenas, aos milhares, não importa se santos ou condenados, se sagrados ou heréticos; faça, sim, com que sejam valiosos e que haja quem pague por eles.

SEGUNDA PARTE

1

Uma chuva torrencial desabava sobre Mainz. A tormenta antecipara a noite, obrigando os comerciantes a fechar as portas de suas lojas. Os barraqueiros da praça tentavam, em vão, segurar os toldos agitados pelo vento, que, em alguns casos, arrastava barracas inteiras. Ao aguaceiro se somavam folhas de verduras que redemoinhavam no ar, ao sabor do vendaval. Abóboras rolavam nas pedras, cordeiros pendurados bamboleavam como se estivessem vivos. Os raios atingiam as torres da catedral, e os trovões próximos soavam simultaneamente com relâmpagos capazes de cegar.

Aterrorizado, o povo corria para se proteger. Alguns tropeçavam ao escorregar nas pedras molhadas e outros se atropelavam. Não se tratava apenas do medo ancestral provocado pelas tormentas. A cidade convivia com um temor latente que se desatava com toda força diante de qualquer situação inesperada. Desde que a morte penetrara o Mosteiro da Sagrada Canastra e sua sombra se projetara sobre Mainz, todos sentiam sua macabra presença. A noite deixara de ser um sereno refúgio destinado ao descanso; até os mais crédulos trancavam as portas, passavam a tramela nas janelas e deixavam um punhal ao alcance da mão, escondido entre o travesseiro e a parede.

Apesar dos raios que açoitavam as agulhas da basílica e das pesadas gotas que repicavam no telhado e aturdiam os presentes, o julgamento continuava naquela nova parte do processo. O acusador Sigfrido de Mogúncia estava prestes a retomar suas acusações, e o notário as anotações, quando ambos foram interrompidos pelo presidente do tribunal. O mais velho dos clérigos, um homem calvo cuja cabeça afundava nos ombros, pigarreou para falar com mais clareza e, dirigindo-se aos acusados, disse que um dos juízes — cuja identidade não revelou — considerara que não existiam razões para que os réus permanecessem encarcerados. Dado que o principal crime que lhes era imputado, o delito de falsificação de livros, não se revestia de grande perigo, o processo podia seguir seu curso sem que eles fossem punidos com o cárcere antes que as acusações fossem provadas.

— Este tribunal decidiu, pela maioria de seus membros, deixar os réus em liberdade mediante o pagamento de uma fiança estipulada em duzentos florins.

Aquelas palavras foram um balde de água mais fria que a da tempestade. Não eram esperadas pelo público presente nem, muito menos, pelos acusados. A mão de Ulrich Helmasperger hesitou, refletindo o espanto de seu dono, e, finalmente, deixou pleno registro no documento notarial. Até aquele momento, Sigfrido de Mogúncia estivera certo da eficácia de seus argumentos e de sua atuação. Com frequência, suas maneiras afetadas atingiam os objetivos de imediato, mas depois, nas reuniões do júri fora do âmbito do julgamento, seus argumentos passavam pela peneira da razão, e as emoções repentinas eram descartadas. Na verdade, além da quantidade de vezes que o acusador pronunciara a palavra "morte", esta não podia ser mais do que uma metáfora aplicada aos livros. O semblante de Sigfrido tornou-se mais sombrio e ameaçador do que o céu negro atravessado pelos relâmpagos. Ele abaixou a cabeça, fechou os olhos e sussurrou entre os dentes:

— Perdoe-os, Pai; eles não sabem o que fazem.

O acusador foi severamente advertido pelo presidente do tribunal; embora ninguém tivesse ouvido o que dissera, não era permitido falar antes que a palavra fosse formalmente outorgada pelos juízes. Com sua habitual propensão à teatralidade, Sigfrido de Mogúncia resfolegou, entrelaçou os dedos das mãos, andou de um lado a outro, até que, por fim, guardou um silêncio eloquente, cujo modo patético foi realçado pelo ruído da tormenta. O notário, que tinha o ouvido bem-treinado, conseguiu, sim, entender a frase e, sabendo que não faria nenhum favor ao acusador, deixou registrada no texto a infeliz menção na qual ele se comparara, nada menos, a Jesus Cristo. Aquela foi uma pequena conta que o escrevente apresentou ao silencioso desprezo que lhe demonstrara o vaidoso calígrafo que fazia o papel de acusador.

Fust e Schöffer se entreolharam, tentando dissimular uma euforia contida. Mas o rosto de Gutenberg permaneceu inalterável. Desde aquela distante noite na qual, no alto da colina em que se escondiam as ruínas de Santo Arbogasto, os mortos haviam se levantado de seus sepulcros diante de seus olhos estupefatos, Johannes jamais abandonara aquela expressão ausente.

Entre os relâmpagos, os terríveis estrondos do dilúvio no telhado e a recordação das aparições, Gutenberg nem sequer parecia se alegrar com a feliz notícia de sua libertação.

Johannes relembrava aquela noite chuvosa, solitária e pavorosa na qual, com o corpo dolorido, sentindo-se enjoado e sem forças para se levantar, compreendeu a dimensão de seu desafio e das alternativas morais que se abriam diante dele. Talvez, pensou, aquelas três aparições tivessem, cada uma, sua parte de razão. Por outro lado, ele não devia tomar uma decisão naquele momento. Precisava se recuperar e pensar com calma. A única certeza que tinha era a de que aquele convento em ruínas seria o lugar secreto no qual haveria de pôr mãos à obra, qualquer que fosse a forma final desta.

Nos dias seguintes, Gutenberg se entregou por completo à sua missão clandestina. Durante o dia, era o eficiente e atento funcionário que todos conheciam, o mais delicado gravador da Prefeitura de Estrasburgo. Mas, quando o sol caía, transformava-se em uma imensa sombra, uma espécie de ermitão noturno que adentrava solitário as entranhas obscuras da abadia de Santo Arbogasto.

Sua tarefa foi titânica; como um Cristo, carregava nas costas tudo o que era necessário para instalar sua oficina. Todas as noites, começava sua tortuosa subida carregando madeiras, materiais variados, móveis mal-acabados, prensas para olivas, metais diversos e partes de maquinarias agrícolas impossíveis de decifrar. Trabalhava sem descanso. Quase não dormia; mal comia.

Subia ao morro com os últimos clarões do sol poente e descia com as primeiras luzes da manhã. Ninguém que passasse por acaso

O LIVRO DOS PRAZERES PROIBIDOS 155

teria notado diferença alguma na ladeira escarpada da colina. Por fora, tudo se mantinha igual. Se, por acaso, alguém tivesse se aventurado a ir à abadia escondida pela folhagem, teria dado meia-volta de imediato, horrorizado: Johannes se ocupara de estabelecer uma primeira linha defensiva com seu exército de cadáveres. A cada dez passos, dispôs uma fileira de crânios humanos sobre as rochas, os quais espreitavam, ameaçadores, com suas órbitas vazias. Além disso, cuidou de apagar qualquer vestígio da trilha que levava ao mosteiro, cheia de obstáculos aparentemente intransponíveis, embora, a rigor, não fossem mais do que um cenário: enormes troncos escavados aparentemente impossíveis de mover que Johannes afastava com facilidade para entrar e sair, como se se tratasse de uma simples porta. No entanto, a mudança que acontecera no coração da colina poderia ser chamada de milagrosa; afastada dos olhos do mundo, a velha abadia recuperara uma estranha vida.

Debaixo de uma abóbada vegetal formada por diferentes trepadeiras entrelaçadas, havia uma cidadela construída com as ruínas da abadia e diversos materiais que Johannes carregara com a tenacidade de uma formiga. Reconstruiu com pranchas de madeira os tetos que haviam desabado dos claustros e da nave central da antiga capela. Limpou e removeu as samambaias, as ervas daninhas, as trepadeiras e as plantas parasitárias do interior do convento, e, pela primeira vez em séculos, reapareceram as pedras perfeitamente retangulares das paredes e os belos pisos de mosaico. Nos ambientes adjacentes instalou as diferentes oficinas que haveriam de dar vida a seu projeto.

Conforme a distribuição da Casa da Moeda de Mainz, Gutenberg instalou, no primeiro aposento, a sala de fundição: no centro do recinto fabricou um forno para esse fim. O efeito era estranho; tratava-se de um cubo dentro de outro; a escala do maciço crisol parecia respeitar perfeitamente as proporções da sala. Nenhum dos monges que, no passado, haviam habitado aquele claustro imaginara o curioso destino do modesto quarto de clausura. Da parte superior do forno, surgia uma chaminé que atravessava o teto e se elevava, inclusive, além da altura do domo verde formado pelas plantas e arbustos. Johannes devia fazer fogo de combustão lenta com lenha muito seca para evitar grandes fumaradas visíveis da cidade e dos arredores.

No claustro seguinte haveria de funcionar a sala de prensagem. Com a mesma técnica idealizada por seu pai, Johannes montou uma enorme prensa semelhante às que eram usadas para extrair azeite de oliva, só que, no lugar do recipiente destinado a recolher o óleo, havia uma base plana de metal. Unida a um eixo rosqueado que fazia descer uma pesada prancha de ferro, a manivela superior exercia pressão sobre a base. Qualquer estranho acharia aquele artefato completamente inútil.

Seguindo pela galeria, chegava-se ao aposento adjacente: semelhante à sala dos copistas da Casa da Moeda, Gutenberg armazenara uma enorme quantidade de tintas preta e vermelha, e várias pranchas de papel como o que era usado para os manuscritos. A grande diferença em relação ao salão dos escribas era que, curiosamente, não havia lugar destinado a nenhum copista. Não se viam escrivaninhas nem *scriptorias*; nem sequer uma modesta tábua e uma cadeira para se sentar e escrever. Tampouco havia plumas ou lápis ou pincéis. Enfim, nada semelhante às ferramentas de escrever compatíveis com a mão humana.

Na nave principal da renascida capela via-se uma cena digna de sonho: no lugar em que deveria estar o altar, havia uma enorme montanha de ferro-velho retorcido, restos de metais diversos: pesadas correntes oxidadas, ferragens em desuso, cadeados quebrados, ferraduras partidas e objetos irreconhecíveis que, empilhados, chegavam ao teto. Tratava-se, claramente, de uma versão grotesca da pirâmide de ouro da Casa da Moeda; em vez dos perfeitos lingotes dourados, erguia-se um monumento de lixo. Qualquer um que tivesse conhecido o imponente edifício de Mainz administrado durante anos pelo velho Friele teria jurado que seu filho enlouquecera completamente, que aquela paródia no meio das ruínas, oculta por uma abóbada de plantas, era um arremedo do qual nada de bom poderia sair.

Gutenberg não apenas carecia de qualquer noção do sacrilégio que significava instalar ali um refúgio clandestino para produzir falsificações, mas, a cada noite que passava, se convencia de que sua missão era divina. Como um abade demente, perambulava por seus domínios subterrâneos checando se cada detalhe funcionava a contento.

A situação financeira de Johannes era dramática: havia gastado todo o dinheiro que conseguira economizar em seus trabalhos ao comprar papel, tinta, madeira e restos metálicos, que conseguia nas serralherias das aldeias próximas de Estrasburgo para não despertar as suspeitas dos vizinhos. Abatido, só pele e osso, com sono e fome e sem uma única moeda, Gutenberg precisava colocar seu empreendimento secreto para funcionar o quanto antes. A simples ideia de acabar como seu pai o aterrorizava. No fundo do coração, ele acreditava que havia sido chamado a um destino de grandeza. E, assim, quando achou que tudo estava pronto, tirou da caixa o jogo de letras de madeira de Koster e, como quem estivesse abrindo uma arca que guardasse um tesouro, se dispôs a fazer as primeiras provas.

2

Um alarido quebrou o silêncio matinal da Korbstrasse. O grito que retumbou nas paredes do beco e chegou à praça surgira de uma das janelas abertas do Mosteiro da Sagrada Canastra. O sol ainda não havia saído quando uma das mulheres mais jovens, impelidas por uma angústia inexplicável, foi ao quarto de sua irmã mais velha, Hannah. A menina bateu à porta com timidez. Não obteve resposta. Tomada pelo pânico, correu para chamar Ulva, que ainda dormia. Com os olhos cheios de lágrimas, a jovem lhe revelou seu temor. A puta mãe pulou da cama e, no mesmo impulso, correu escada acima. Voltaram a bater à porta, desta vez com toda força. Silêncio. Ulva sabia que Hannah era a seguinte na linha sucessória. Correu até a cozinha e voltou com a barra de ferro que usava para acomodar a lenha ardente. Introduziu a extremidade mais fina entre a porta e a moldura, pressionou a barra como se fosse uma alavanca, até que, finalmente, o trinco se quebrou. Quando conseguiram entrar, viram-se diante da cena que mais temiam: a metade superior do corpo de Hannah estava em cima da cama e seus pés tocavam o piso. Foi naquele momento que a irmã menor da vítima deixou escapar aquele berro agudo que despertara o restante das mulheres. Diferentemente das três mortes anteriores, não havia uma única gota de sangue. Além disso, não fora esfolada como as outras meretrizes. O corpo de Hannah estava intacto: não apresentava marcas, contusões, hematomas nem cortes. Ulva tinha a esperança de que ainda estivesse viva. Levantou-a sobre o leito, procurou seu pulso, as batidas do coração, o mais leve sinal de que respirava. Nada. Evidentemente, o assassino a asfixiara da mesma forma que as demais. A pele estava branca e imaculada. Só tinha, na omoplata, a pequena marca que faziam em todas as prostitutas da casa quando nasciam, o minúsculo símbolo que as distinguia: a estrela de oito pontas que representava tanto Ishtar quanto a cidade da Babilônia.

Era curioso, mas as mulheres que, entre soluços, cercavam o cadáver se perguntavam por que motivo o assassino não esfolara Hannah, quando a pergunta deveria ser outra: por que arrancara a pele das três vítimas anteriores? Talvez, pensavam, o assassino não tivesse tido tempo. Talvez o pressentimento que levara sua irmã menor a bater à porta houvesse frustrado seu propósito e o obrigado a fugir pela janela antes de ser descoberto.

No entanto, as duas únicas pessoas que tinham a resposta para essa pergunta eram Ulva e o assassino.

Ao contrário do primeiro dia do julgamento de Gutenberg e seus cúmplices, os acusados deviam se apresentar ao tribunal sem que fossem levados pelos guardas. Como os juízes tinham resolvido que os três responderiam em liberdade, os réus não seriam mais conduzidos da cela à sala de audiências pelos guardas; teriam que

O LIVRO DOS PRAZERES PROIBIDOS 161

comparecer por seus próprios meios. Faltavam trinta minutos para que os sinos batessem as sete, hora do início da audiência, quando Fust e Schöffer chegaram juntos. O tribunal iniciou seus trabalhos com 15 minutos de antecedência. Sigfrido de Mogúncia foi o primeiro a entrar na sala. O segundo, instantes depois, foi Ulrich Helmasperger. O notário fez um cumprimento sucinto e formal, encaminhou-se à sua mesa, sentou-se e preparou o tinteiro, a pluma e o papel. Para ganhar tempo, encabeçou e intitulou o documento. Então, o acusador se levantou e caminhou com as mãos entrelaçadas atrás das costas pelo perímetro da sala. Ao chegar à pequena escrivaninha, deteve-se ao lado de Helmasperger e, sem piedade, o provocou:

— Poderia escrever com letra mais clara?

Ulrich fechou os olhos, cerrou os punhos e teve de se esforçar para manter a calma e não pular no pescoço de Sigfrido. Em outras circunstâncias, ele o teria matado. Mas se limitou a olhar fixamente nos olhos do acusador como se o advertisse de que acabara de ultrapassar os limites. Pela primeira vez, Sigfrido pôde ver o rosto do notário, que, até então, o mantivera oculto entre os ombros, todo o tempo inclinado sobre o papel. Sigfrido de Mogúncia acabara de reconhecê-lo; sem dúvida, haviam se cruzado em outros ambientes. Sentindo que fora descoberto, o escrevente abaixou a vista rapidamente. Temeu que o acusador pudesse tê-lo visto alguma vez entrando no bordel da rua dos cesteiros. Ulrich desejou que Sigfrido caísse morto naquele exato instante. A entrada dos membros do tribunal desfez aquela incômoda cena.

O único que ainda não se apresentara era Johannes Gutenberg. Um silêncio eloquente reinava na sala. O acusador calculava o passar do tempo tamborilando com um dedo na madeira do atril para deixar em evidência cada segundo de atraso. Se não cumprisse com suas obrigações perante a lei, o retardatário seria declarado foragido, procurado pelos guardas e, se conseguissem pegá-lo, teria poucas chances de não ser condenado à morte. Além do fato de que sua ausência seria considerada uma tácita admissão das acusações que lhe imputavam, os juízes eram implacáveis quando traídos em sua boa-fé. Faltavam dois minutos. Os membros do tribunal trocavam olhares penetrantes, como se reprovassem em silêncio a decisão a que haviam chegado depois de longas discussões. Fust e Schöffer não sabiam se deviam se sentir alegres ou consternados; por um lado, supunham que Gutenberg, ao fugir, reconhecia sua culpa, e por isso poderiam atribuir toda a responsabilidade ao ausente. No entanto, também poderia acontecer que, se Gutenberg fosse condenado, o tribunal estenderia a condenação a seus dois cúmplices. Faltava um minuto. Sigfrido de Mogúncia estava preparado para pedir aos juízes que declarassem o réu ausente e o condenassem, sem mais trâmites, à morte na fogueira. O carrilhão do convento já fora acionado quando, no exato momento em que ia dar a primeira badalada, Gutenberg entrou na sala, agitado e suado. Somente então soou a primeira das sete batidas. Sigfrido o olhou com ódio e, outra vez com sentimento de animosidade, deu início às suas alegações:

— Meritíssimos, pelo visto um dos réus resolveu comparecer no limite do prazo. Talvez, diante das contundentes evidências que existem contra ele, tenha pensado até o último momento em se ausentar de Mainz.

Ainda agitado pela corrida e enxugando o suor com a manga, Gutenberg desabou na cadeira e tentou recuperar o fôlego. O ar se

O LIVRO DOS PRAZERES PROIBIDOS 163

recusava a encher seus pulmões, e ele não conseguia evitar de resfolegar como um cão. Pouco a pouco, seu pulso se regularizou e o oxigênio recompôs a cor do rosto. Mas, assim que ouviu as primeiras palavras do acusador, o coração de Johannes voltou a se acelerar.

— Não seria a primeira vez que o acusado foge de uma cidade, tal como escapou de Haarlem, antes de ser preso por roubar seu mestre, meu honorável colega Laurens Koster — disparou Sigfrido de Mogúncia.

O acusador fez Gutenberg se lembrar de sua rápida fuga da Holanda depois de ter roubado o jogo de letras de seu mestre. De fato, durante algum tempo, ele acreditara que não havia nada mais valioso naquela oficina erguida no meio das ruínas de Santo Arbogasto do que o jogo de letras de Koster. Para colocá-lo a salvo de qualquer intruso, ele o guardara em um porão secreto, ao qual se chegava através de um alçapão imperceptível escondido embaixo dos restos saqueados de um sepulcro tenebroso. Qualquer outro objeto era mais ou menos prescindível e, no pior dos casos, poderia ser substituído, mas as valiosas peças trazidas da Holanda eram insubstituíveis.

Johannes estava prestes a fazer o teste inaugural. Em primeiro lugar, devia colocar em prática cada uma das soluções que idealizara para corrigir os problemas do sistema de Laurens Koster. Com extremo cuidado para não danificá-las, perfurou as peças de madeira fazendo cálculos para que o orifício passasse exatamente pela metade de cada letra. Depois, armou a primeira linha do *Gênesis* e uniu com uma corda fina, resistente e esticada em ambas as pontas, as letras que a compunham. Então, dispôs as peças da segunda linha, intercalando os pequenos moldes vazios que havia fabricado para que as duas linhas ficassem completamente justificadas. E assim procedeu com as outras linhas até compor a primeira página. Seu coração bateu eufórico ao constatar que todas as linhas estavam perfeitamente paralelas entre si e centralizadas com precisão entre as duas margens. Mas ele não se apressou. Ainda precisava resolver outro problema: o da tinta.

Johannes guardara o frasco de tinta que Koster usava. Gutenberg se surpreendia com o fato de que a tinta fosse bem preta, brilhante e encorpada quando estava fresca. No entanto, ao passar para o papel, perdia consistência e definição. As bordas das letras ficavam borradas e opacas. E, depois, quando secava completamente, a tinta ficava cinzenta e aguada. Johannes não conseguia definir com exatidão se o defeito se devia à tinta ou ao papel, embora suspeitasse que fosse uma mistura dos dois elementos. Intuía, também, que a própria madeira absorvia boa parte do fluido preto. Para chegar a uma tinta perfeita, precisava, antes, resolver essas duas questões.

Naquela época existiam três formas de fabricar tinta preta: a mais difundida era a tinta de carvão, que se obtinha misturando pó de coque com água e goma-arábica. Outro método, o preto de fumaça, substituía o carvão moído por partículas obtidas pela combustão de resinas vegetais. A fumaça negra conferia à tinta uma coloração profunda e um corpo mais espesso, embora a consistência pudesse variar conforme a quantidade de goma-arábica que se acrescentasse à mistura. A goma-arábica, por sua vez, era feita com a seiva liberada pelas acácias para cicatrizar as feridas da madeira. Existia um terceiro método de fabricação de tintas: o do uso de metais. Eram poucos os que conheciam essas técnicas e, decerto, elas requeriam conhecimentos muito específicos das reações químicas dos diferentes compostos minerais e vegetais. Acreditava-se que as fórmulas das tintas metálicas provinham das experiências dos alquimistas: procurando a forma de transformar metais não nobres em ouro, toparam, acidentalmente, com o ouro escuro com o qual costumavam escrever seus mais preciosos segredos. Assim, misturando sais de ferro, *vitriolo verde* ou *sal martis* com o tanino do carvalho nos quais certas vespas criavam suas larvas, obtinha-se uma tinta de pureza inigualável. Também podiam ser usados os taninos das sementes da uva preta e das cascas de nozes.

A partir dos pretos de carvão, de fumaça e de metal, cada escriba desenvolvia seus próprios segredos, muitos dos quais Gutenberg conhecera na Sala dos Copistas da Casa da Moeda. Os copistas costumavam agregar à tinta extrato de alho prensado, obtendo um brilho e uma aderência notáveis. Todas essas tintas, desde as mais rústicas até as mais delicadas, tinham vantagens e desvantagens. No entanto, o grande problema de Johannes, o mesmo no qual, evidentemente, Koster havia tropeçado, era que esses preparados serviam para escrever a mão e com a pluma, mas não para prensar; as tintas muito aquosas eram absorvidas pela madeira e o papel, enquanto as mais encorpadas e aderentes grudavam no papel de tal maneira que muitas vezes não havia forma de desgrudá-las.

Gutenberg fez testes com milhares de misturas e proporções, mas, invariavelmente, os papéis, danificados, acabavam no fogo. Somente então compreendeu que deveria descartar os métodos tradicionais e abandonar de uma vez por todas as tintas conhecidas. De repente, teve uma revelação: durante sua viagem aos Países Baixos, descobrira a maravilhosa pintura flamenga, completamente diferente, do ponto de vista técnico, de todas as do restante da Europa.

Os pintores de Flandres haviam atingido a perfeição, despertando a inveja dos melhores artistas da Germânia e, inclusive, dos geniais pintores dos reinos da Itália. Johannes tivera o privilégio único de ver com seus próprios olhos os quadros de Jan van Eyck e os de Robert Campin, os de Hans Memling e os de Roger van der Weyden. Nunca em sua vida Gutenberg imaginara que aquelas cores pudessem ser obtidas pela inventividade do homem. O velho Koster, havia levado seu discípulo à catedral de São Bavão, em Gante, para que admirasse o conjunto de quadros pintado pelos irmãos Van Eyck. Ao ver que seu aluno de Mainz não conseguia articular nenhuma palavra, o mestre gravador lhe explicou que aquelas pinturas inéditas tinham um nome: óleo. Então, naquele momento, na abadia de Santo Arbogasto, Johannes voltou a recordar o termo revelador.

Óleo.

Foi a palavra mágica, a chave para abrir uma das portas que, até então, parecia intransponível. Gutenberg não tinha nem ideia de quais eram as fórmulas secretas daquelas pinturas flamengas, mas a simples palavra óleo era uma pista nada desprezível. Não precisava conhecer os segredos daqueles vermelhos encarnados, dos azuis luminosos como o céu, dos dourados refulgentes como o sol. Só lhe bastava aquele preto mais negro do que a morte, que a ausência, que o nada. Precisava desse nada absoluto para verter no papel todo o conhecimento do mundo.

Johannes fez centenas de testes ligando azeites a metais, carvões e elementos diversos. Usou azeite de uva como veículo para o preto de fumaça; misturou azeite de nozes com o preto de carvão; ligou azeite de oliva a sais de ferro; misturou limalha e óxido de cobre, de chumbo e de titânio com azeite de linho e, depois, fez e refez todas as combinações possíveis. À medida que experimentava, via

O LIVRO DOS PRAZERES PROIBIDOS   167

abrir-se diante de seus olhos um caminho escuro como uma bela trilha de tinta preta. Johannes se sentia feliz naquela deliciosa penumbra em que apenas ele conseguia se movimentar à vontade Nadava como um peixe em um oceano negro. E, quanto mais negro e profundo era, mais sua esperança se iluminava. Depois de muitos e intensos dias e noites, por fim descobriu a fórmula da tinta perfeita: podia lhe dar a espessura que desejasse fritando o azeite. Se quisesse que fosse mais brilhante, bastava adicionar *vitriolo*. A tinta obedecia à vontade de Gutenberg como um cão dócil, fiel e, sobretudo, negro.

Johannes espalhou a tinta sobre as letras de Koster com uma almofadinha de couro, cobriu-as primorosamente com o papel como uma mãe vestindo seu filho e, com a severidade de um pai, submeteu a criatura ao rigor da prensa. Quando o liberou da pressão, constatou que o papel desgrudava com absoluta facilidade e as letras ficavam perfeitamente impressas. Assim, pela primeira vez, teve em suas mãos a primeira folha da Bíblia. Estava diante do *Gênesis* da gênese, diante da origem das origens.

Conseguira inventar a tinta perfeita. No entanto, sua felicidade foi tão efêmera quanto o tempo que separa o relâmpago do trovão. Quando observou a página com atenção, percebeu que as letras de madeira não estavam à altura de sua genialidade; as estrias produzidas pelo uso, as pequenas farpas e todas as deformações que deixavam as sucessivas prensagens ficavam refletidas no papel devido ao contraste entre a sutileza da tinta e a rusticidade da madeira.

Em um ataque de ira e euforia, Gutenberg atirou as letras de Koster no fogo.

3

A chegada de Gutenberg à audiência em cima da hora havia indisposto o tribunal com os réus. Na Germânia, a falta de pontualidade sem justificativa era considerada uma ofensa. E era imperdoável que um réu se apresentasse atrasado à mesma corte que acabara de beneficiá-lo com a liberdade. Sigfrido percebera a irritação no rosto dos juízes e resolveu tirar o máximo proveito da situação.

— Meritíssimos, o acusado ri diante de seus narizes. Sua atitude desafiadora, sua hostilidade e seu desprezo para com a justiça são os mesmos que guiaram seus passos em sua carreira de falsário, ladrão e herege. Assim que ficou com as mãos livres, ele se aproveitou de vossa inestimável confiança.

Irritado com a grotesca atitude do acusador, Gutenberg tentava reconstruir em sua memória cada elo da cadeia de fatos que o haviam levado ao julgamento. O tom retumbante de Sigfrido de Mogúncia, que não parava de caminhar de um lado a outro, era, para Johannes, uma tortura cada vez mais difícil de suportar. Entre seus vários dotes farsescos, o acusador tinha uma notável habilidade para imitar vozes: cada vez que mencionava as frases de algum

O LIVRO DOS PRAZERES PROIBIDOS   169

personagem, conseguia imitar sua voz, suas expressões e seus bordões particulares com uma semelhança inquietante.

Livre das amarras da xilogravura, Johannes resolveu se aventurar por um novo caminho que pudesse conduzi-lo às impressões perfeitas. Resolvido o problema da tinta, apresentou-se como passo seguinte a tarefa de reproduzir a letra do melhor dos copistas. Os moldes de Koster eram tão grandes que só cabiam 15 linhas por página, enquanto os bons manuscritos tinham cerca de quarenta linhas divididas em duas colunas. Se quisesse obter uma cópia sem defeitos, precisava conseguir, antes, o melhor dos originais. Mas um livro com essas características era inalcançável para Gutenberg. Um manuscrito custava não menos de cem escudos de ouro.

A Prefeitura de Estrasburgo guardava a mais bela Bíblia que Gutenberg já vira. E ele havia visto muitas. Da Casa da Moeda, durante tantos anos dirigida por seu pai, saíram centenas, e todas, decerto, eram de excelente qualidade. As Bíblias de Mainz eram altamente conceituadas em toda a Europa. No entanto, a Sagrada Bíblia guardada na biblioteca de Estrasburgo era uma peça única. Se Deus tivesse escrito com sua divina mão direita, certamente o teria feito com uma caligrafia semelhante a daquelas Escrituras. O que Johannes achava cativante era, exatamente, o fato de que não parecia um livro feito por um homem. A letra era tão perfeita que mal se podia perceber alguma diferença entre dois caracteres iguais. Os sinais mais complexos costumavam ser os que combinavam linhas curvas e retas, como o G maiúsculo, o B maiúsculo e o b minúsculo, o e minúsculo, o p e o d minúsculos e os números 2, 5, 6 e 9.

Para um calígrafo, o maior desafio era evitar que o leitor percebesse diferenças entre os mesmos caracteres. Muitas letras tinham uma aparência antropomorfa que as tornava particularmente complexas: o número 8 se assemelhava a uma cabeça e um torso; o X, a um homem com os braços e as pernas abertos; o O, a uma cabeça ou uma boca aberta; o Y, a um homem com os braços estendidos ao céu. Os copistas analfabetos, ignorantes do significado das letras, viam, de fato, formas humanas. Por sua vez, para aqueles que sabiam ler, uma letra não representava uma mera forma, mas um som. Assim, para aqueles que conheciam o alfabeto, uma letra P, por exemplo, soava igual em todos os casos, por mais diferente que uma fosse da outra porque, a rigor, "viam" um som. Mas um homem analfabeto via em um P, por exemplo, um homem de perfil com o peito inflado; se o P seguinte fosse mais alongado, percebia um homem mais delgado. Ou seja, os analfabetos eram muito mais propensos a perceber os defeitos porque não sabiam o significado das letras. Por essa mesma razão, Friele preferia que seus copistas não soubessem ler.

A cópia conservada pela biblioteca da Prefeitura se aproximava espantosamente da perfeição, não pelo luxo das capas nem pela iluminação das letras capitulares, mas pela caligrafia maravilhosa. Gutenberg podia distinguir a letra de cada um dos copistas de seu pai, porque, como era de se esperar, cada qual tinha suas peculiaridades. No entanto, o que aos olhos de Johannes tornava única a Bíblia da Prefeitura era sua completa falta de singularidade; a seu juízo, aquele livro continha a essência platônica da letra, ou seja, a própria ideia. A letra em estado puro. Não era por acaso que o autor daquela cópia maravilhosa da Bíblia fosse considerado um dos melhores copistas do mundo. Tratava-se do prior Sigfrido de Mogúncia.

O LIVRO DOS PRAZERES PROIBIDOS · 171

Em uma manhã como as outras, depois de ter passado a noite acordado na abadia de Santo Arbogasto, Gutenberg chegou à Prefeitura com uma ideia clara e um objetivo obscuro. Aqueles que o viram entrar perceberam que uma nuvem negra ensombrecia sua já perturbada pessoa: estava mais pálido do que de costume, perambulava com o olhar perdido e nada o fazia sossegar. Quando se sentava diante da escrivaninha, sua mão ficava suspensa no ar sustentando inutilmente o formão com os olhos apontados para um ponto impreciso do universo. De repente, voltava a si e girava a cabeça para os lados como se temesse que alguém pudesse adivinhar seus pensamentos. Passava da perplexidade ao sobressalto e do temor a uma quietude fúnebre. Seus subordinados não se atreviam a lhe dirigir a palavra e, diante dos olhares ameaçadores que ele lhes lançava quando se sentia observado, preferiam deixá-lo sozinho.

Johannes esquadrinhou ao redor e, quando constatou que não havia ninguém por perto, deslizou como um gato até as escadas que conduziam à biblioteca. Apoiou-se nos corrimãos para atenuar seu peso e subiu os degraus sem fazer ruído. Chegou ao amplo pátio exterior e, quando estava para se encaminhar aos altos portais do arquivo, viu o velho bibliotecário entrar no recinto e de imediato voltar a fechar a porta atrás de si. Em geral, o velho dormia em sua cadeira com a cabeça reclinada sobre o peito. Além disso, era surdo como uma porta, e seus olhos já não enxergavam como nos bons tempos. De qualquer forma, sua visão nem sequer lhe fazia falta: ninguém conhecia como ele a ordem dos incontáveis arquivos, documentos e livros nas prateleiras daquele imenso salão. Cada vez que lhe pediam um manuscrito, ele não precisava de nem um segundo para pensar; sem o menor sinal de dúvida, dirigia-se ao lugar exato, esticava o braço, pegava o livro indicado, entregava-o ao solicitante e voltava para sua cadeira.

Nenhum livro podia sair do recinto da biblioteca sob circunstância alguma. Ninguém, quem quer que fosse, estava autorizado a retirar um manuscrito; podia ser prefeito, rei ou Sua Santíssima Santidade, o Papa de Roma. Não existia mortal que pudesse passar por cima da autoridade do velho bibliotecário dentro dos limites do arquivo. Gutenberg esperou durante alguns momentos agachado ao lado de uma coluna para dar ao homem tempo de se acomodar em sua cadeira e adormecer. Aproximou-se alguns passos, grudou a orelha na superfície da porta e ouviu os roncos do ancião. Girou suavemente a maçaneta e, com um sorriso, comemorou o fato oportuno de que a chave não tivesse sido passada. Empurrou levemente uma das portas e deslizou para dentro, deixando-a encostada para evitar fazer ruído quando voltasse a abri-la.

Como de costume, o velho dormia profundamente. Com o coração repicando feito um tambor, Gutenberg se dirigiu ao lugar onde a Bíblia ficava, bem acima da cabeça do bibliotecário. Aproximou-se na ponta dos pés e, para sua irritação, constatou que o livro estava em um lugar muito mais alto do que recordava. Esticou o braço o quanto pôde, estendeu os dedos, mas nem sequer chegou a roçá-lo. Talvez com um pequeno pulo conseguisse pegá-lo, disse a si mesmo. Era um movimento perigoso, pois seu corpo estava inclinado por cima do homem. Flexionou os joelhos e, quando se dispôs a pular, perdeu o equilíbrio e quase caiu com todo o peso. Esteve prestes a desabar em cima do velho; a boa sorte permitiu que Johannes apoiasse os dedos em uma prateleira e evitasse a queda. Mas uma dobra de sua roupa roçou a face do bibliotecário. Aterrorizado,

O LIVRO DOS PRAZERES PROIBIDOS 🐾 173

Johannes o viu sacudir a cabeça, levar a mão à bochecha e espantar uma mosca inexistente. O velho chegara a despertar, mas não se deu ao trabalho de abrir os olhos.

O visitante furtivo se sentia tão agitado que temeu que as batidas de seu coração se tornassem audíveis. Permaneceu imóvel, sem respirar, até que voltou a ouvir os roncos do bibliotecário. Então, tentou fazer um movimento ainda mais arriscado: levantou uma perna, colocou o pé na primeira prateleira, apoiou a mão em outra e ficou por cima do velho. Com a mão livre, finalmente alcançou a Bíblia. Desceu com o mesmo cuidado e, assim que colocou os dois pés no chão, respirou, aliviado. Nesse momento, uma fortíssima corrente de ar percorreu o interior da sala. Aí, em pânico, viu a porta que deixara entreaberta começar a se fechar com tanta violência que haveria de provocar um estrondo. Gutenberg correu dando longas e rápidas passadas como faria uma ave pernalta, e, no exato instante em que a porta bateria, usou todo o seu comprimento para conseguir amortecer a pancada interpondo a Santa Bíblia entre a porta e o batente. Estirado, persignou-se: agradeceu a Deus e, ao mesmo tempo, pediu desculpas a Ele por ter usado Seu Livro em tão brutal façanha. O bibliotecário continuava dormindo.

Por fim, Gutenberg se retirou do arquivo, fechando a porta com a maior delicadeza. Quando deu meia-volta para se afastar, topou com outro homem, que vinha em sentido contrário. Depois de terem se recuperado do inesperado choque e da surpresa, Johannes percebeu que se tratava do próprio alcaide de Estrasburgo. Teria motivos para sentir que seria morto se não estivesse sustentando, na mão direita, a Bíblia mais preciosa da cidade, aquela que jamais saíra da biblioteca. Chegou a esconder as Sagradas Escrituras levando as mãos para trás das costas. A cor, o humor e o estado de Gutenberg lhe davam um aspecto tão patético que o alcaide lhe perguntou se estava se sentindo bem.

— Sim... bem, não... na verdade... — titubeou o improvisado ladrão de Bíblias, quase perdendo o equilíbrio.

— É melhor ir descansar — disse o mandatário. — Para falar a verdade, você está com um aspecto lamentável.

Gutenberg agradeceu a preocupação do alcaide e a licença que este, na prática, concedeu inclinando a cabeça e fazendo estranhas reverências, cujo propósito não era outro que o de manter oculto o livro. Quando o alto funcionário entrou na biblioteca, Johannes enfiou a Bíblia no meio das roupas e saiu do edifício com a mesma expressão alucinada que tinha ao chegar.

Ninguém sabia que embaixo de suas vestes escondia uma fortuna equivalente a mais de cem escudos de ouro.

4

acusador se levantou, caminhou até seu atril e voltou a pegar as Bíblias que havia exibido aos juízes no início do julgamento. Depois daquele solitário encontro cara a cara entre o acusador e o notário, o pulso de Ulrich Helmasperger se tornara hesitante e sua letra menos clara e um pouco menor. De qualquer maneira, esse fato, só perceptível aos olhos de um profissional de caligrafia, não era empecilho para que ele continuasse deixando fiel testemunho das palavras do acusador.

— Meritíssimos, já manifestei aqui minha surpresa ao descobrir que, das oficinas clandestinas dos réus, saíra uma falsificação exatamente igual a uma Bíblia que eu mesmo havia escrito. Perguntei-lhes se podiam notar a diferença entre a verdadeira e a falsa, pois nem eu, o modesto copista que a escreveu, poderia perceber as diferenças. Se grande foi meu assombro, então, ainda maior é o de agora, pois pude ver que nem uma nem outra é autêntica.

Diante da confusão dos membros do tribunal, Sigfrido de Mogúncia voltou ao atril e pegou um terceiro exemplar, aparentemente idêntico aos anteriores, como se fosse um assistente do tribunal. Sigfrido alçou esta última Bíblia acima de sua cabeça e disse:

— Depois de muito examinar os três exemplares, consegui estabelecer que este é o que eu escrevi. Os senhores perceberão isso porque aqueles dois livros são idênticos entre si; no entanto, este que estão vendo aqui tem ligeiras diferenças, próprias da escrita surgida da mão humana, e não de uma máquina diabólica de cujas entranhas poderiam sair centenas, milhares, milhões de falsificações mecânicas exatamente iguais.

Os juízes se sentiram pasmados com a revelação. Ainda nem haviam se recomposto dessa última impressão quando o acusador aproveitou o silêncio da sala para formular uma nova acusação.

— Meritíssimos, acuso os réus de roubo, pois, para fazer suas falsificações, se apropriaram de meus manuscritos. Esta Bíblia escrita por mim foi encontrada na oficina clandestina de Johannes Gutenberg e é a prova irrefutável do que lhes digo.

Gutenberg não tinha o propósito de ficar com a bela Bíblia da Prefeitura. Pensava em devolvê-la antes que alguém notasse sua falta. É verdade que cem escudos de ouro eram uma fortuna nada desprezível. Mas sabia que, se sua iniciativa fosse bem-sucedida, aquela cifra se multiplicaria *ad infinitum*. O verbo em questão era, precisamente, multiplicar.

Gutenberg não precisava se apropriar da Bíblia de Mainz, e sim da caligrafia de Sigfrido de Mogúncia. Além disso, diante das limitações dos moldes de madeira, Johannes se propôs a fabricar peças móveis de metal. Todos reconheciam o grande talento de Johannes e suas muitas habilidades para os mais diversos ofícios; no entanto, não tinha o talento dos copistas. Tentou, vez ou outra, imitar a letra

O LIVRO DOS PRAZERES PROIBIDOS 177

do melhor calígrafo da Germânia valendo-se de papel, pluma e tinta. Primeiro, transcreveu capítulos inteiros do Livro; depois, limitou-se a copiar um mesmo versículo, enchendo folhas completas; e, finalmente, resolveu reproduzir letra por letra, repetindo-a como fazem as crianças quando estão aprendendo a escrever.

Decepcionado, constatou que seu registro não apenas estava longe de se assemelhar ao de Sigfrido de Mogúncia, mas, também suas letras não tinham semelhança entre si. Perguntava-se de que maneira poderia moldar a letra em peças metálicas se era incapaz de transferir a caligrafia do copista ao papel. Seu fracasso lhe custara não menos de uma centena de folhas, vários frascos de tinta e numerosas plumas. Parecia um custo pequeno em relação a tudo o que já havia gastado, mas, para quem já consumira todas as economias, até uma pluma equivalia a uma fortuna.

Gutenberg testou diversas técnicas de decalque provenientes da gravura. Tentou moldar as formas das letras originais sobre um papel virgem, fazendo uma ligeira pressão com um estilete plano, letra por letra, sobre uma das folhas do Livro Sagrado. Mas os resultados foram catastróficos: a valiosa Bíblia de Mainz ficara irremediavelmente marcada. Fez outro teste com um tule de trama fina e transparente; colocou-o sobre o original e escreveu sobre o tecido com um pincel fino. Mesmo que desta maneira conseguisse decalcar a letra quase perfeitamente, depois não tinha como transportá-la a outra superfície virgem, pois o tule se enrugava sob a pressão do prego. Antes do que supunha, o inevitável aconteceu: Gutenberg ficou sem papel, insumo certamente muito caro.

Em Estrasburgo existia uma única fábrica de papel, a dos irmãos Heilmann. Um deles, Andreas, conhecia bem Johannes. Embora nunca tivessem chegado a ser amigos, mantinham uma relação cordial. A casa Heilmann abastecia a Prefeitura, e era Gutenberg quem cuidava dos assuntos comerciais, decidia a quantidade de papel necessária à confecção de lâminas. Andreas tinha interesse pelo comportamento dos vários tipos de papel diante do uso das diferentes tintas, o grau de absorção, o tempo que levavam para secar e a resistência que ofereciam ao ser prensados sobre madeira ou metal. Gutenberg, por sua vez, queria conhecer os mistérios da fabricação de papel, as técnicas de elaboração, desde o mais antigo antecedente egípcio, feito com talos cultivados e usados no papiro às margens do Nilo, passando pelo velho pergaminho.

Heilmann lhe dizia que os rolos produzidos com peles bovinas eram usados desde a mais remota antiguidade; de fato, os primeiros exemplares da Bíblia foram escritos sobre rolo de pergaminho. Além disso, Marco Polo havia descrito em seu *Livro das maravilhas do mundo* como os chineses fabricavam papel com arroz, cânhamo, algodão e até com o que sobrava da elaboração da seda. Andreas afirmava que o papel de linho, cuja elaboração era atribuída aos franceses, era um arremedo do processo de fabricação trazido do Oriente Distante.

Heilmann notou que, nos últimos tempos, Gutenberg estava encomendando quantidades maiores de papel, embora a produção de lâminas não tivesse aumentado. O próprio Andreas transportava o papel ao depósito da Prefeitura e não entendia como podia ser consumido tão rapidamente. O administrador da Prefeitura também se surpreendera com isso. O que os dois não sabiam era que Johannes pegava o papel excedente às escondidas e que, com a tenacidade das formigas, levava as folhas escondidas em sua roupa ao refúgio de Santo Arbogasto.

Gutenberg sabia que suas manobras eram bastante arriscadas, que o sumiço do papel já era notório e que não poderia continuar desviando-o por muito tempo sem levantar suspeitas. Seu projeto parecia destinado a naufragar se não conseguisse o insumo principal o quanto antes. Heilmann, homem esperto para os negócios, intuiu que o talentoso gravador da Prefeitura tinha um assunto lucrativo nas mãos. A evidente curiosidade de Johannes por certos procedimentos técnicos, sua avidez pelo papel e a insistência em fazer perguntas que fugiam ao interesse normal de um gravador levaram Andreas a querer entender em que outras coisas aquele homem tão reservado ocupava sua cabeça e seu tempo.

Certo dia, depois de tirar de seus ombros um pesado pacote de papel, diante dos olhos extasiados de Johannes, que olhava as folhas com o desespero de um faminto perante um banquete, Heilmann lhe perguntou à queima-roupa:

— O que você vem fazendo de estranho? Você pode confiar em mim. Notei que seu interesse pelo meu papel vai além das suas atividades na Prefeitura.

Gutenberg empalideceu, engoliu em seco e tentou articular algo; um sorriso idiota o impedia de falar.

Então, Andreas dobrou a aposta:

— Não quero me meter onde não devo, mas posso perceber que a Prefeitura não precisa da quantidade de papel que você encomenda a cada semana.

Ao constatar o aterrorizante efeito que as últimas palavras provocaram em seu interlocutor, Heilmann adotou um tom tranquilizador e confidente:

— Na verdade, o administrador me fez saber das suspeitas dele, mas, claro, eu consegui fazer com que ele deixasse as diferenças de lado.

Johannes não demorou a compreender que Andreas estava disposto a guardar segredo em troca de participar do negócio. A ideia de se associar ao único fabricante de papel de Estrasburgo lhe pareceu, de repente, um ótimo sinal. O que mais poderia querer? No entanto, Gutenberg não estava disposto a revelar seu segredo. Não confiava nem na própria sombra.

Andreas percebeu o silencioso dilema em que se debatia o gravador de Mainz. Entendeu que era momento de guardar silêncio. O comerciante passou a mão na pilha de folhas como quem acaricia um cão, mostrando-se como o que de fato era: o dono absoluto do papel. Esse simples movimento teve um efeito imediato; Johannes respirou fundo e se dispôs a falar:

— Relíquias — sussurrou no ouvido de Heilmann. — As mais espantosas relíquias que você poderia imaginar.

O rosto de Andreas se iluminou. Embora soubesse que uma grande quantidade de falsificadores dedicava, ultimamente, suas toscas habilidades para fabricar os pregos de Cristo, Prepúcios Santos, Lençóis Santos, sudários, coroas de espinho, farpas da Santa Cruz e até cruzes inteiras, o comerciante sabia que das mãos de Gutenberg só poderiam sair obras maravilhosas.

— Relíquias? Pode-se saber que tipo de relíquias? — inquiriu Heilmann.

Com uma certeza que brotou do fundo de seu coração, Johannes respondeu, taxativo:

— Relíquias autênticas.

Então, Andreas soltou uma sonora gargalhada.

— Você falsifica relíquias autênticas? — perguntou, sufocado pela própria risada.

— É impossível falsificar o Verbo Divino; ele só pode ser propagado como se propaga a boa semente com o vento. A semente que sairá das minhas mãos dará frutos. Uma semente falsa jamais poderia dar frutos, verdadeiros ou falsos. E é só isso que tenho a lhe dizer.

Gutenberg falara com uma convicção tão misteriosa que o sorriso de Heilmann ficou petrificado. As breves palavras de Johannes soaram tão autênticas que, tivesse o que fosse em mãos, devia ser grandioso. Andreas entendeu que não era conveniente fazer mais perguntas.

— Vá amanhã à fábrica e eu lhe darei uma boa quantidade de papel. Se em uma semana eu puder ver o fruto tão enigmático, lhe darei mais.

— Um mês — retrucou Johannes.

O comerciante balançou a cabeça, pensou por alguns instantes e assentiu.

— Sócios — disse, oferecendo a mão direita.

— Sócios — afirmou Gutenberg, e trocaram um aperto de mãos.

Assim, no depósito subterrâneo da Prefeitura, Andreas Heilmann e Johannes Gutenberg selaram sua aliança secreta.

5

A cidade estava assustada pela notícia do assassinato de Hannah. O julgamento dos falsários ficara apagado pela pavorosa sucessão de mortes. Como não encontravam um culpado ou, pelo menos, algum suspeito, os habitantes se sentiam absolutamente indefesos. Embora houvesse quem afirmasse que o assassino das prostitutas estava prestando um serviço inestimável à comunidade e poupando o trabalho das autoridades, eram poucos os que tinham as mãos limpas para atirar a primeira pedra: a maior parte dos homens de Mainz estivera ao menos uma vez com alguma prostituta. Da taverna ao bordel era um passo. As mulheres jovens temiam que elas ou, pior, suas filhas pudessem ser confundidas com rameiras; afinal, que diferença notável existia, à simples vista, entre uma mulher respeitável e uma prostituta? Além disso, a fúria que levava o assassino a matar e a esfolar deixava claro que se tratava de uma mente doentia que, guiada pela pura injustiça, de repente poderia decidir ampliar o círculo de vítimas para além das prostitutas. Os próprios juízes que conduziam o processo contra os falsários de Bíblias, por momentos, tinham a impressão de que estavam desperdiçando tempo com aqueles três vigaristas de pouca monta diante da magnitude dos assassinatos que aterrorizavam a cidade. Sigfrido de Mogúncia resolveu usar o sentimento geral de dor em relação às mulheres para jogar mais lenha na fogueira e fazer uma nova acusação contra Gutenberg.

— Meritíssimos, não satisfeito em roubar e falsificar, o principal acusado não hesitou em se aproveitar de uma mulher indefesa para levar a cabo seus repugnantes objetivos.

Sentado diante dos juízes, Gutenberg recordou o dia em que conhecera a única mulher que o amara sem limites nem condições.

Enfrentando uma situação financeira que ia de mal a pior, Johannes descobrira que todos os avanços que fazia acabavam batendo na dura parede da miséria. Resolvera o problema da tinta, garantira o fornecimento de papel, idealizara o sistema das peças móveis metálicas, obtivera o melhor manuscrito para servir de modelo e construíra uma oficina afastada dos olhares indiscretos; no entanto, não conseguira imitar a caligrafia de Sigfrido de Mogúncia. Para isso, precisava de tempo e, sobretudo, de dinheiro. Estava quebrado, e suas poucas conquistas haviam tido, como consequência, mais pressão, compromissos e dívidas.

Em primeiro lugar, tinha urgência de devolver a Bíblia ao seu lugar na Biblioteca antes que dessem por sua falta. Além disso, o papel que Heilmann lhe fornecia era uma espécie de adiantamento às cegas por conta de um projeto que desconhecia. Cada folha de papel desperdiçada era um novo débito que se somava ao passivo crescente.

Quis o destino que, por aqueles dias, Gutenberg ficasse sabendo da existência de Ennelin von der Isern Türe, a filha mais velha de um casal da nobreza de Estrasburgo. Não fosse por sua condição aristocrática, seria possível dizer que Ennelin estava condenada a acabar seus dias em um convento. Com uma vantagem notável sobre as demais, disputava o título de mulher mais feia da cidade. Parecia improvável que pudesse conhecer um amor diferente do de Cristo ou se casar com outro que não fosse Deus.

Sua feiura era motivo dos comentários mais impiedosos. Nos saraus da nobreza, quando Ennelin se sentava no lugar mais escondido e afastado dos olhares, costumava perceber risadas dissimuladas e murmúrios ferinos, tais como:

— Não me parece justo dizer que Ennelin seja uma mulher feia.

— Você não acha que ela é feia?

— Não, não acho que seja mulher.

E, por mais cruel que soasse uma afirmação como essa, não deixava de ter um pouco de verdade. Ennelin tinha uma expressão e uns traços bovinos, os quais, embora a afastassem de qualquer cânone de beleza, lhe conferiam um semblante doce, inocente e cheio de bondade. Sua aparência não mentia: Ennelin era, essencialmente, boa. Resignada, ouvia as pessoas murmurarem, escondendo a boca com as mãos:

— O pai dela devia honrar seu sobrenome, trancá-la atrás da Isern Türe[13] e depois jogar a chave no rio.

---

[13] Porta de ferro.

Ennelin abaixava a cabeça, e seus olhos grandes, negros e cercados de pestanas duras como cerdas, semelhantes aos das vacas, se umedeciam sob as pálpebras apertadas. Como se seu corpo tivesse se moldado ao nome, a garota, vista de frente, tinha a forma de uma porta: não apresentava uma única curva feminina na cintura, nas cadeiras ou no busto. Mas seu coração e seus sentimentos eram fortes e confiáveis como o ferro. Havia aprendido a enfrentar a crueldade daqueles que julgam só pelo que veem. Quem a conhecia declarava sentir por ela um carinho proporcional ao que ela propiciava com total desinteresse e entrega.

Ennelin era a luz dos olhos de seu pai. Quando menina, fora criada com tanto amor e ternura que, ao se tornar mulher, tinha dificuldade de compreender a maldade e a fúria com que a tratavam por causa de seu aspecto. Tantas humilhações, no entanto, não conseguiram que o veneno do ressentimento se infiltrasse nela. Não conhecia o rancor nem o ódio, e, embora muitas vezes fosse embargada pela tristeza, nunca mostrava irritação. Tinha um caráter alegre, um sorriso terno sempre à flor dos lábios e desfrutava a vida. Ao contrário da maior parte dos filhos dos nobres, não pensava que o conforto financeiro e sua vida privilegiada fossem dons outorgados pela generosa graça de Deus. Compadecia-se da infelicidade dos pobres, e suas generosas esmolas não obedeciam ao cuidado das formas ou ao temor do olhar divino. À medida que chegava à vida adulta, via suas irmãs, suas primas, suas amigas e até algumas de suas sobrinhas, ainda meninas, se casarem de acordo com as rígidas normas do contrato matrimonial impostas por um sem-fim de cláusulas, condições, formalidades, promessas, obrigações e, se fosse o caso, punições. Eram poucas as privilegiadas que chegavam a amar seus maridos. Ennelin se alegrava cada vez que uma de suas parentes ou amigas se casava. Jamais sentiu ciúmes ou inveja e, embora no mais recôndito de sua alma desejasse conhecer o amor de um homem, não tinha esperança alguma de que isso pudesse acontecer.

Era frequente que as prometidas, mesmo sendo meninas, se casassem com homens bem mais velhos do que elas: havia muitos casos de pequenas de 12 ou 13 anos que contraíam matrimônio com velhos que passavam dos 60. Nenhuma mulher esperava, a não ser em sonho, que seu marido fosse jovem, bonito ou mesmo amável. Bastava que fosse justo, respeitoso ou, no melhor dos casos, indiferente. A única vantagem que a velhice representava era que os homens de idade não tinham mais fôlego para ir ao leito da esposa consumar a obrigação conjugal. Para elas, não havia música mais bela do que o ronco forte que garantia um sono tranquilo.

As condições pré-nupciais eram menos intricadas para os homens. As mulheres não tinham a menor possibilidade de escolher seu esposo nem de se rebelar contra a decisão de seus pais, mas os homens gozavam de mais liberdades. A boa aparência não era uma coisa que a família de uma mulher pudesse exigir da família de um homem; por sua vez, a beleza feminina era um ativo importante na hora de definir o contrato matrimonial. Capital do qual, em termos contratuais, Ennelin carecia por completo. Lamentavelmente, sua bela espiritualidade e sua beleza interior não tinham valor algum para os frios termos do intercâmbio familiar que o casamento pressupunha. Levando em conta que o principal objetivo do matrimônio era o de assegurar a perpetuação da linhagem e da fortuna mediante a descendência, era comum não deixar nenhum detalhe nas mãos do acaso. A mãe, tal como indicava o termo latino *mater*, fornecia

O LIVRO DOS PRAZERES PROIBIDOS 187

a matéria, enquanto o pai, in nomine Patris, legava o patriciado, ou seja, a estirpe. Aos olhos das famílias patrícias, a matéria de Ennelin não parecia a mais desejável para embelezar e prolongar os galhos de uma árvore genealógica que se dê ao respeito.

Além disso, embora a família Von der Isern Türe pertencesse à aristocracia, não era uma das mais ricas de Estrasburgo; alguns dos novos comerciantes da nascente burguesia podiam se gabar de contar com uma fortuna muitas vezes superior, embora não estivessem em condições de exibir um sangue que nem passasse perto de um tom de azulado. O outrora majestoso castelo familiar que se erguia diante do Reno agora estava cinzento, sem brilho e com muitas alas desabitadas. Suas aristocráticas portas de ferro, as que haviam originado o sobrenome, exibiam uma ferrugem centenária.

O pai de Ennelin, Gustav von der Isern Türe, era parente distante e amigo íntimo do alcaide de Estrasburgo. Essa foi a ligação entre Ennelin e Johannes. Cada vez que Gustav conhecia um novo membro da nobreza, perguntava, sem rodeios, se era casado. Quando ficou sabendo que o jovem gravador da Prefeitura era solteiro, achou que encontrara o candidato ideal para sua filha. Era claro que a fortuna de Gutenberg não ia além de sua ascendência; só assim era possível explicar por que um jovem instruído de Mainz precisava ganhar seu magro sustento à força de golpes de martelo e cinzel. Embora não soubesse da catastrófica situação financeira de Johannes, Gustav von der Isern Türe não estava em condições de ser muito exigente. Além disso, o pai de Ennelin sabia do êxodo e da perseguição que haviam sofrido os nobres de Mainz depois da revolta. Entre os demais nobres das várias cidades existia um sentimento de solidariedade de casta;

além do mais, ninguém estava a salvo de viver uma desgraça como aquela.

O orgulhoso proprietário do Castelo da Porta de Ferro era um homem cordial, cortês e amável. No entanto, por trás daquele caráter ameno, percebia-se um espírito severo. Era do tipo de pessoa que, quando admitia alguém em seu círculo de confiança, era capaz das atitudes mais nobres; mas, se, ao contrário, em troca de sua amizade recebia traição, transformava-se no inimigo mais temível.

Johannes, por sua vez, nunca sentira fazer parte da nobreza até que sua família precisou fugir de Mainz. O sofrimento que lhe havia provocado o fato de pertencer à casta era maior que os frutos que tirou da situação. Apesar do prestígio de sua linhagem, os Gensfleish não gozavam da riqueza de seus antepassados. O pai de Johannes havia sido um cunhador de moedas cujas mãos calejadas pelo trabalho se pareciam mais com as de um simples artesão do que com as de um alto funcionário, o que, decerto, também era. E, apesar de sua resistência, o filho temia se ver condenado à mesma sorte. Nunca imaginou que seu sobrenome se transformaria em um bem valioso.

A família Gutenberg tinha aquilo que faltava à família Von der Isern Türe e vice-versa. Gustav começou a frequentar a Prefeitura e passava mais tempo conversando com Johannes do que com seu amigo alcaide. O pai de Ennelin, de repente, se transformara em um fervoroso admirador da gravura e não fazia nada além de enaltecer o talento do artista de Mainz. Gutenberg havia desenvolvido um olfato especial para reconhecer a proximidade do dinheiro fresco que tanta falta lhe fazia. Intuía que o interesse de seu novo amigo

O LIVRO DOS PRAZERES PROIBIDOS   189

tinha um objetivo, embora ignorasse qual. Até que um belo dia Gustav von der Isern Türe falou com franqueza:

— Seria uma grande honra para mim se você aceitasse se casar com minha filha mais velha, minha amada Ennelin.

Johannes ficou gelado. Não conseguiu articular sequer uma palavra. Não era frequente um homem oferecer a mão de sua filha. O procedimento costumava ser o inverso. No entanto, não ignorava que o famoso "amor cortês", carregado de declarações apaixonadas, formas cavalheirescas e um certo platonismo trágico era algo que acontecia nas poesias e nos cantos dos trovadores. Os amantes furtivos que subiam aos balcões das donzelas, as aventuras que acabavam com a morte pelas mãos de um marido desonrado ou pelo suicídio por causa dos infortúnios do destino, empenhado em separar os amantes, não passavam de literatura. De acordo com os cânones do amor cortês, o amante devia proceder com a amada da mesma forma que o vassalo com seu suserano. Assim como a épica costumava ser o gênero narrativo com que os príncipes disfarçavam os arranjos vis, os acordos nebulosos e os negócios mais espúrios, o amor cortês era a farsa grandiloquente atrás da qual se escondiam os negócios matrimoniais.

Gutenberg compreendeu que Gustav von der Isern Türe acabara de lhe fazer uma proposta comercial. Embora ainda não soubesse qual era a sua parte no acordo, Johannes tinha consciência de sua desesperadora necessidade de dinheiro para levar seu empreendimento a cabo. Assim, com a mesma facilidade de quem acerta os termos de um negócio, Johannes não demorou um segundo para perguntar ao pai de Ennelin:

— E de quanto é o dote?

— Oitocentos florins — respondeu Gustav, como se tivesse calculado a cifra previamente.

— Mil e duzentos.

— Novecentos.

— Mil e cem.

— Mil.

— Que sejam mil — aceitou Gutenberg. Depois, sugeriu: — Quinhentos florins na assinatura do compromisso e quinhentos logo depois das bodas.

— Duzentos na assinatura e oitocentos logo depois das bodas.

— Quatrocentos e seiscentos.

—Trezentos e setecentos.

— Está bem — assentiu Gutenberg e ofereceu a mão direita ao futuro sogro.

— Está bem — referendou o homem da porta de ferro e apertou a mão de Johannes.

Então, na sala de gravura da Prefeitura, o pai de Ennelin pegou alguns papéis em branco empilhados em uma mesa, pediu pluma e tinta a seu anfitrião e redigiu a ata de compromisso de matrimônio. Então, Gustav foi procurar seu amigo, o alcaide de Estrasburgo, e, diante da mais qualificada testemunha da cidade, os dois assinaram o documento.

Uma vez rubricado o papel, para total espanto de Gutenberg, Gustav von der Isern Türe tirou de um saco a quantia exata que haviam acertado para a assinatura, como se conhecesse por antecipação os termos do acordo. Pagou com moedas de ouro.

Ambos voltaram a se cumprimentar e, depois de ter pagado para garantir a descendência de seu sangue, o pai foi embora levando o compromisso de Johannes.

Quando ficaram sozinhos, o alcaide perguntou a seu funcionário:

— Já conheceu Ennelin?

— Ainda não — respondeu Gutenberg, guardando o dinheiro.

Antes de dar meia-volta e se encaminhar à porta, o alcaide pigarreou. Johannes pensou ter ouvido uma breve risada antes de o mandatário sair da sala.

6

Durante os muitos testes de impressão, Gutenberg notou que a prensa que adaptara tinha vários defeitos. A rigor, o artefato feito originalmente para extrair azeite era tosco demais para uma finalidade tão sutil como imprimir letras que pareciam escritas a pluma. Era muito difícil nivelar a prensa de maneira que exercesse uma pressão igual sobre toda a superfície da prancha: ou as letras da metade direita do papel apareciam mais fracas ou a parte superior da página apresentava melhor definição que a parte inferior, de acordo com a calibração das plataformas fixa e móvel. Além disso, a prensa era contundente demais para os moldes de madeira, que costumavam se partir com frequência, e também não servia para os primeiros tipos metálicos com os quais Johannes começara a fazer experiências.

Gutenberg não tinha tempo a perder. No mesmo dia em que assinou o compromisso de se casar com Ennelin, saiu da Prefeitura e, ao cair da noite, correu para seu refúgio secreto de Santo Arbogasto. Sem nem sequer pensar em seu futuro casamento, Johannes desenhou o projeto de uma prensa que servisse para imprimir com tipos móveis metálicos, e, antes de o dia clarear, já havia fabricado uma miniatura em escala. Sem dormir nem comer, ao amanhecer, desceu à cidade e se encaminhou à oficina de Konrad Saspach, o melhor fabricante de máquinas de Estrasburgo.

Saspach combinava magistralmente o ofício de carpinteiro com o de ferreiro e o de torneiro. Era capaz de fabricar máquinas agrícolas como prensas, moinhos e moendas. De sua gigantesca oficina, saíam também os melhores artefatos militares: desde as precisas e leves bestas até as pesadas e demolidoras catapultas.

Gutenberg e Saspach tinham uma relação de confiança e respeito, como é frequente entre dois artesãos de diferentes áreas, cujos universos se tocam mas não competem entre si. Cada um era o melhor em seu ofício, de maneira que não havia motivos para ciúmes nem disputas. Tratavam-se como se um fosse mais esperto que o outro e de modo deliberadamente rude, como se um quisesse demonstrar ao outro que tinha o trabalho mais viril.

Johannes apareceu na oficina de Konrad com a aparência e a atitude de um demente: tinha os olhos injetados de sangue por causa da vigília, do cansaço acumulado e da euforia com o resultado do trabalho noturno. O carpinteiro o confundiu com um mendigo e quase o expulsou aos empurrões. Quando, por fim, o reconheceu, pensou que o respeitável gravador de Mainz estava possuído pelo demônio.

— Pelo amor de Deus, se o diabo o visse sairia correndo, assustado! — disse Saspach, tentando disfarçar sua preocupação.

— Bem, não estou vendo você correr — respondeu Gutenberg no mesmo tom.

— O que o traz tão cedo? Ou, a julgar pela sua cara, talvez devesse dizer tarde.

— Acontece que eu estava trabalhando, ao contrário de certos carpinteiros...

Para provar o que dizia, Johannes tirou de um saco o artefato em miniatura e o depositou sobre a mesa de trabalho de Konrad. Enquanto o aspecto de Johannes era lamentável, o pequeno e complexo mecanismo era, até aos olhos experientes de Saspach, incompreensível.

— Preciso que você construa esta máquina o quanto antes e, naturalmente, com a maior discrição — disse Gutenberg.

— A discrição é mais cara que a urgência — disse Konrad, um pouco de brincadeira, um pouco a sério.

Saspach pegou uma lupa e examinou a maquete com cuidado. Depois de pensar e de examiná-la minuciosamente, concluiu, com uma súbita expressão de prudência:

— Não posso fazer isso.

— Raposa velha! Você poderia fazê-la com os olhos fechados. Você não vai conseguir que eu lhe suplique de joelhos nem que lhe pague mais do que vale.

— Estou falando sério, Johannes. Não posso — disse Konrad, impedindo que sua expressão apresentasse um resquício brincalhão.

O rosto de Johannes se desfigurou de vez. Com um sorriso que tentava ocultar a ira, Johannes lhe disse:

— Eu não poderia ter facilitado mais o seu trabalho. Ela já está praticamente pronta. Você só vai ter que ampliar em escala de dez para um.

— Não, você não está compreendendo — disse Saspach, retirando o pequeno artefato de sua mesa e devolvendo-o às mãos de Gutenberg. — Não tenho permissão para fabricar máquinas de tortura sem uma ordem do Arcebispado ou um édito real.

Johannes soltou uma gargalhada. Somente então notou a semelhança com um artefato de tortura. O aspecto era muito parecido com o do temível ecúleo: uma caminha estreita e rígida, dentro da qual havia uma peça que se deslocava ao longo do engenho. No entanto, em vez de ter uma manivela paralela ao leito, tinha uma superior que acionava um torniquete perpendicular, como se fosse para esmagar a cabeça do réu.

— Não! Como você pôde imaginar uma coisa dessas? Você me confundiu mesmo com o diabo? — disse Gutenberg com aquela risada alternada com uma tosse que revelava seu esgotamento.

— E que diabo é isso? — perguntou Konrad Saspach, com expressão séria e inquisitiva.

Johannes jamais imaginou que teria de revelar seu segredo. Mas não parecia lhe restar alternativa.

— É uma prensa — respondeu, sucintamente, sem dar mais detalhes.

— Isso eu posso ver; mas parece uma prensa para esmagar crânios.

— É uma prensa xilográfica — mentiu Gutenberg —, aqui vai o molde; a prensa, acionada pela manivela metálica, imprime a forma no papel. Lembre-se de que sou gravador, não algoz. Embora ache que não seria nada mau — disse, retomando o tom brincalhão para quebrar a parede de gelo que se levantara entre eles.

Essas últimas palavras convenceram o ferreiro.

— Trezentos florins, metade adiantada. Posso tê-la pronta em um mês — concluiu Saspach.

— Posso lhe pagar os trezentos florins agora mesmo, se você me prometer terminá-la em quinze dias.

Hesitante, o carpinteiro balançou a cabeça.

— Farei o possível — concluiu.

Konrad assinou um recibo para Johannes, comprometendo-se a terminar a prensa em duas semanas.[14]

Gutenberg lhe pagou com o mesmo dinheiro que acabara de receber de seu futuro sogro e, antes de sair da oficina, disse ao carpinteiro:

— Se não funcionar como eu espero, juro que esmagarei seu próprio crânio com a prensa.

---

[14] O recibo foi preservado até os dias de hoje.

7

nnelin estava alterada como nunca; um medo desconhecido se apoderara de sua pessoa sempre serena. Gustav von der Isern Türe e sua esposa haviam preparado tudo para a ocasião tão esperada. Pela primeira vez em muitos anos, o Castelo da Porta de Ferro voltava a recuperar um pouco de seu velho esplendor. Todas as lâmpadas, candis e até as tochas que ladeavam a porta estavam acesas, o que não acontecia fazia anos. Ennelin contara os dias, as horas e os minutos até o momento em que, por fim, ouviu os cascos do cavalo se deterem diante da entrada. Seu coração bateu como se fosse pular de seu peito.

Johannes recuperara seu aspecto habitual. O fato de saber que sua nova prensa estava em processo de fabricação lhe devolvera um pouco de calma: depois de várias jornadas de trabalho incessantes, dia e noite, conseguiu descansar e se recompor. Fazia muito tempo que não dormia seis horas seguidas. Seu casamento próximo com uma mulher que desconhecia não o inquietava nem um pouco; pelo contrário, sabia que algum dia haveria de se casar e não poderia ter encontrado melhor partido. Dispunha, por antecipação, de um dote que lhe dava conforto suficiente para se dedicar por completo ao seu projeto. Pagara a prensa a Konrad Saspach e, depois das bodas, receberia mais setecentos florins para investir em sua empresa. Era o capital de que necessitava para montar a oficina. Além disso, imaginava a alegria de sua mãe quando soubesse do casamento; o que mais poderia esperar? Uma nora jovem, rica e pertencente à aristocracia de Estrasburgo.

Johannes pensava em tudo isso enquanto se dirigia ao palácio, cujas luminárias se refletiam no Reno. Podia ver o esplendor daquele que haveria de ser seu novo lar, muito mais luxuoso do que sua casa de Mainz, do que a pequena granja de Eltville, do que o cubículo no qual vivia em Estrasburgo. Antes de chegar à entrada, uma das folhas do enorme portão se abriu, e Gustav von der Isern Türe saiu ao seu encontro, enfeitado como um rei.

— Bem-vindo à minha humilde morada — disse a Gutenberg com um sorriso franco. Depois, deu-lhe dois beijos, um em cada face, e, com um gesto espalhafatoso, convidou-o a entrar.

Johannes não sabia para onde devia olhar: os tetos altos, os arcos de meio ponto, as paredes de pedra, as pinturas que decoravam a enorme sala, os tapetes trazidos da Pérsia, os móveis talhados em madeira nobre: tudo, enfim, tinha as proporções de uma catedral e os luxos de um palácio real. Tanto era o deleite de Gutenberg diante daquelas riquezas que seus olhos não repararam nas velhas manchas negras da abóbada, nos frisos descascados, nas sedas puídas que cobriam as paredes, nos tecidos desgastados das poltronas nem nas ferragens oxidadas. Afinal, não se tratava de nada grave: a pátina do *tempo* não era necessariamente um sinal de decadência; demonstrava

O LIVRO DOS PRAZERES PROIBIDOS   199

a antiga linhagem da nobreza autêntica, detalhes de estirpe que, decerto, os novos burgueses não podiam exibir em suas pequenas casas, por mais pomposos que fossem os capitéis escalonados.

O convidado de honra demorou para ver as pessoas que o esperavam na sala. Como se fosse uma pintura, no centro da sala, sentada em uma poltrona de encosto alto, estava a esposa de Gustav. Ao lado dela, uma à sua esquerda e a outra à direita, duas jovenzinhas de bochechas coradas davam as boas-vindas ao convidado com um sorriso estudado, protocolar. Evidentemente, eram as filhas do casal. Com um olhar breve, Gutenberg observou até o mais ínfimo detalhe: a maior tinha o mesmo olhar afável do pai e o porte bem-formado da mãe. A outra, mais jovem, tinha um rosto redondo, meio gordinho, e um busto proeminente, realçado por um decote amplo que deixava ver a união dos seios redondos e volumosos. Se tivesse que escolher, Johannes, sem dúvida, teria se inclinado pela última, mas qualquer das duas o satisfaria. Mais atrás havia três varões, dois jovens, provavelmente filhos do casal, e um mais velho, talvez o esposo de uma das filhas. Na última linha, em pé, perto da parede, no recanto mais escuro, estavam os serviçais.

Gutenberg estava feliz. Um sorriso de verdadeira alegria se instalara em seu rosto. As longas noites de solidão no convento de Santo Arbogasto, na macabra companhia dos defuntos do velho cemitério, a condição de estrangeiro, a distância de sua mãe, haviam transformado Johannes em uma espécie de ermitão. Pela primeira vez em muitos anos, ele sentia o calor de um lar. Nada poderia ser melhor: uma família da aristocracia, um castelo às margens do rio e uma esposa jovem e encantadora.

Por fim, o dono da casa iniciou as apresentações formais. Com atitude paternal, passou um braço no ombro do convidado e disse a viva voz:

— O nobre senhor Johannes Gensfleish zur Laden, da honorável Casa de Gutenberg de Mainz.

Johannes fez uma reverência diante da senhora da casa e acreditou ter recebido um olhar de aprovação geral. Então, Gustav começou a apresentar cada membro de sua família:

— Minha esposa, Anna — disse, enquanto a mulher inclinava levemente a cabeça.

— Meus filhos Eduard e Wilhelm — continuou, e ambos o cumprimentaram numa pose marcial.

— Minha filha Marie — apontou, enquanto a garota magra que estava à direita da mãe ficava em pé e fazia uma reverência.

— Seu esposo, Joseph — disse, esticando o braço para o homem mais velho que estava em pé atrás do espaldar da poltrona.

— Elizabeth, minha filha mais jovem.

Johannes, que não se continha de alegria, olhou fascinado para a jovem e teve de se esforçar para que seus olhos não descessem ao decote que se oferecia, desafiador, orgulhoso e tentador. Quando a garota ficou em pé para fazer a saudação de cortesia, exibiu uma estatura magnífica e uma silhueta curvilínea. Gutenberg se sentia tão maravilhado que nem entendeu o nome.

Prestes a se ajoelhar a seus pés, Gutenberg ficou petrificado. Antes de conseguir se recuperar, o dono da casa apontou para a porta principal da sala e, em tom solene, anunciou:

— Ennelin!

O LIVRO DOS PRAZERES PROIBIDOS 🐾 201

Então, no vão da porta apareceram duas criadas, que acompanhavam o passo da prometida.

Gutenberg perdeu a fala. Antes de chegar a uma conclusão, precisava decifrar a intricada anatomia da noiva. Não era simples compreender como aquela humanidade, se é que ela era humana, se distribuía dentro do vestido. Onde estava côncavo deveria estar convexo; onde tinha de haver planícies, surgiam saliências. Além disso, sua maneira de se movimentar não parecia humana: era como se pegasse impulso ao movimentar os quadris, dando meias-voltas para um lado e para outro a cada passo. Essa impressão era reforçada pelo adorno que tinha nos cabelos, um *hennin* de duas pontas que, pura e simplesmente, parecia um par de chifres. Ennelin sorriu para seu prometido com uma boca ridícula: o maxilar proeminente se adiantava ao restante do rosto como um balcão cujo parapeito fossem os dentes separados, tortos e amarelados. Os olhos, grandes e salientes como ovos, eram emoldurados por uma única sobrancelha reta e contínua que parecia pintada em um único traço e com um pincel ordinário.

Ao ver sua futura esposa, Johannes reconsiderou seus recentes pensamentos: a solidão, sua vida de ermitão nas ruínas de Santo Arbogasto, as noites de insônia, a tenebrosa companhia dos ladrões mortos: nada neste mundo podia ser mais horroroso do que aquela entidade indefinível disfarçada de mulher. Nada, salvo a miséria. Só quando avaliou esta última certeza, o noivo avançou na direção de Ennelin, inclinou-se diante de seus pés e declarou:

— Sou o homem mais feliz do mundo.

8

Com os olhos voltados para suas recordações, Johannes relembrava aquele primeiro dia na casa de Ennelin. Sentia-se enganado. Agora, que conhecera sua prometida, compreendeu a risada de escárnio do alcaide. Nunca esperara tamanha deslealdade de Gustav von der Isern Türe. Mil florins era uma miséria para aceitar um presente de grego daqueles. Embora, a rigor, mais do que o mítico cavalo de Troia, sua esposa lhe recordasse o Minotauro, supondo que Ennelin exibisse algum vestígio de anatomia humana. Se a tivesse conhecido antes, Gutenberg poderia ter exigido o Castelo da Porta de Ferro com todos os seus pertences incluídos.

Fazia muito tempo que Johannes não desfrutava da companhia íntima de uma mulher. Como um idiota, havia chegado a fantasiar a mais bela das filhas de Gustav. O contraste com sua irmã era impactante. Por mais boa vontade que tivesse, era impossível sequer imaginar que conseguisse cumprir as obrigações maritais. Seu pequeno alter-ego, tão necessitado de conhecimento carnal, jamais estaria disposto a acompanhá-lo naquela tarefa. Mas assinara um contrato e não tinha como recuar; o descumprimento do acordo estabelecido entre as famílias Gutenberg e Von der Isern Türe poderia lhe acarretar severas consequências jurídicas e econômicas, e sua palavra de homem ficaria para sempre afundada na lama da desonra. Além disso, já recebera uma porcentagem do dinheiro e precisava impreterivelmente do restante.

Ennelin era pura bondade. Durante os encontros posteriores à apresentação, comportava-se com seu futuro marido com uma lealdade e um carinho que ninguém jamais havia lhe dedicado. Consciente da impressão que sua aparência despertava nos demais, ela sempre encontrava uma forma de se posicionar de um modo que Johannes não tivesse que vê-la; quando estavam na sala, sentava-se em uma poltrona atrás da que ocupava seu prometido, ou então no canto mais escuro. A voz de Ennelin era doce, e sua conversa abrangia os mais diversos assuntos. Era inteligente e tinha a virtude pouco frequente da sensatez: jamais fazia um comentário fora de lugar. Era mais propensa a ouvir do que a tomar a palavra, a entender razões do que a pretender impô-las, a entender os erros do que a criticá-los ou a condenar o comportamento alheio. Além disso, admirava o talento artístico e os trabalhos de Johannes. Cada vez que via uma nova gravura de autoria de seu prometido, não tinha mais do que sinceras palavras de veneração.

— Ennelin, você deve saber que sou um homem pobre, um simples artesão. Como gostaria de poder me dedicar por completo a você e, é claro, à minha devoção pelo Altíssimo e à difusão de Sua Palavra! — confessou Johannes à sua futura esposa.

Então, Gutenberg lhe falou de seu amor pelos livros. Com o objetivo de manter oculto seu projeto secreto, a impressão de livros com tipos móveis metálicos, mostrou-lhe alguns de seus melhores livros xilográficos. Ao ver um precioso exemplar da Bíblia dos pobres, os olhos de Ennelin se encheram de lágrimas.

— De que você precisa para se dedicar à sua verdadeira vocação?

Johannes baixou a cabeça e, com uma pose dramática, teatral, disse, tristemente:

— Prefiro não falar sobre isso.

— Você está precisando de dinheiro?

— Não, minha querida Ennelin, não é de dinheiro que preciso; é meu coração que precisa servir a Deus.

— Mas como haveria de servi-lo se não tem dinheiro para seu projeto?

— Se eu tivesse a resposta para essa pergunta...

— Dinheiro qualquer um pode ter; no entanto, o talento é um dom raro. Meu querido, talvez, se me permitisse, eu poderia ajudá-lo.

— De que maneira?

— Se permitisse que eu lhe desse um pouco de dinheiro...

— Oh, não! Como pôde pensar nisso? Eu jamais poderia aceitá-lo.

— Não o aceite por mim, faça por Ele.

A relação de Johannes com Deus dependia das circunstâncias que estivesse atravessando. Diante do infortúnio e da necessidade, sua devoção beirava o misticismo. Se, como era o caso, a sorte batesse à sua porta, de não vacilava em pronunciar Seu santo nome em vão. Gutenberg olhou para o céu, balançou a cabeça como quem se debate em um dilema insolúvel e, por fim, com um longo suspiro, assentiu.

— Então, você vai permitir que eu o ajude? — perguntou Ennelin dando pulinhos de alegria com seus pezinhos que pareciam as patas redondas de um porco.

— Só se me prometer uma coisa...

— Sim, claro...

— Que não vai contar ao seu pai.

— Mas ele ficaria orgulhoso de colaborar com você em uma missão tão religiosa...

— Vamos surpreendê-lo, então, com a primeira Bíblia que sair da prensa.

O rosto de Ennelin se iluminou com um sorriso; depois, ela se atirou nos braços de Johannes. Ele a afastou delicadamente com algumas palavras de afeto que tentavam disfarçar a repulsa que lhe provocava o contato físico com ela.

Nesse mesmo dia, Gutenberg recebeu cento e cinquenta florins das pequenas e generosas mãos de sua prometida.

9

Gutenberg não perdeu nem um segundo. Com o dinheiro que acabara de conseguir, correu à oficina de Saspach. Por um lado, queria ver os avanços da construção da prensa e, por outro, encomendar um novo artefato.

— Você está tão ansioso assim para ter em mãos seu instrumento de tortura?

— Sim, não vejo a hora de experimentá-lo usando a sua cabeça, embora acredite que nem se a prensasse, alguma coisa sairia daí de dentro.

O carpinteiro levou-o a um recinto adjacente àquele onde atendia o público e, então, no centro da oficina, Johannes pôde ver a prensa em construção. Era tão bela que a contemplou como quem aprecia uma escultura ou uma obra arquitetônica. Era majestosa; sob todas as luzes, não se tratava de uma prensa comum. Ninguém poderia achar que aquela máquina tinha relação com os rústicos artefatos para a extração do sumo da uva ou do azeite da azeitona. Só então Gutenberg teve consciência de que havia inventado uma coisa completamente inovadora, inédita, que não merecia compartilhar o nome com a velha e antiquada prensa. Ainda não lhe ocorria como chamar o instrumento que se destacava acima dos incontáveis objetos espalhados por toda parte.

Como se tivesse lido o pensamento de seu cliente, Saspach lhe perguntou:

— Já a batizou?

Aquela máquina era muito mais do que uma simples prensa. Ao contrário desta, não tinha por função extrair fluidos por pressão, mas deixar uma marca de material duro sobro outro mais macio.

— Prensa gráfica — sussurrou Gutenberg entredentes, como quem pensa em voz alta.

— Como? — voltou a perguntar o carpinteiro.

— Não, não, ainda não tem nome — disse Johannes, com cautela.

Depois, tirou um papel do bolso e mostrou um desenho a Konrad Saspach.

— Preciso que você fabrique esta peça.

Tratava-se de uma cunha um pouco parecida com aquelas que seu pai usava para as moedas, só que muito menor; e, no lugar onde devia estar o relevo com a cara ou a coroa, não havia nada. Era um prisma metálico retangular, encaixado em uma culatra de madeira A peça não era maior do que um dedo mindinho.

O carpinteiro examinou detalhadamente o desenho e perguntou:

— De que metal deve ser?

— Preciso fazer provas; então, umas devem ser de ferro, outras de chumbo e algumas de cobre.

— Quantas são algumas?

— Umas... cem.

— Cem!

— Cem de cada metal...

— Trezentas?

Gutenberg assentiu com a cabeça.

— Se você me dissesse para que diabos essas coisas servem, talvez eu pudesse ajudá-lo.

— Menos perguntas, pelo amor de Deus...

— Quanto mistério — disse Saspach com ironia. Se ele não soubesse que o gravador de Mainz tinha um talento inigualável, teria achado que Gutenberg estava completamente louco. Aquelas peças não pareciam ter utilidade alguma. Não era difícil supor que os dois artefatos tinham relação entre si, embora o carpinteiro não conseguisse descobrir qual era. Nunca acreditara por completo na sucinta explicação de seu cliente sobre a utilidade da máquina, embora, a rigor, o enigma também não o preocupasse. A única coisa certa era que Johannes pagara adiantado. Cada um se ocupava de seus próprios assuntos; Saspach não fazia ideia de em que consistia o projeto do gravador de Mainz, mas sabia perfeitamente qual era o seu negócio. Com essa convicção, o carpinteiro deixou o projeto na mesa e declarou:

— Cento e cinquenta florins as trezentas peças.

Johannes teve que morder a língua para não protestar; sabia que Saspach não admitia barganha; ao contrário: seria capaz de expulsá-lo aos safanões de sua oficina como fizera com tantos outros que haviam ousado discutir preço. Além disso, ninguém em Estrasburgo estava em condições de fazer aquele trabalho.

— Quanto tempo você levará para fazê-lo?

— Primeiro, preciso terminar o outro trabalho... — calculou Konrad, mas Gutenberg o interrompeu.

— Se ficassem prontas antes da máquina, para mim seria melhor.

—Ah, não — queixou-se Saspach —, seu ecúleo está ocupando quase toda a oficina, não posso deixá-lo ali por tanto tempo.

Então, teve início uma discussão entre o carpinteiro e o gravador, a qual só se resolveu quando Johannes pegou os cento e cinquenta florins e os colocou na mesa.

— Aqui está o pagamento completo adiantado; peço que o termine em uma semana.

— Impossível.

Então, Johannes lhe dirigiu um olhar severo. No tom imperativo de quem se vê em uma questão de vida ou morte, repetiu:

— Uma semana.

Konrad voltou a examinar o papel, pensou durante algum tempo para avaliar até o último detalhe e, pegando o dinheiro, finalmente assentiu com a cabeça.

— Então, a prensa precisará esperar mais uma semana.

Gutenberg percebeu uma coincidência: o dia em que Saspach prometera terminar seu artefato era o mesmo de seu casamento com Ennelin.

10

A família Von der Isern Türe estava completamente focada no casamento de Ennelin. O pai da noiva oferecera ao futuro genro a ala oeste do Castelo da Porta de Ferro, praticamente abandonada há muitos anos. Não se tratou de um convite formal ou de uma demonstração de afeto a Gutenberg. De fato, Gustav lhe fez a proposta em termos absolutamente contratuais: levando em conta o generoso dote que lhe oferecera por sua filha, descontaria dos setecentos florins que faltavam o valor da hospedagem, que não haveria de ser breve. Johannes recusou amavelmente; em tom cordial, disse ao sogro que essa cláusula não fazia parte do acordo que haviam assinado.

— Meu querido Gustav, assumi um compromisso e jamais deixei de cumprir minha palavra. Mas, se essa tal condição tivesse sido apresentada, eu teria aceitado discuti-la com todo prazer.

Sem perder sua natural cortesia, o pai de Ennelin lembrou Gutenberg que o dote não consistia de um intercâmbio comercial semelhante a uma venda, mas, na verdade, de uma contribuição para a manutenção da noiva.

O LIVRO DOS PRAZERES PROIBIDOS 211

— Meu querido Johannes — replicou Gustav, apelando à mesma fórmula protocolar do genro —, a cláusula que você menciona está implícita no acordo matrimonial. A morada que minha filha deverá habitar é a parte mais importante daquilo que o convênio chama de "manutenção".

Gutenberg exibiu um sorriso forçado e balançou a cabeça sem que o gesto quisesse aparentar uma negação ou uma afirmação. Pensou em contra-argumentar, mas Gustav completou sua ideia, temendo que Johannes não tivesse entendido ou que restasse alguma dúvida:

— Meu querido Johannes, eu jamais permitiria que minha amada Ennelin permanecesse um só segundo no cubículo imundo em que você vive.

A tonalidade facial da vergonha se misturou com a cor da fúria, e, de repente, as faces de Gutenberg passaram da habitual palidez a um vermelho encarnado; ele precisou se esforçar muito para não perder a paciência de vez:

— De acordo com a *traditio puellae*, é obrigação do marido levar a esposa para viver em sua casa de família. Poderíamos ir morar em minha residência de Eltville am Rhein ou na minha casa de Mainz.

O pai de Ennelin deu uma breve mas sonora gargalhada, apoiou uma das mãos no ombro de Johannes e disse, taxativamente:

— Eu valorizo o senso de humor: chamar de residência a casa de camponeses de Eltville é uma ótima piada. Só de imaginar minha pequena vivendo entre porcos e galinhas é um insulto...

— ... aos porcos e às galinhas... — sussurrou Gutenberg entredentes, mordendo os lábios para não dizê-lo em voz alta. A "pequena

Ennelin" tinha o porte e a graça de um javali e dificilmente seria admitida em um curral pelas outras bestas.

Por sorte, o murmúrio de Johannes, não foi sequer percebido por Gustav, que continuou:

— Além disso, em Mainz ela não estaria segura. Embora todo mundo se esqueça, o levante contra a nobreza ainda poderia estar latente.

Gustav von der Isern Türe levantou-se, caminhou em torno de seu futuro genro e lhe disse, em tom severo:

— Vocês viverão aqui, na minha casa. Não é uma sugestão, nem uma oferta, nem um pedido. Eu não permitirei que a minha filha se afaste da família. Além disso, fica fora de qualquer discussão que o pagamento das diárias dos aposentos será descontado do dote, pois, como eu já disse, e assim está expressamente acordado no compromisso matrimonial, o teto é parte fundamental do sustento da esposa.

Com expressão austera, Gutenberg assentiu. No entanto, aquela conversa não seria a última batalha da guerra que Gustav von der Isern Türe acabara de lhe declarar.

11

Aquelas semanas haviam trazido um vendaval de novidades. Tudo parecia correr conforme os planos de Gutenberg. No dia acordado, Johannes foi à oficina de Saspach; como era de se esperar, o carpinteiro o aguardava com as trezentas peças metálicas perfeitamente acabadas, assim como fora estipulado. Eram tal como Johannes as imaginara: a culatra de madeira cúbica servia de assento ao retângulo alongado de metal. Konrad Saspach observava cheio de curiosidade a expressão radiante do mais extravagante de seus clientes.

— Aqui estão suas cunhas cegas.

— O pior cego é aquele que não quer ver.

— É verdade, prefiro fechar os olhos para não ser cúmplice da sua loucura.

— Melhor assim, melhor assim... — disse Gutenberg, examinando um por um os pequenos mecanismos.

Guardou as três centenas de peças na fina caixa de madeira que o carpinteiro fizera sob medida para acomodá-las e saiu às pressas, como se não tivesse um minuto a perder. Não havia percorrido nem dez metros quando se virou e, do batente da porta, gritou para Saspach:

— Em uma semana, virei buscar a prensa. Espero que, até lá, esteja terminada.

Konrad fez um gesto depreciativo com a mão e se enfiou na oficina.

Nessa mesma noite, na solidão das ruínas de Santo Arbogasto, Gutenberg se dedicou a trabalhar nas peças. Na parte metálica cega, gravou cada letra do alfabeto imitando a dos manuscritos. Era infinitamente mais difícil gravar o ferro do que a madeira. No entanto, o resultado era muito superior: os contornos das letras eram mais bem-definidos. Depois, fez a mesma coisa com os cunhos de bronze; a melhora era notável: por ser mais macio do que o ferro, o polimento era muito menos difícil. Além disso, o bronze era mais maleável e fácil de trabalhar com as mãos. Finalmente testou o chumbo, adotando um procedimento diferente dos anteriores: em vez de gravar a extremidade da cunha com um formão fino, trabalhou por fundição. O resultado foi surpreendente: o chumbo era mais fácil de gravar do que a madeira, tinha a firmeza do metal e, ao mesmo tempo, era suave e maleável.

Tomado por um entusiasmo infantil, compôs a primeira linha com os tipos metálicos. Formou com as peças de ferro a palavra *Johannes*; com as de cobre, *Gensfleish*; e, com as de chumbo, *Gutenberg*. Embora ainda não tivesse a prensa definitiva, sua velha prensa de uvas, adaptada, serviria para fazer uma primeira prova de impressão. Dispôs os tipos na caixa, colocou-os cuidadosamente na base da máquina e correu para buscar a tinta. Abriu o frasco, e, então, seu rosto se desfigurou: restava apenas um fundo seco, impossível

O LIVRO DOS PRAZERES PROIBIDOS 215

de remover. Johannes pegou uma garrafa de azeite para fabricar pelo menos um pouco de tinta, mas também estava vazia. Procurou no meio de frascos e de outras garrafas. Nada. Ajoelhou-se para alcançar o lugar mais profundo da despensa, onde guardava os recipientes com os pigmentos: não continham mais do que ar completamente incolor. Só então admitiu que ficara sem os insumos básicos.

Decidido, caminhou até o esconderijo onde guardava suas economias. As arcas estavam vazias; todo o seu dinheiro fora parar nas mãos de Konrad Saspach. Mais uma vez estava absolutamente arruinado. Além disso, lembrou que por aqueles dias precisaria prestar contas de seus avanços ao fornecedor de papel, Andreas Heilmann. Então, decidiu que estava na hora de visitar sua prometida.

Ennelin era uma imensa arca de bondade, de amor e, acima de tudo, de dinheiro. Bastava segurar sua mão carinhosamente e dizer uma palavra afetuosa para que seu coração e seu cofre se abrissem. Ela devolvia cada carícia com um prendedor de ouro, cada declaração apaixonada com um relicário de prata, cada abraço com um punhado de florins. Até estava disposta a aceitar um beijo antes do casamento; no entanto, Johannes evitava aqueles lábios semelhantes aos beiços flácidos de um mastim, argumentando que não queria que sua prometida perdesse a inocência antes do tempo. Ela sabia que seu futuro marido trabalhava com devoção e desinteresse para multiplicar a Palavra, nobre tarefa que nenhum dinheiro poderia pagar. No entanto, Ennelin insistia em colaborar generosamente, apesar da resistência de seu prometido, que, apesar de tudo, acabava aceitando.

Assim, com um abraço na vastíssima pessoa de sua prometida, Gutenberg conseguiu a quantia necessária para comprar uma grande quantidade de sais de ferro. Em troca de um "meu amor" ternamente pronunciado, obteve os florins necessários para pagar um saco cheio de *vitriolo verde* e de *sal martis*. Uma carícia em seus cabelos suaves como a crina de uma mula foi retribuída com dinheiro suficiente para comprar goma-arábica trazida do Oriente e os mais finos azeites de primeira prensagem feitos com as melhores olivas, nozes e linhos. Com o suor de sua testa e a inigualável resistência de seu estômago, em poucos dias Johannes teve ao seu alcance tudo o que era necessário para fabricar uma grande quantidade de tinta.

Finalmente, voltou a Santo Arbogasto e concluiu a tarefa pendente. Entintou a primeira composição feita com as peças metálicas, cobriu-a com um papel e acionou a manivela da prensa. Os três metais funcionavam perfeitamente. Mesmo com todas as deficiências da rústica prensa, ninguém teria conseguido acreditar que o nome impresso, *Johannes Gensfleish Gutenberg*, não tivesse sido escrito a mão. Podia imaginar como ficaria ainda melhor quando estivesse em seu poder a máquina que Saspach estava fabricando. Mas ainda devia superar outra dificuldade: nessa nova tentativa, também não conseguira imitar a caligrafia magistral de Sigfrido de Mogúncia. Esgotado, afundou o rosto nas mãos e acabou se convencendo de que não lhe restava alternativa: precisaria dos serviços de um calígrafo. Até então, não medira esforços para que ninguém ficasse sabendo de seu plano secreto. Na verdade, já tinha um sócio que lhe fornecia papel e, pelo menos por ora, não lhe fazia perguntas, mas como não compartilhar o segredo com um copista?

Todas essas questões o distraíam de uma preocupação que não podia adiar por muito mais tempo: seu casamento com Ennelin, o qual, ainda por cima, estava marcado para o mesmo dia da entrega da sua esperada prensa.

12

Com semblante pouco amistoso, Heilmann visitou Gutenberg e colocou diante de seus olhos a relação das quantidades de papel que lhe entregara sem que até o momento visse resultado algum. A cifra atingia a quantia de duzentos florins. Andreas, cujos braços eram fortes e musculosos, forjados na locomoção de fardos pesados, bateu com um punho na mesa e ameaçou Gutenberg: ou Johannes lhe pagava o dinheiro que devia, ou devolvia o papel, ou, então, que revelasse o segredo do negócio que tinha em mãos.

— O dinheiro, não tenho agora, mas...

— Não há "mas".

— O papel, eu usei nas provas...

— Muito bem; então, estou pronto para ouvir o seu plano.

Johannes balançou a cabeça, fez um gesto conciliador e ensaiou uma última desculpa. Então, Andreas o pegou pelo pescoço com a mão direita enquanto levantava o punho da esquerda para arrebentar o nariz de Gutenberg. No instante em que os nós dos dedos chegavam ao destino, ele gritou:

O LIVRO DOS PRAZERES PROIBIDOS 219

— Está bem, está bem, eu vou falar!

Heilmann colocou suavemente seu interlocutor em uma cadeira, ajeitou-lhe as roupas passando a palma de sua manzorra pelos ombros e, com a mais absoluta calma, lhe disse:

— Estou ouvindo.

Com a mesma habilidade que havia usado para convencer sua prometida, e com o objetivo de não revelar seu segredo, Gutenberg começou a improvisar uma história:

— Trata-se das relíquias da basílica de Aachen.

Andreas arregalou os olhos e assentiu com entusiasmo. Johannes massageou o pescoço, ainda dolorido, e continuou.

— Particularmente, da cabeça de São João Batista.

Heilmann sorriu, exaltado, sem saber que, na realidade, Gutenberg acabara de ter a ideia da cabeça de São João ao ver a própria cabeça correr perigo nas mãos de seu fornecedor de papel.

A catedral de Aachen conservava as quatro relíquias mais preciosas da Germânia: o manto da virgem, a fralda do menino Jesus, a lama que cobriu Jesus na crucificação e o lenço com o qual cobriram a cabeça de João Batista depois de sua decapitação. Todas essas relíquias haviam sido recuperadas por Carlos Magno e eram expostas a cada sete anos na Basílica Imperial. Nessas ocasiões, multidões de peregrinos chegavam dos mais distantes lugares do mundo. Sem parar de esfregar o pescoço, Johannes continuou contando sua história:

— Estou trabalhando em uns espelhos que, quando são apontados para o sudário de São João Batista, preservam sua imagem. Assim, cada um dos milhares — disse, enfatizando a cifra — de peregrinos poderá levar consigo a imagem sagrada e receber a bênção eterna do santo.

Heilmann deu uma gargalhada estrondosa. Johannes não soube se era uma risada verdadeira ou o prenúncio brincalhão de uma surra. Por via das dúvidas, protegeu o rosto.

— Genial, simplesmente genial — disse Andreas, acariciando com entusiasmo excessivo a castigada anatomia de Gutenberg. — Eu preciso ver isso.

— É que preciso de um pouco mais de tempo para lhe mostrar o resultado.

— Está bem: uma semana.

— Em uma semana será possível, mas acontece que exatamente em uma semana eu vou estar me casando.

— Parabéns, mas, antes, você terá de formalizar seu compromisso comigo. Será um dia emocionante para todos. Uma semana. Nem um dia a mais.

Gutenberg ainda precisaria pensar em algo conveniente para mostrar a Heilmann. De repente, convenceu-se de que o destino de sua cabeça não seria muito diferente do de João Batista. Nesse dia sua prensa também estaria terminada.

Sem dúvida, seria uma jornada cheia de emoções.

13

igfrido de Mogúncia subiu no estrado e, como se escondesse ali embaixo uma arca mágica, exibiu um artefato que, à primeira vista, parecia um espelho portátil. Os membros do júri observavam com olhar infantil a nova ação do acusador.

— Senhores, assim como na primeira vez em que vi isto, vocês devem supor que o que seguro em minha mão é um simples espelho. Vocês não poderiam esperar ver nada de estranho em um espelho além de seus próprios rostos refletidos.

Como um grupo de crianças, os juízes, assentiram, involuntariamente e todos ao mesmo tempo, com a cabeça.

— No entanto, Meritíssimos, vocês estão equivocados. Esse pequeno artefato, trivial e simples como estão vendo, também é obra do demônio, do diabo que vive dentro da mente maléfica do acusado! — bradou o Sigfrido, apontando Gutenberg.

Mais uma vez, os magistrados empalideceram. Então, ao observar o semblante dos juízes, Sigfrido voltou à carga; alçou o espelho com o braço esticado e o passou diante do tribunal. Os juízes viram refletidos os próprios rostos espantados. Sigfrido de Mogúncia seguiu seu caminho e chegou ao amplo vitral por onde penetravam os raios solares e, de costas para a sala, ficou na posição e levantou o pequeno espelho. Depois, deu meia-volta e voltou a mostrar aos magistrados o vidro oval no qual tinham acabado de se olhar. O que viram na superfície do espelho lhes arrancou uma exclamação de pânico que se transformou em gritaria geral quando o acusador o exibiu ao restante dos presentes. Ulrich Helmasperger, absorto como os demais, pela primeira vez esteve prestes a perder o fio da transcrição das palavras.

Afundado em sua cadeira, Gutenberg tapou os ouvidos para não enlouquecer com o escândalo que tomara conta da sala. Assim, com os olhos fechados e os ouvidos tapados, voltou a se refugiar em suas lembranças. Por fim, o grande dia chegara. De acordo com a tradição germânica, o casamento seria celebrado na casa do pai da noiva. Como a maior parte dos palácios da nobreza, o Castelo da Porta de Ferro abrigava uma capela. A cerimônia era um ritual solene no qual o pai entregava a filha a um sacerdote. Depois, o religioso celebrava o matrimônio e a missa nupcial. Por último, o padre outorgava a bênção sacerdotal e, aí sim, concedia a mulher a seu esposo, uma vez consumada a "graça sacramental". Concluída a cerimônia religiosa, o pai da noiva entregava o dote ao marido — neste caso a soma que restava depois do adiantamento — e, por fim, chegava o momento mais esperado pelos convidados: o banquete.

Tudo estava pronto para a cerimônia. A capela fora decorada como nunca antes. Gustav mandou preparar os mais deliciosos manjares e trazer os melhores vinhos. Ennelin, por sua vez, não conseguira dormir durante toda a noite. Viu o amanhecer através do véu de lágrimas que cobria seus olhos embargados pela emoção. Jamais imaginara que aquele momento chegaria. Tudo parecia um sonho: não apenas estava prestes a realizar aquele desejo que acreditara ser impossível, como haveria de se casar com o homem que amava, fato nada frequente para a maioria das mulheres. Não havia sido uma insônia angustiante, mas um doce e leve cochilo no qual os mais ternos pensamentos e sensações se misturavam com outros que, até o dia anterior, considerava pecaminosos; aquela seria a última noite em que dormiria sozinha. O nervosismo, o medo e a excitação haviam estremecido suas entranhas e atiçado suas paixões. Ela estava disposta a se entregar de corpo e alma a seu amado Johannes. Durante seu último dia de solteira, Ennelin não só havia imaginado sua noite de núpcias, mas também a manhã seguinte, na qual seu marido haveria de lhe entregar o *matutinale donum*, o presente que cabia a ela por ter lhe dado sua virgindade.

Johannes também passara a noite acordado, embora por motivos bem diferentes. Naquele dia, deveria cumprir três obrigações inadiáveis, na seguinte ordem: de manhã cedo, teria que mostrar a Andreas Heilmann algum avanço no negócio das relíquias; comprometera-se a retirar, ao meio-dia, a prensa da oficina de Konrad Saspach; e, às cinco da tarde, deveria honrar seu compromisso com Gustav von der Isern Türe, ou seja, casar-se com Ennelin. De todos os compromissos, o que mais o preocupava era o que tinha com Heilmann — em outras palavras: temia pela própria vida.

Naquela noite, havia trabalhado no artefato que conseguiria plasmar as imagens das relíquias quando a procissão de Aachen passasse, conforme prometera a seu fornecedor de papel em uma ideia improvisada da qual não tinha mais como se livrar. Mas a engenhoca requeria o insumo essencial daquilo de que ele precisava urgentemente para seu projeto secreto: papel. Se Gutenberg tinha algo de sobra, além de dívidas, era criatividade. Nas longas horas que separavam o ocaso da aurora, Johannes concebeu um engenhoso dispositivo cuja utilidade só poderia comprovar com a saída do sol. Aparentemente, tratava-se de um simples espelho portátil; no entanto, se tudo saísse como esperava, aquele espelho comum e corriqueiro seria capaz de registrar de maneira milagrosa a imagem da cabeça de São João Batista durante a procissão na qual exibiriam o pano que a cobrira depois da decapitação. Mas não havia mais tempo: Johannes precisaria fazer o primeiro teste diante do olhar severo de Heilmann.

Assim que acabou de polir o espelho, cobriu-o com uma fina lâmina de goma-arábica diluída em uma emulsão que reduzia um pouco sua aderência, de maneira que pudesse ser retirada facilmente. Feito isso, guardou o espelho, saiu de seu esconderijo nas ruínas de Santo Arbogasto e correu ladeira abaixo como a alma que o diabo leva.

Na hora combinada, agitado e coberto de suor, Gutenberg entrou na fábrica de Andreas Heilmann.

— Que grata visita! — deu-lhe as boas-vindas o comerciante. — Eu estava com medo de precisar interromper as bodas para cobrar a dívida no momento do pagamento do dote.

Johannes sabia que Heilmann era perfeitamente capaz disso.

— Espero que esteja trazendo mais do que simples palavras.

— Naturalmente; e não tenho tempo a perder — respondeu Gutenberg, um pouco para se dar importância e outro tanto para honrar a mais pura verdade.

O LIVRO DOS PRAZERES PROIBIDOS 225

Claramente intrigado, Andreas o convidou a entrar em uma sala particular. Então, com a destreza de um mágico, Gutenberg deu início a um número que parecia divertir o anfitrião, que o observava confortavelmente sentado em uma poltrona. Em pé no meio do recinto, o gravador de Mainz tirou, do meio de suas roupas, uma tela cuidadosamente enrolada. Esticou os braços e, como um ilusionista, abriu-a diante dos olhos de Heilmann. Com espanto, o dono da casa pôde ver o sudário de São João Batista: o lenço com o qual havia sido envolvida a cabeça do santo e em cujo tecido, por obra e milagre de Deus, seu rosto havia ficado impresso.

— É o autêntico? — perguntou ingenuamente o fabricante de papel.

— Será que o que está na basílica de Aachen é autêntico? — respondeu Gutenberg para aumentar o suspense.

Johannes não considerou necessário dizer ao seu sócio que havia passado a noite inteira pintando a cabeça de São João Batista no tecido. A rigor, era só um detalhe; a parte realmente espantosa ainda não havia começado. Johannes pediu a Heilmann que sustentasse o sudário com firmeza, alçando-o sobre a própria cabeça, como costumava exibi-lo o sacerdote na procissão. Cheio de desconfiança, o homem o atendeu com uma obediência infantil. Então, Gutenberg pegou o espelho que guardava dentro de um saco e apontou a superfície coberta por uma lâmina opaca para o lenço. Ambos ficaram nessa posição, um diante do outro, durante vários segundos.

— Já pode descer o pano — disse Johannes, ao mesmo tempo que abaixou o espelho.

Feito isso, Gutenberg entregou o espelho portátil a Heilmann e lhe pediu que retirasse a goma-arábica. A fina camada se soltou com facilidade.

— O que você está vendo no espelho? — perguntou Johannes.

Andreas olhou a superfície do espelho e, com uma expressão desanimada, respondeu:

— Além do meu rosto estúpido, nada.

— Tem certeza? Talvez você deva se aproximar da janela para ver melhor...

— Chega, seu farsante, você está me fazendo de idiota!

— Por favor, olhe de novo.

Então, sim, a expressão de Andreas se transformou em uma careta de perplexidade. O reflexo de seu rosto ia, pouco a pouco, dando lugar à imagem de São João Batista, idêntica à que estava no tecido. E, à medida que os minutos passavam, o rosto do santo ia se tornando mais e mais nítido. A manzorra de Heilmann tremia como uma folha, a tal ponto que o espelho quase se estatelou no chão, se os rápidos reflexos de Gutenberg não tivessem ido em seu auxílio, segurando-o antes que espatifasse o piso.

— Você não vai querer ter sete anos de azar...

— Como você fez uma coisa dessas?

— Quando eu tiver mais tempo, prometo lhe explicar; mas, agora, preciso ir. Você pode ficar com o espelho e fazer três desejos. Mais uma coisa: preciso que me adiante cem florins.

Andreas hesitou. Então, Gutenberg lhe fez ver que cada espelho poderia ser vendido por cinco florins; era necessário apenas multiplicar aquela cifra pelos milhares e milhares de peregrinos que iriam à procissão.

Outra vez, Johannes saiu correndo para cumprir seu segundo compromisso: retirar a prensa da oficina de Saspach. No entanto, sabia que ainda restava um grande problema: como carregaria um artefato como aquele ao seu refúgio secreto de Santo Arbogasto, no alto da colina?

Como sempre, algo lhe ocorreria.

Tinha dez minutos para pensar.

14

Johannes não confiava em ninguém. Não havia revelado o projeto secreto a seu sócio, Andreas Heilmann, nem pensava em contá-lo a Konrad Saspach. Muito menos queria que soubessem de sua oficina secreta nas ruínas de Santo Arbogasto. Assim, não poderia contar com eles para que o ajudassem a carregar a prensa. Tampouco poderia confiar em qualquer carroceiro. Além disso, o último trecho da encosta íngreme era inacessível aos animais. Só era possível chegar a pé. Enquanto apressava o passo, Johannes espremia os miolos para superar esse novo desafio, que parecia intransponível.

No curto caminho que separava a fábrica de Heilmann da oficina do carpinteiro, Gutenberg passou na frente da Casa dos Enjeitados, subordinada ao Episcopado de Estrasburgo. O lugar dava moradia a jovens que, por diversos motivos, não tinham onde viver: órfãos, crianças abandonadas, aleijadas e cegas. Enquanto passava em frente ao edifício, teve uma revelação: cegos! Como não lhe ocorrera antes?

Mantendo o passo apressado, desviou o caminho e entrou no internato. Como bom cristão que era, Johannes estava disposto

O LIVRO DOS PRAZERES PROIBIDOS 229

a se apiedar daqueles pobres garotos. Foi à diretoria e bateu à porta.

— Em que posso ajudá-lo, meu filho? — perguntou o religioso ao visitante.

— Humildemente, padre, sou eu quem deseja ajudá-los, dando uma modesta contribuição para estes pobres meninos.

— Oh, é muita generosidade de sua parte. Deus saberá recompensá-lo.

— Não apenas gostaria de lhes dar uma esmola, mas, além disso, gostaria de dar trabalho saudável e digno a alguns de seus jovens.

— Infelizmente, não será possível: a maioria é de aleijados, quando não cegos.

— A cegueira não será obstáculo para que conheçam pela primeira vez a dignidade que o trabalho dá.

— A que você está se referindo?

— Eu serei seus olhos, e eles serão os braços fortes e as pernas que, cheias de juventude, clamam por exercício. Será bom para eles se sentirem úteis. Só quero que me ajudem a transportar uma máquina que dará trabalho a muita gente. Antes de pagar a um carroceiro, prefiro doar aos senhores este dinheiro e, assim, colaborar com o asilo.

O religioso sorriu com beatitude e disse:

— Se todos os cristãos agissem como você...

Então, conduziu Gutenberg pelos labirínticos corredores do lar. No caminho apareciam jovens que, desprovidos de pernas, se arrastavam como monstrinhos. Outros davam horrorosos gritos de desespero, tomados pela loucura. Meninos sem braços, corcundas ou deformados pela doença iam examinar o desconhecido com uma curiosidade um tanto hostil. Provido de uma vara, o cura afastava-os como se fossem feras. O ar cheirava a excremento. Uma náusea, mistura de repulsa e temor, quase fez Johannes vomitar. No final da galeria, entraram em um grande recinto no qual se apinhavam crianças e jovens que exibiam as órbitas vazias, ou, então, olhos brancos, aquosos e apagados.

O religioso mandou que formassem fila e pediu ao generoso visitante que escolhesse os que julgava mais apropriados para o trabalho. Examinou todos, um por um, e se deteve nos mais robustos. Depois, consultou o cura sobre o caráter dos selecionados; queria ter certeza de que não iriam se rebelar ou criar problemas.

— Não se preocupe, são aplicados e obedientes.

Por via das dúvidas, o prior entregou a Johannes uma vara longa e assustadora e lhe disse:

— Não hesite em usá-la com energia quando achar necessário.

Assim, com seu pequeno exército de cegos, Gutenberg começou a fazer a mudança da prensa da oficina de Saspach à abadia de Santo Arbogasto para que ninguém visse seu refúgio nem soubesse de sua localização.

Ennelin vivia o dia mais feliz de sua vida. De acordo com a tradição germânica, deveria se casar com um vestido vermelho. Suas irmãs haviam se encarregado de preparar os adereços: um pano de seda igualmente vermelho preso por baixo do queixo que lhe cobria os ombros e a cabeça, coroada por uma tiara de ouro. Parecia uma princesa. Apesar de ter passado a noite acordada, sentia-se radiante. Em comparação com seu aspecto habitual, era possível dizer que

O LIVRO DOS PRAZERES PROIBIDOS   231

estava formosa. O lenço melhorava seu rosto de forma notável, não pelo que permitia ver, mas, naturalmente, pelo que escondia. O vestido, uma longa túnica presa por baixo do busto, estava enfeitado com finos pespontos dourados que combinavam com a tiara e desenhavam uma silhueta proporcional onde não havia curva alguma.

De acordo com as superstições populares que, decerto, recebiam uma divertida aprovação da nobreza, tudo propiciava os melhores augúrios: naquela noite, a lua estaria cheia, sinal de fertilidade e abundância. Além disso, era sexta-feira: conforme a tradição romana, as bodas estariam tuteladas por Vênus, deusa do amor, que favoreceria a solidez da união. Por último, a sexta-feira ficava bem distante da terça-feira, dia fatídico para um casamento, já que Marte,* deus da guerra, era presságio das mais severas desavenças, brigas e discórdias. Os astros haviam se alinhado para que nada desse errado. Alternadamente, Ennelin chorava de emoção e ria de felicidade.

Nesse momento, Gutenberg, tal qual um general desajeitado de cajado na mão, comandava sua tropa de cegos, que, com passo vacilante, atacava a ladeira íngreme que levava à oficina secreta. Cinco de um lado e cinco do outro, os internos da Casa dos Enjeitados tentavam manter o equilíbrio sob o peso demolidor da prensa. Tortuoso e escarpado, o solo não facilitava as coisas para aqueles que prescindiam por completo do dom da visão. Diversas vezes a base da máquina batera nas pedras; furioso, Johannes descarregava a vara com vigor nas pernas do culpado. De vez em quando,

---

* Jogo de palavras com martes, terça-feira em espanhol. (N. T.)

algum dos garotos tropeçava e rolava ladeira abaixo. Cada vez que isso acontecia, o grupo precisava parar; Gutenberg descia para resgatar o tombado e depois o obrigava a subir, guindo-o à ponta de vara. Quando, por fim, conseguiam emparelhar o passo e subir em ritmo regular, com frequência os jovens cegos perdiam o rumo e se dirigiam a um lugar qualquer.

— Por aqui! — gritava Johannes, agitando os braços como se os cegos pudessem vê-lo.

Estiveram diversas vezes prestes a deixar a prensa rolar pelas escarpas, e outras tantas a morrer esmagados pelo peso do gigantesco artefato. O sol ascendia na abóbada celeste mais depressa do que aquele patético grupo pelo sopé da montanha. Gutenberg calculava o trecho que faltava para chegar ao cume e as horas que o separavam das bodas. A distância parecia aumentar à medida que o tempo se encurtava.

Enfim, chegaram às ruínas de Santo Arbogasto. Exaustos, os garotos beberam água e se recostaram no chão frio das ruínas da catedral. Não sabiam onde estavam e não se mostravam interessados em saber; só queriam voltar ao lar. Preferiam a reclusão e o fedor nauseabundo do asilo aos gritos, aos golpes e ao trabalho desumano a que aquele extravagante desconhecido os havia submetido.

Maravilhado, Johannes contemplava a enorme prensa que ficara completamente localizada no centro da oficina. Não via a hora de fazer a primeira prova. Ele a teria feito naquele mesmo instante, cercado por jovens cegos, que, deitados no chão, bocejavam como peixes, se não fosse pelo acordo que assinara com Gustav von der Isern Türe.

15

ram quatro da tarde. Tudo estava pronto no Castelo da Porta de Ferro: o padre na capela; a noiva, acompanhada por sua mãe e suas irmãs, preparada para sair quando fosse avisada; o pai supervisionando para que estivessem perfeitamente apresentados os manjares do banquete. Os primeiros convidados já começavam a chegar. Não parecia faltar nada. Salvo o noivo. Como de hábito, não faltaram as piadas; no entanto, ainda não estava na hora. Naturalmente, todos teriam se sentido mais tranquilos se Gutenberg tivesse chegado um pouco antes do previsto; mas a ansiedade e o nervosismo eram normais nos momentos que antecediam um casamento.

Ennelin permanecia em silêncio, enquanto suas irmãs, levadas pela alegria, não paravam de falar um segundo. Sentada diante da penteadeira, a noiva olhava para o chão absorta, evitando se ver no espelho; talvez ninguém sentisse mais aversão pela imagem de Ennelin do que ela mesma. À medida que o castelo ia se povoando de gente, de pompa e de luzes, Ennelin se sentia mais e mais angustiada. Uma convicção que permanecera imperceptível, latente, começou a germinar como uma erva daninha entre as flores. Seus bovinos mas sagazes olhos não queriam ver o inocultável.

Enquanto os músicos afinavam seus instrumentos para a festa, um ruído espantoso começou a ressoar nas sensíveis cordas da alma de Ennelin. Ela sempre fora feliz; desde que sua mãe a pegara nos colo, ela crescera no amor de sua família, sob a terna proteção do pai. No outro lado das portas de ferro do castelo havia um mundo hostil, habitado por estranhos que viam nela a única coisa que parecia não ser permitida às mulheres: a feiura. Ela não os culpava; na verdade, nem ela mesma conseguia se olhar no espelho. Estava disposta a colocar em risco aquela felicidade que, embora limitada às paredes de seu lar, para ela, era incomensurável? De repente, teve a certeza de que sua família, Johannes e ela mesma estavam brincando de cabra-cega;[15] só que todos permaneciam com os olhos vendados. Mas esse jogo estava chegando ao fim; faltavam exatamente 45 minutos para que as vendas caíssem.

Por sua vez, Gutenberg sentia-se exultante; nunca antes havia encarado o futuro com tanto otimismo. Um êxtase à beira da euforia fazia seu coração bater forte, e ele não parava de rir. Enquanto acabava de se vestir para a ocasião mais importante de sua vida, não conseguia parar de pensar nos tempos de glória que se avizinhavam. Um súbito sentimento de amor brotava de seu coração. Como se, de repente, uma noite longa e solitária tivesse terminado, tudo estava banhado por uma luz extática: os telhados de Estrasburgo, o céu límpido, as árvores — enfim, cada elemento que seu olhar alcançava tinha o encanto da novidade.

---

[15] Na Germânia, a brincadeira era conhecida como *Blinderkur*, vaca cega.

Johannes se contemplava no espelho e estava feliz com a imagem que este lhe devolvia: havia recuperado a cor, não tinha mais aquela palidez mórbida nem sua barba parecia a de um mendigo. Os primeiros fios brancos que começavam a povoar seu bigode lhe davam um ar de maturidade e importância. Gutenberg tinha a convicção de que, a partir daquele esperado momento, nada seria igual.

Gustav começava a se inquietar. Ia e vinha pelo castelo, saía aos jardins, voltava a entrar, inclinava-se no balcão, observando o caminho com as mãos em viseira, esperando que, de uma vez por todas, seu futuro genro aparecesse. Já era hora de ter chegado. As piadas da família haviam se transformado em comentários de preocupação: teria sofrido alguma desgraça? Diante da dúvida, o dono da casa havia despachado um criado à casa de Johannes. Os convidados cochichavam frases maliciosas. O religioso, por sua vez, com o cenho franzido, manifestava, para quem quisesse ouvi-lo, a ira de Deus.

Um sorriso resignado se desenhara no rosto de Ennelin. As irmãs tentavam consolá-la com palavras de ânimo.

— Com certeza, ele se atrasou um pouco.

- Ele está chegando.

— Não se preocupe.

Sorridente, Ennelin assentia em silêncio. A rigor, era a única que não estava preocupada, nem triste, nem desconsolada. Pelo contrário, sentia-se feliz na companhia de suas irmãs e de sua mãe, e tinha a certeza de que seu pai estava ali para protegê-la, como sempre fizera. Aquela fortaleza de paredes de pedra protegida por uma porta de ferro impenetrável era seu pequeno universo, e nada mais lhe fazia falta.

Às cinco da tarde em ponto, Johannes Gutenberg estava impecavelmente vestido e arrumado, honrando o compromisso que assumira. Caminhou pela nave central da capela em direção à sua amada perante o olhar do Cristo que dominava o templo. No centro do altar, à luz dos candelabros, estava ela, esplêndida, virginal, imaculada. Johannes não tinha a menor dúvida de que ela, o objeto de seus desvelos, haveria de acompanhá-lo na saúde e na doença, na riqueza e na pobreza, até que a morte os separasse. Emocionado, avançava ao altar no meio de um silencioso ritual. Embora enorme, pesada, quase quadrada e desprovida de curvas, ele a contemplava com o olhar de um apaixonado e via beleza nela. Marchava decidido, mas com passo amoroso, como se quisesse prolongar a felicidade do encontro. Passou diante do púlpito de madeira talhada e foi ofuscado pelo brilho daquela espécie de tiara, circular e perfeita, que coroava sua estatura. Quando, finalmente, chegou diante dela, ajoelhou-se a seus pés e, ao lado da Bíblia, selou a aliança com um objeto metálico.

Às cinco da tarde em ponto, Johannes Gutenberg, de joelhos diante de sua prensa novinha em folha na capela destroçada de Santo Arbogasto, depositou os tipos metálicos que compunham a primeira página das Sagradas Escrituras e girou a enorme coroa constituída pela manivela da prensa.

Gustav von der Isern Türe berrava de fúria aos quatro ventos. Sua mulher tentava, em vão, acalmá-lo. Ele calculava em que lugar do inferno Satanás haveria de alojar o infame. Os convidados começavam a se retirar para evitar envergonhar a família ainda mais. Os criados aproveitavam o tumulto para experimentar os manjares do banquete frustrado. Os músicos se perguntavam quem lhes pagaria. As irmãs de Ennelin choravam sem pausa nem consolo. Armada da retidão e da calma que a caracterizavam, Ennelin tentava tranquilizar e acalmar todo mundo. Alternadamente, abraçava as irmãs, a mãe e o pai, dizendo-lhes que nada lhe dava mais felicidade do que tê-los, e que, finalmente, tendo em vista a fuga do noivo, tal desfecho era o melhor que poderia ter acontecido. Ennelin estava convencida de que a humilhação e a dor logo haveriam de passar. E de que, se as bodas tivessem se consumado, sua vida ao lado de um homem vil seria um longo calvário.

16

 júri ficara absorto. Sigfrido de Mogúncia segurava, na mão direita, o solene contrato de compromisso matrimonial assinado por Gutenberg e os recibos correspondentes ao dote.

— Meritíssimos, devo acrescentar às acusações formuladas por mim o não cumprimento de promessa de matrimônio e a usurpação de dote.

Os juízes já haviam perdido a conta das imputações que o acusador enumerara. Todas as provas pareciam incontestáveis. Ali estavam as Bíblias clandestinas, os contratos rubricados pelo réu, o artefato para falsificar relíquias e os testemunhos incriminatórios escritos por Ennelin e Gustav von der Isern Türe.

No curso daquela que deveria ter sido a noite de núpcias, Gutenberg e sua prensa se transformaram em uma só e única entidade feita de carne, coração, madeira e metal. Assim, abraçado à manivela, acariciando sua robusta estrutura de carvalho, mediante a semente de chumbo e tinta, Johannes e sua máquina conceberam o primeiro fruto da apertada entranha da prensa: o *Gênesis* impresso em 42 linhas divididas em duas colunas.

O trabalho que Konrad Saspach fizera o confirmava como o melhor carpinteiro de Estrasburgo. A combinação dos tipos metálicos, da tinta a óleo e da prensa eram um êxito completo. O mecanismo tinha a precisão de um relógio; a plataforma móvel se deslocava no eixo torneado com suavidade e ligeireza, mas descarregava uma pressão contundente e uniforme em toda a superfície da caixa que continha os tipos. O procedimento era simples: em primeiro lugar, era necessário armar a linha letra por letra, espaço por espaço, sinal por sinal no componedor, uma espécie de bandeja alongada que tinha a medida exata da linha. Depois, as linhas eram colocadas na galé para que se fizesse uma primeira prova e se corrigissem os defeitos. Feito isso, armava-se a página com os tipos dentro de uma caixa de madeira. Uma vez composta a página, espalhava-se tinta sobre a superfície com um par de almofadinhas providas de empunhaduras. Em cima da caixa abria-se um tímpano consistente de um bastidor recoberto de pergaminho ao qual se fixava o papel que, unido por duas dobradiças, se ajustava com absoluta precisão aos tipos, de maneira que tudo ficasse em um mesmo nível. Então, sim, a manivela da prensa era acionada, e os tipos entintados deixavam sua marca perfeita no papel.

A nova prensa era tão precisa que era impossível diferenciar um manuscrito de um livro impresso. Mas um manuscrito demandava mais ou menos um ano de trabalho de um copista, enquanto, com o uso da prensa de Gutenberg, seria possível reproduzir um livro em um único dia. Além disso, o preço de um manuscrito era de umas cem moedas de ouro. De acordo com as contas de Johannes, um livro impresso poderia custar entre duas e três moedas. Ou seja, pela venda de uma Bíblia poderia obter um lucro de 97 moedas de ouro por dia. Fazendo cálculos pessimistas, estava em condições de ganhar umas trinta mil moedas de ouro por ano: uma fortuna.

No entanto, um problema ainda persistia: as letras que Johannes havia gravado nos tipos móveis eram, olhando-as com boa vontade, apenas corretas. Se comparadas com as de Sigfrido de Mogúncia, não passavam de uma sucessão de garranchos. Gutenberg poderia financiar seu trabalho com os espelhos para "capturar" imagens de relíquias através de sua sociedade com Heilmann. No entanto, não era só de dinheiro que precisava. Precisava de um calígrafo que conseguisse imitar perfeitamente a letra de um copista cujos livros eram bem-avaliados em qualquer lugar do mundo. Mas Estrasburgo havia se transformado, para ele, em uma cidade difícil.

O não cumprimento de seu compromisso matrimonial obrigou Gutenberg a abandonar seu emprego na Prefeitura e a pequena casa que ocupava no centro da cidade. Além disso, ele não podia viver nas ruínas de Santo Arbogasto como se fosse um fugitivo. Com o invento concluído e bem-protegido na oficina clandestina, resolveu voltar a Mainz para encontrar o sócio de que precisava e deixar passar um tempo até que o escândalo das bodas frustradas se dissipasse. As pessoas tinham pouca memória, e seus julgamentos costumavam ser instáveis: aquilo que, no princípio, era percebido como um crime imperdoável alguns dias depois passava a ser uma anedota, depois um episódio engraçado e, finalmente, evaporava por completo. Não passaria muito tempo até que Gutenberg conseguisse voltar a Estrasburgo e concluir sua paciente obra. No entanto, antes de viajar a Mainz, precisava passar pela casa da família em Eltville am Rhein.

O LIVRO DOS PRAZERES PROIBIDOS 241

Else demorou a reconhecer o ginete que apeou na entrada da granja. Da janela da cozinha vira um cavalo se aproximar e, depois, parar diante da cerca. A princípio, supôs que era o correio, conjectura que não conseguia evitar cada vez que alguém batia à porta: desde o dia em que seu filho partira para Estrasburgo, ela esperava, ainda que fosse, um breve necrológio. Durante os primeiros meses, havia recebido apenas algumas cartas. Nada mais. Mas, quando o homem avançou pela trilha de cascalho, Else reconheceu o inconfundível andar de Johannes. Então, abandonou suas tarefas, tirou a panela do fogo, correu a seu encontro e o abraçou como se ainda fosse o menino que havia sido fazia mais de quatro décadas. Depois, afastou-se sem soltar seus pulsos e o olhou de cima a baixo. O tempo passara para os dois. A estatura colossal de Else começava a desabar sob seu próprio peso. No entanto, curvada como estava, continuava mais alta do que o filho. Os anos haviam sido mais rigorosos com ele: a barba longa e grisalha, os cabelos despenteados e as bolsas embaixo dos olhos lhe davam a aparência de um homem bem mais velho do que era.

Else teve de insistir com seu filho, assim como quando era um menino, para que se sentasse à mesa e comesse. Atrás da nuvem de vapor que surgia do prato cheio de lentilhas, Johannes, com seu silêncio, aumentava a ansiedade da mãe, que queria saber tudo sobre sua longa estadia em Estrasburgo.

— Não há muito o que contar — disse, sucintamente, enchendo a boca com uma colherada de comida para evitar a conversa.

Diante da insistência da mãe, Johannes se limitou a relatar a viagem aos Países Baixos e a falar de seu emprego na Prefeitura de Estrasburgo. Else, que o conhecia como ninguém, soube reconhecer atrás da barba aquela expressão infantil indisfarçável sempre que queria esconder alguma coisa. Embora soubesse, também, que não havia forma de derrubar esse muro de silêncio.

O sorriso de Else se transformou em uma expressão inocultável de preocupação. Ela teria se alegrado se seu filho tivesse lhe dito que era um dos mais destacados gravadores da Europa. No entanto, esse fato, que teria enchido qualquer mãe de alegria, não produzia nele nenhum sentimento especial. Seu único orgulho era exatamente aquele que não podia confessar a ninguém: a fabricação da prensa para falsificar livros. Não se sentia um herói por ter faltado a seu compromisso matrimonial, mas aquilo também não lhe pesava na consciência como se fosse um crime; estava convencido de que o dinheiro do adiantamento do dote lhe pertencia em virtude de um direito que o restante da humanidade não saberia reconhecer. Inclusive sua própria mãe.

A visita seria mais breve do que Else teria desejado. Johannes lhe disse que precisava seguir viagem a Mainz para fechar um negócio. Então, a preocupação se tornou angústia.

— Você não pode voltar a Mainz.

Johannes sorriu pela primeira vez desde que chegara à casa de sua mãe.

— É a minha cidade.

— Não é mais. Você nem sequer teria onde viver.

Nenhum deles sabia a situação legal da casa em que ele havia nascido. Na verdade, Else nem voltara a se interessar por ela. A lembrança da perseguição, dos saques, dos incêndios e da fuga noturna e repentina era um pesadelo que desejava esquecer. No entanto, Johannes estava disposto a recuperar a propriedade. Pediu

O LIVRO DOS PRAZERES PROIBIDOS ❧ 243

à mãe os títulos e todos os documentos que confirmassem que a família habitara aquela casa.

Else não encontrou maneira de convencer o filho de que voltar a Mainz era uma loucura. Apesar de todo o tempo transcorrido, ela jamais esquecera o distante dia em que seus próprios vizinhos, muitos dos quais considerava amigos, saquearam a casa e destruíram tudo o que não conseguiram levar. O que levava Johannes a pensar que aquelas mesmas pessoas que os tinham expulsado o receberiam como se nada tivesse acontecido?

— As pessoas esquecem tudo, mamãe.

— Eu não esqueço!

— Mas deveria tentar.

— Foi o que você fez! Esqueceu a educação que seu pai lhe deu. Esqueceu sua família! Nem sequer se lembrou de mim durante todo este tempo!

Mas a última coisa que Else queria era apressar a partida de seu filho com repreensões. Assim, segurou suavemente a mão do filho e perguntou:

— Onde você vai viver? Tem dinheiro?

— Não agora, mas terei daqui a pouco. Devo fechar um negócio em Mainz — repetiu Johannes.

Else escutara comentários semelhantes muitas vezes. De fato, eram os mesmos que motivavam as discussões azedas entre pai e filho.

— De qualquer forma, ficarei pouco tempo em Mainz. Tenho meus negócios em Estrasburgo.

Toda vez que Johannes pronunciava a palavra "negócios", Else percebia que, por trás daquela generalização, algo obscuro se escondia, sobre o qual não podia perguntar. Não entendia por que um gravador se referia a seu trabalho com esse termo. Friele sempre dizia, com orgulho, "meu ofício". Além disso, para um homem de negócios, Gutenberg parecia bastante pobre. Else não fazia ideia de que assuntos obscuros ocupavam os dias de Johannes, mas ele era seu filho, e, antes de julgá-lo, ela devia ajudá-lo. Else ficou em pé, caminhou até o dormitório, puxou uma das gavetas do guarda-roupa e enfiou a mão em um esconderijo onde guardava um pequeno cofre. Voltou à cozinha, sentou-se diante do filho e esvaziou o conteúdo da pequena caixa na mesa: caíram algumas moedas de ouro e prata, e umas poucas joias.

— Não posso aceitar, mamãe.

— Não sei qual é o seu negócio. Sei que não estou lhe oferecendo uma fortuna. Mas prefiro que fique com isso a que se meta em problemas.

— Mãe, eu sou um homem velho...

— Mas não mudou nada.

Gutenberg pegou o dinheiro e as joias, voltou a guardá-los no cofre e o devolveu à sua mãe.

—Você não tem motivos para se preocupar. Eu vou ficar bem.

17

Ao mesmo tempo que, na catedral, o processo contra Gutenberg, Schöffer e Fust prosseguia, a poucas ruas dali, no Mosteiro das adoradoras da Sagrada Canastra, Ulva tentava tranquilizar suas desconsoladas filhas. A puta mãe não permitiria que o medo e a angústia tomassem conta do bordel. Desde a aurora dos tempos, as putas haviam tido que enfrentar a perseguição, o isolamento, a humilhação e a morte. Muitas vezes tinham sido dizimadas, mas jamais conseguiram derrotá-las. De fato, ainda permaneciam de pé. Ulva não estava disposta a permitir que lhe arrebatassem outra filha. Estava na hora de batalhar e, como dignas sacerdotisas de Ishtar, deusa da guerra, elas iriam lutar. Haviam sobrevivido aos mais cruéis déspotas e a impérios que pareciam destinados à eternidade. Haviam visto nascer e morrer um sem número de tiranos que, doentes pela soberba, foram tão poderosos quanto efêmeros. Haviam contribuído para a construção de reinos e os viram cair. Governaram. Foram imperatrizes. Foram escravas. Ressurgiram diversas vezes. Habituadas a muitos anos de tranquilidade, as últimas gerações não haviam sofrido na própria carne. Ulva devia infundir às suas o orgulho das antigas sacerdotisas guerreiras. Não podia permitir que fosse derramada nem mais uma lágrima.

Na sala da catedral, Gutenberg esperava que, de uma vez por todas, a audiência acabasse. Mas, enquanto isso, devia ouvir, estoico, as alegações do acusador.

Desde o longínquo dia em que fora obrigado a fugir com sua família, Gutenberg não voltara a pisar em Mainz. Assim que se aproximou de sua cidade natal, reconheceu o perfume do rio na brisa fria. A cidade parecia idêntica ao dia anterior aos incêndios. Uma sequência de lembranças se amontoou em sua memória. Não sentia medo. Os cascos do cavalo ressoavam nas pedras, e ele conseguia prever os velhos acidentes do caminho: os paralelepípedos afundados, as mesmas protuberâncias do solo. Ao passar, cruzou com muitos de seus antigos vizinhos, que o saudavam com uma inclinação de cabeça como se o tivessem visto no dia anterior. Até chegou a topar com alguns dos que haviam saqueado sua casa; eles também o saudaram com a cordialidade de sempre. Nada havia mudado.

Chegou à praça do mercado e comprovou que os barraqueiros eram os mesmos, mas mais velhos, quando não seus filhos, já crescidos. Contornou a catedral, passeou pela ribeira e depois, com uma naturalidade rotineira, chegou à porta da casa em que nascera. Apeou, pegou o molho de chaves que sua mãe lhe dera, enfiou uma na fechadura, e, depois de lutar um pouco contra a ferrugem, o mecanismo girou fazendo barulho. A porta se abriu com o mesmo rangido de sempre.

Como se o tempo tivesse parado naquele remoto dia da fuga, Johannes se reencontrou com a exata visão que conservava na memória. A casa fora saqueada, mas estava nas mesmas condições

O LIVRO DOS PRAZERES PROIBIDOS 247

de quando a haviam abandonado. Era evidente que, no momento em que acabaram de saqueá-la e a paz voltou a reinar, ninguém mais tocou em nada. Era notável que as pessoas agissem como um rio manso que, de repente, transbordava e depois, com a mesma naturalidade, voltava ao seu leito e seguia o curso normal.

Gutenberg começou a percorrer a velha casa. O vestíbulo estava completamente destruído. A porta que separava a ampla antecâmara do restante da casa estava queimada na base, embora permanecesse fechada. Johannes pegou uma chave específica e abriu uma das folhas. Mantinha os olhos fechados: não se atrevia a ver a magnitude do desastre. Mas, quando os abriu, supôs que estava tendo uma alucinação: tudo estava impecável, tal como havia visto na última vez. Então, compreendeu que o incêndio na porta, cujos vestígios ainda eram visíveis, servira de guardião, impedindo a invasão da turba, e depois, providencialmente, se extinguiu por si mesmo. Uma espessa camada de poeira se estendia como um enorme lençol cinza sobre todos os objetos da casa. Ao passar o indicador pela mesa, constatou que o abajur de madeira estava intacto. Então, abriu as gavetas dos móveis e fez um rápido inventário: não faltava nada. Inclusive, quando examinou o guarda-roupa, encontrou as roupas que não haviam conseguido levar, dispostas com o cuidado com que sua mãe as pendurava. Nem sequer as traças haviam ousado entrar.

Eufórico, saiu da casa ao cair da noite. A cidade parecia alegre: as tavernas em volta da praça do mercado estavam lotadas de gente. Resolveu comemorar o reencontro com sua terra e o milagroso fato de ter recuperado sua casa com todos os pertences. Entrou na taverna Schöfferhof Mainzer, cuja cerveja era a melhor de Mainz, decidido a tomar um porre.

Acotovelado no balcão, aderiu às grosseiras canções que um grupo de clientes entoava, cujos versos aludiam às bebidas e às mulheres. No momento em que levantava a sexta caneca, sentiu uma mão amistosa tocar-lhe o ombro. Devolveu a saudação sem olhar, com o mesmo gesto.

— Gutenberg? — perguntou o homem que o abraçava. — Johannes Gutenberg, o filho de Friele?

Se estivesse sóbrio, Johannes teria tido muitos motivos para se inquietar: a despedida que haviam lhe oferecido anos antes não fora nada afetuosa. No entanto, meio tonto e alegre como se sentia, estava com o coração aberto e a guarda baixa.

— Sim, amigo, sou eu. Deixe-me vê-lo — respondeu ao mesmo tempo que tentava dar algum nome àquele rosto que já vira antes.

Diante da fisionomia hesitante, o homem facilitou a tarefa:

— Fust, Johann Fust.

Então, a expressão de Gutenberg se transformou. Imediatamente relacionou o semblante ao sobrenome. A família Fust era dona do banco mais próspero de Mainz. E, a julgar pela roupa de seda que Johann exibia, continuava sendo. Gutenberg reconheceu, então, o filho de um velho conhecido de seu pai. A relação entre o diretor da Casa da Moeda e o poderoso banqueiro era tão próxima quanto tortuosa.

— É uma honra, excelência — disse Johannes em um arroubo de respeito, produto dos efeitos do álcool e de sua inclinação natural pelo dinheiro.

— Sem formalidades. Bem-vindo à sua cidade! — festejou Fust, erguendo a caneca transbordante de espuma.

O LIVRO DOS PRAZERES PROIBIDOS 249

O banqueiro afastou seu velho conhecido do grupo de bêbados que cantava aos berros e o levou a uma mesa escura e reservada. Estalou os dedos para que trouxessem mais cerveja e, sem largar o ombro de Johannes, lhe disse:

— Quero que conheça o meu sócio.

Fust fez um gesto em direção à porta que separava a taverna dos escritórios: então, apareceu um homem de olhar vivaz e barba elegantemente cacheada.

— Meu amigo e sócio, Petrus Schöffer — disse, apontando-o, e então, completou as apresentações.

— Johannes Gutenberg.

Ao ouvir o nome que Fust acabara de pronunciar, Schöffer perguntou, incrédulo:

— Johannes Gutenberg, o próprio?

Johannes olhou de viés para Fust, como se quisesse saber se ele era, de fato, o próprio Gutenberg que ambos pensavam ou se se tratava de um mal-entendido.

— Admiro sua modéstia — disse Fust.

— Excelência, estou à sua disposição para tudo o que quiser — balbuciou Schöffer, fazendo uma solene reverência.

Diante do desconcerto de Gutenberg, Fust se sentiu obrigado a lhe dizer:

— Acho que você não faz ideia de como é famoso aqui em Mainz.

Confirmando as palavras do banqueiro, Johannes primeiro assentiu e depois negou, confuso. Não conseguia compreender se aquela era uma boa ou uma má notícia.

— Chegou a hora de falarmos de negócios — disse Fust, pronunciando a palavra preferida de Gutenberg.

18

P pela primeira vez desde o começo de suas alegações, Sigfrido de Mogúncia mudou a direção de seu indicador e apontou para Johann Fust. Os membros do tribunal tinham expectativas sobre o tom que o acusador usaria em relação ao banqueiro mais poderoso de Mainz e uma das pessoas mais influentes da comunidade, apesar da sua origem judaica.

Tal como indicava seu sobrenome, o banqueiro era feito da madeira da velha árvore dos Faust[16] — ou Faustus, em latim —, cujas raízes penetravam o mais profundo da história germânica. Muitos de seus antepassados haviam sido funcionários do Sacro Império. Com seu irmão mais velho, Jacob, aprendera o ofício de ourives, e, com seu tio Aaron, os segredos da usura. Dispunha-se a combinar as duas atividades para aumentar ainda mais a sua já imensa fortuna.

---

[16] Alguns historiadores relacionam Johann Fust ao Fausto da clássica lenda alemã.

O LIVRO DOS PRAZERES PROIBIDOS 251

Protegido por sua linhagem e pelo nome e pela fama de seus ancestrais, Johann Fust foi galgando posições mediante suas relações com o poder político, o olfato para os negócios e, sobretudo, seu pouco apego à moral.

Na juventude, Fust se deslumbrou pelos livros. A casa de seu pai era uma das raríssimas que possuíam biblioteca particular, privilégio reservado às famílias reais e a algumas da nobreza mais tradicional. Fust herdara do pai mais de cem livros e chegou a triplicar esse número. Não apenas entesourava várias Bíblias e textos religiosos finamente encadernados, mas também antigos manuscritos em papiro e pergaminho. Entre seus exemplares mais raros havia uma antiquíssima *Torá* de papiro, os 24 rolos que compunham o *Tanáj* e os dois que constituíam o *Talmude*: a *Mishná* e a *Guemará*. Em um setor separado, oculto sob sete chaves, conservava uma dezena de livros proibidos, de cuja existência só ele conhecia.

Gutenberg e Fust haviam transitado pelos mesmos lugares, embora em épocas diferentes, pois Johannes era três anos mais velho do que Johann: ambos sobressaíram quando estudantes de caligrafia e de ourivesaria. Compartilharam mestres e tiveram amigos em comum. As duas famílias estavam vinculadas ao dinheiro: o pai de Gutenberg o fabricava, mas não o possuía; o de Fust, o acumulava e o gastava em luxos. As vidas de ambos pareciam transcorrer por caminhos paralelos; no entanto, estavam predestinadas a se cruzar nesse ponto que costuma ser confundido com a casualidade. Também tinham em comum a ambição, a audácia e uma forma peculiar de compreender os limites éticos e legais. Mas, acima de tudo, compartilhavam o fascínio pelos livros: os sagrados e os profanos, mas também os contábeis.

Naquele tempo, no pequeno mundo dos gravadores, dos calígrafos e dos ourives, espalhara-se um tipo de febre semelhante à dos alquimistas; só que, em vez de perseguirem a fórmula da multiplicação do ouro, procuravam uma forma de reproduzir os valiosos manuscritos. Eram públicos os avanços que haviam conseguido fazer Maso Finiguerra e Pánfilo Castaldi na Itália, Procopius Waldfoghel em Praga, Koster na Holanda e Mantel em Estrasburgo, entre outros nomes menos conhecidos. Mas havia um que se destacava: Johannes Gutenberg, que, quase isolado do mundo em seu esconderijo de Santo Arbogasto, ignorava por completo sua enorme fama dentro do limitado mundo dos conquistadores da palavra que, temerários, se aventuravam pelos obscuros mares da tinta, a bordo de seus frágeis barcos de papel. Naquele tempo, Fust havia resolvido entrar naquela contenda silenciosa em aliança com um dos melhores calígrafos do mundo: Petrus Schöffer.

Petrus Schöffer nascera em 1425, na cidade de Gernsheime, em Gross-Gerau. Chegou a ser um dos melhores copistas da Germânia. Seus manuscritos tinham uma caligrafia superior; a colorida iluminação das letras capitais, a riqueza dos adornos, a austera delicadeza das vinhetas e a solidez de suas encadernações faziam de seus exemplares os mais cobiçados da extensa ribeira do Reno, depois, é claro, dos de Sigfrido de Mogúncia. Para Schöffer, aquela foi uma união que rendera frutos desde o começo: além das generosas somas de dinheiro para fazer experiências em sua oficina, obteve de Fust a mão de sua bela filha Christina, com quem se casou e teve dois filhos.

O LIVRO DOS PRAZERES PROIBIDOS   253

Mas, antes de se tornar um copista famoso, Petrus passou pelos mais variados estudos. Formado na Universidade de Paris antes e na de Lyon depois, Schöffer não conhecia apenas os segredos da gravura e da fundição de metais, mas possuía uma vasta cultura que abarcava as mais diversas disciplinas intelectuais e as mais diferentes técnicas artesanais. Era tão hábil com a palavra quanto com o uso das mãos, habilidades das quais podia dar fé a filha de Fust, a quem dera aulas de caligrafia antes de transformá-la em sua esposa. Além de tudo, Petrus era poliglota, dominava conhecimentos filosóficos e teológicos, mas também sabia os segredos da química, da matemática e da geometria. Atingiu a perfeição na arte da caligrafia a partir de um minucioso estudo das proporções pitagóricas. As letras eram, para ele, uma combinação aritmética de formas geométricas sujeitas a leis precisas.

A sociedade entre o banqueiro e o copista havia gerado muitos frutos em matéria de imitação caligráfica graças ao enorme talento de Petrus, capaz de reproduzir perfeitamente a letra dos melhores copistas em uma tábua de madeira. No entanto, jamais conseguiram ultrapassar os estreitos limites da xilografia: os excelentes dons de calígrafo de Petrus sempre se chocavam contra os moldes de madeira de uma única peça, as prensas rudimentares e as tintas convencionais. As magistrais tábuas talhadas por Schöffer, uma vez impressas sobre papel, se transformavam em rústicos livros xilográficos, evidentes falsificações que ficavam patentes até para um cego.

Assim que o viu entrar na taverna, Johann Fust soube imediatamente que, se à sociedade com Schöffer se somasse um general do nível de Gutenberg, a surda guerra desatada entre os gravadores europeus estaria definitivamente vencida.

19

nquanto na sala de audiências o acusador se apressava em desferir o golpe de misericórdia nos réus, no mosteiro das adoradoras da Sagrada Canastra, as mulheres se preparavam como se fossem para uma guerra, dispostas a enfrentar o assassino com sua arma mais letal.

Os três homens reunidos pelo acaso no meio da agitação e das canções desafinadas dos bêbados não tinham consciência de que a sociedade que estavam gestando no canto da taverna e à margem da lei haveria de mudar para sempre a história da humanidade. Fust contava com o capital e com o mestre copista, mas lhe faltava o visionário que pudesse quebrar, literalmente, os velhos moldes e dar um passo além da xilografia. Schöffer possuía um talento único e dispunha do dinheiro de seu sócio capitalista para pesquisar. Gutenberg, por sua vez, havia inventado a técnica e os mecanismos, e também aperfeiçoado os materiais básicos: a prensa, a tinta e os tipos metálicos móveis. Mas precisava de dinheiro e da habilidade dos calígrafos.

O LIVRO DOS PRAZERES PROIBIDOS   255

Alguns dos clientes achavam que aqueles três homens curvados sobre si mesmos jogavam cartas. E não estavam muito equivocados. Assim como os jogadores, Fust e Schöffer de um lado e Gutenberg do outro se mediam e se temiam, ouviam mais do que falavam, como quem evita exibir suas cartas. Pouco a pouco, a cerveja no meio, o diálogo foi ficando mais relaxado, e os três compreenderam que cada um possuía o terço que formava a totalidade.

Mas, antes de falar de letras, discutiram números. Fiel ao seu grande amor pelo segredo, Gutenberg resistia a revelar sua invenção. Como era seu costume, tal como fizera com Heilmann, queria que lhe dessem dinheiro em troca de resultados. Mas negociar com um banqueiro não era simples. A proposta de Fust era, aparentemente, muito mais generosa: não somente lhe oferecia dinheiro adiantado, mas um terço dos lucros.

Johannes riu com prazer e arriscou uma carta difícil:

— Não quero um terço. Metade para vocês dois, metade para mim.

Schöffer, cujo jogo consistia em se fazer de estúpido — tática que, a julgar pela maneira como havia ficado com a filha e boa parte do dinheiro de Fust, lhe era altamente benéfica —, guardou um cauteloso silêncio e manteve o olhar na mesa. Fust compreendeu rapidamente que Gutenberg podia ser um gênio em matéria de técnicas de impressão, mas desconhecia os rudimentos da negociação. Desde que o mundo é mundo, sabe-se que a melhor forma de triunfar em um simples jogo, em um negócio ou em uma guerra é dividir a outra parte. Com sua proposta, ao invés de conquistar um aliado, Johannes, não fazia nada além de consolidar a sociedade preexistente entre Fust e Schöffer, ficando ele mesmo em minoria. Como dois velhos jogadores, Johann e Petrus se entreolharam e pensaram a mesma coisa.

— Se você pretende ficar com a metade dos lucros, devemos supor que esteja oferecendo a metade do aporte à sociedade. Em que consiste sua metade? — perguntou Fust com toda calma.

— Se vocês conhecessem minha invenção, entenderiam.

— Concordo. Então nos mostre o seu invento.

— Oh, não, não. A máquina ficará sob minha inteira tutela.

Sem querer, Gutenberg acabara de revelar em que consistia seu segredo: uma máquina.

Então, Schöffer resolveu intervir:

— Mestre Gutenberg, vou poupá-lo do incômodo. Você e eu, salvo as enormes distâncias entre sua sabedoria e meus modestos conhecimentos, compartilhamos o ofício da gravura, da ourivesaria e da fundição. Devo entender que, se pretende obter a metade dos lucros e oferece metade do aporte à sociedade, eu estou sobrando. Logo, concluo que sua máquina poderá substituir meu trabalho. Compreendo e não tenho motivos para me sentir ofendido. Vou deixá-los para que conversem sozinhos — disse Schöffer, como um jogador que simula sair do jogo.

— Talvez Petrus tenha razão. Vamos falar claramente. Eu sou banqueiro, não me dedico à caridade. Se alguém estiver sobrando aqui, é melhor saber desde já.

No momento em que Schöffer estava para abandonar a mesa, Gutenberg segurou seu pulso.

— Sente-se. Ninguém está sobrando nesta mesa.

— Então, preciso saber qual será o meu trabalho.

— Preciso de um calígrafo da sua qualidade e que, além disso, saiba gravar em metal.

Nesse momento, as expressões de Fust e Schöffer não conseguiram disfarçar a surpresa. Não só acabavam de arrancar de Gutenberg a informação da existência secreta de uma máquina, mas também de que o misterioso artefato não funcionava com moldes de madeira, mas de metal. Então, Johannes compreendeu que não tinha como ocultar a prensa de Petrus. Como fazer para que gravasse as letras nos tipos móveis sem revelar seu segredo? Os dois sócios haviam jogado suas cartas de maneira magistral: estavam prestes a vencer a partida. Então, Fust decidiu jogar a última e mais arriscada das cartadas:

— Vamos agora mesmo ao meu escritório. Você será o primeiro a conhecer nosso segredo mais valioso.

20

acusador não foi tão eloquente quando se referiu ao poderoso banqueiro como o havia sido com Gutenberg. Mas agora, enquanto apontava para Schöffer, parecia ter recuperado o tom exaltado de antes. E tinha bons motivos para se mostrar indignado, pois o jovem genro de Fust era quem se apoderara daquilo que Sigfrido de Mogúncia mais apreciava em si mesmo: sua inigualável caligrafia.

Nos porões do palácio de Johann Fust funcionava em segredo a oficina mais bem-equipada que Gutenberg conhecera. A julgar por suas dimensões e sua luxuosa decoração, nada tinha a invejar do salão principal da residência. De fato, aquele subsolo não apenas era do mesmo tamanho do andar superior, mas replicava as colunas, os frisos e as altas abóbadas do palácio. Em uma das paredes, havia uma imensa tábua da qual pendia um sem-fim de ferramentas. Sobre uma estante, empilhavam-se os mais diversos e delicados papéis, finos papiros e belíssimos pergaminhos trazidos de terras distantes. Por todos os lados havia blocos de madeiras exóticas, duras como

O LIVRO DOS PRAZERES PROIBIDOS 259

a pedra e suaves como a seda. Viu moldes, metais e até um enorme crisol de fundição que respirava através de complexos tubos que cruzavam os altos tetos do recinto. Havia também várias prensas para fazer vinho e azeite, adaptadas para a impressão ou fabricadas com esse único objetivo.

Gutenberg pôde constatar que Fust e Schöffer estavam percorrendo o mesmo caminho que ele mesmo havia transitado. Só que mal haviam começado a andar. Examinou as tintas e viu que, apesar de serem de boa qualidade, serviam apenas para escrever com pluma ou gravar estampas. Viu alguns papéis impressos, mas não se aproximou para olhá-los detalhadamente; sabia que, com aquelas tintas, era impossível que fossem fidedignos.

— Preciso ver os blocos — ordenou Gutenberg, ansioso por obter a prova de fogo.

Schöffer caminhou até um armário, pegou um livro com uma das mãos e o molde de madeira com a outra, e os ofereceu a Johannes.

—Você é o primeiro a conhecer meus trabalhos — disse Petrus, prevenindo Gutenberg.

Gutenberg acomodou um candelabro, pegou a prancha de madeira gravada e aproximou-a da luz. Assim que viu as letras, teve que se apoiar na banqueta para não cair no chão. Quis dizer algo, mas o dom da fala o abandonara. Conseguia reconhecer perfeitamente aquela caligrafia.

— É a letra de Sigfrido de Mogúncia — disse Johannes com um fio de voz.

— Sim — respondeu, surpreso, Schöffer, ao mesmo tempo que abria o livro que acabara de trazer: uma Bíblia escrita pelo melhor calígrafo de Mainz.

Era exatamente o que Gutenberg havia procurado desesperadamente. E agora estava em suas mãos. O problema estava resolvido.

Atordoados, Fust e Schöffer viram o mestre Johannes Gutenberg chorar com uma emoção incomparável.

Amanhecia.

Os três homens partiram naquela mesma madrugada para Estrasburgo.

Pela primeira vez, Johannes Gutenberg abria as portas das ruínas de Santo Arbogasto aos olhares alheios. Os olhos de Fust e Schöffer não cabiam em suas órbitas ao abrir caminho na frondosa vegetação que dava abrigo à velha abadia. Enxergavam com uma mistura de fascínio e horror a fileira de caveiras que faziam o papel de guardiães mudos daqueles recintos ocultos. Atravessaram a indefinida passagem entre o teto vegetal e os restos do antigo telhado, depois transpuseram as colunas que sustentavam o pórtico e deram de cara com uma paisagem que parecia irreal: uma capela perfeitamente conservada nas entranhas da montanha. Ali, diante de seus olhos, sob os braços abertos do Cristo, puderam ver a imponente máquina de Gutenberg. Nenhum dos três seria capaz de precisar quanto tempo se passara desde o momento em que se encontraram na taverna até aquele esse exato instante. A falta de sono, o cansaço da longa viagem, a subida à colina e a sucessão de emoções fizeram com que o trio tivesse a alucinada sensação de que um era personagem do sonho do outro.

Fust e Schöffer davam voltas ao redor da prensa tentando compreender a utilidade de cada parte do mecanismo. Então, Gutenberg pegou a caixa de tipos móveis metálicos, compôs as letras de uma

O LIVRO DOS PRAZERES PROIBIDOS · 261

página, depositou-a no tímpano da máquina, acomodou o papel, deslocou o bastidor armado até a base da prensa e, diante dos olhos maravilhados de seus novos sócios, entintou os tipos e acionou as manivelas. Depois, voltou a girá-la no sentido inverso, retirou o papel impresso e entregou-o a Fust; ali estavam, como se os tivesse escrito com sua própria mão, os nomes dos três sócios:

Johannes Gutenberg — Johann Fust — Petrus Schöffer
Das Werk der Bücher[17]

Schöffer examinava o breve texto e, se não houvesse presenciado aquele milagroso processo com seus próprios olhos, teria jurado que se tratava de um manuscrito. Aproximou-se da prensa, pegou a caixa e se dedicou a revisar os tipos móveis gravados no metal. Disse a si mesmo que era uma ideia brilhante e lamentou em silêncio o fato de que não tivesse pensado naquilo.

— A única coisa que falta é que você grave no metal um alfabeto que imite a letra de Sigfrido de Mogúncia — disse Johannes a Petrus.

— Isso seria simples demais — respondeu Schöffer melancólico. Então, acrescentou: — Podemos aperfeiçoar ainda mais o sistema.

Gutenberg não recebeu aquelas palavras de bom grado, mas quis ouvir a sugestão. No entanto, Fust, que estava atrás de Johannes, fora do alcance de sua vista, fez um gesto para Petrus, pedindo que guardasse silêncio. Então, Schöffer, voltando atrás, apelou ao seu mais verdadeiro e profundo sentimento:

---

[17] O trabalho dos livros.

— Agora, preciso descansar, não estou em condições de pensar nem de falar com clareza.

Os três homens acusavam o cansaço de dias inteiros sem dormir: estavam com as juntas doloridas pela longa cavalgada, as pálpebras inchadas e a mente exausta devido à mistura fatal de excitação e falta de sono.

Como teriam feito os monges da antiga abadia, cada um ocupou um claustro e, sem nem sequer se preocupar com o estado lamentável das habitações, esticou-se no chão e dormiu profundamente.

21

Ilva tinha certeza de que o assassino voltaria para desferir outro golpe mortal. Mas, talvez, ele tivesse intuído que a puta mãe o estaria esperando preparada para a guerra. E, talvez, ambos, em seus íntimos, esperassem, desejosos, aquela batalha final, uma luta corpo a corpo, de vida ou morte.

Os juízes pareciam dispor de todos os elementos necessários para pronunciar a sentença do réu principal. No entanto, ainda mantinham muitas dúvidas a respeito dos cúmplices. Dúvidas que, decerto, Sigfrido estava disposto a dissipar. Por fim, chegara a vez de Fust e Schöffer. A essa altura do julgamento, a mão direita de Helmasperger estava inchada e completamente suja de tinta. Precisava se esforçar para não manchar o papel com o contato de seus dedos e não perder a concentração, já completamente extenuada.

Como se fossem três monges, Gutenberg, Fust e Schöffer se instalaram nas ruínas da abadia de Santo Arbogasto. Com as barbas enormes, os cabelos revoltos, sujos e maltrapilhos, pareciam um bando de vagabundos. Johann Fust, o banqueiro mais rico de Mainz, vivia como um ermitão e não parava de coçar a cabeça, transformada em um frondoso ninho de piolhos. Petrus, o distinto egresso das universidades de Paris e Lyon, tinha o rosto enegrecido pela tinta e pelo bolor do lugar. Johannes já estava habituado àquela insana vida de retiro.

Lado a lado, em silêncio, os três trabalhavam noite e dia. Schöffer tinha as costas arqueadas de tanto permanecer curvado enquanto gravava cada tipo com a réplica da complexa caligrafia de Sigfrido de Mogúncia. Durante dez dias inteiros, mal comeram. Foram dez jornadas de trabalho exaustivo nos quais não viram a luz do sol. Dez eternos dias cruciais durante os quais o próspero banqueiro trabalhou como aprendiz, cozinheiro e dócil subalterno de Gutenberg, o capitão daquela tropa esfarrapada. E, finalmente, após dez dias, imprimiram dez Bíblias perfeitamente idênticas à que Sigfrido de Mogúncia havia escrito com sua mão direita. Nem o próprio copista seria capaz de distinguir qual era a original e quais eram as cópias.

Então, como na noite em que selaram a sociedade, Gutenberg, Fust e Schöffer celebraram e brindaram com cerveja até caírem bêbados. E aquelas dez eram apenas uma modesta antecipação do que viria; em pouco tempo, chegaram a imprimir cento e oitenta Bíblias: cento e cinquenta em papel e trinta em pergaminho.

Se essas primeiras Bíblias tinham algum defeito era, paradoxalmente, o da perfeição. Em geral, quando dois exemplares feitos por

O LIVRO DOS PRAZERES PROIBIDOS   265

um mesmo copista eram examinados com atenção, apresentavam muitas diferenças. Nenhum calígrafo, por melhor que fosse, conseguia fazer duas cópias de um mesmo livro com traços idênticos. Os volumes, no entanto, por terem sido impressos sobre a mesma matriz, eram exatamente iguais entre si. Mas ninguém se daria ao trabalho de procurar diferenças entre as obras de um mesmo título, supondo ainda que, uma vez vendidos a diferentes pessoas, existisse a remota possibilidade de que voltassem a se encontrar. Além do mais, poucas vezes um livro saía do recinto da biblioteca.

Os livros estavam impressos, mas os três ainda precisavam encaderná-los e fazer as capas. Ao contrário dos poucos recursos com que Gutenberg contava, a oficina de Fust tinha todos os insumos para tais fins. De acordo com o plano de trabalho que os sócios haviam traçado, Johannes ficaria em Estrasburgo fazendo as tarefas de impressão; Schöffer se encarregaria de iluminar, decorar e encadernar os impressos na oficina de Mainz, e Fust cuidaria de vender os livros concluídos. O primeiro destino seria Paris, cidade em que seria fácil encontrar compradores.

Conforme o combinado, Fust pagou a Gutenberg um adiantamento de oitocentos florins, quatrocentos na hora e o restante quando os livros estivessem encadernados. Depois, do montante obtido com as vendas, Johann recupcraria seu investimento, e, tal como haviam acertado, a metade dos lucros ficaria com Johannes e a outra metade seria dividida por Fust e Schöffer.

Gutenberg não se arrependia de ter compartilhado o segredo com seus entusiasmados sócios. As três partes se acomodavam perfeitamente, como os tipos móveis no componedor. Ao se despedir, Johannes quis ver os livros pela última vez, antes que os guardassem nas alforjas dos cavalos. Fust e Schöffer cumprimentaram Gutenberg afetuosamente e se afastaram pelo caminho que beirava o rio.

Feliz com seus quatrocentos florins e a perspectiva de fazer fortuna, no meio da bebedeira e nas ambições da primeira noite com seus sócios em Santo Arbogasto, Johannes havia assinado documentos sem lê-los direito, ignorando que seus sócios tinham planos diferentes do que ele imaginava.

Esperto, Fust não quisera que Schöffer falasse na presença de Gutenberg das ideias que tivera para aperfeiçoar a produção. Quando chegaram a Mainz, Petrus explicou a seu sogro as enormes melhorias que lhe haviam ocorrido a partir do invento de Johannes.

Schöffer fez ver a Fust uma descoberta que mais tarde se transformaria na regra fundamental da tipografia: a combinação dos tipos móveis não deveria ser regida pelas formas da caligrafia manuscrita, mas na lógica das proporções espaciais que facilitassem ainda mais o intercâmbio dos tipos. Não tinha sentido imitar a letra dos calígrafos conhecidos, tal como haviam feito com Sigfrido de Mogúncia, pois esse recurso não apenas não facilitava o trabalho, mas o complicava enormemente. Ocorreu, então, a Petrus a ideia original de falsificar a si mesmo. Dessa maneira, não haveria delito caso, por ventura, se descobrisse que não se tratava de um manuscrito: ele não podia ser sua própria vítima. Além disso, este método inovador lhe permitiria criar uma caligrafia que se adaptasse perfeitamente à prensa. Assim, resolveu recorrer à letra gótica, naquela época em desuso, cujas elegantes formas geométricas simplificariam enormemente a gravação dos tipos e, por consequência, resolveria o problema dos espaços, que, se fossem examinados com minúcia, ainda existia no sistema de Gutenberg. Mas, além disso, com esse novo método, eles poderiam aproveitar melhor os grafismos: com um mesmo tipo seria possível fazer outro, conforme o acomodasse de cabeça para baixo ou ao contrário.

Fust compreendeu que o sistema idealizado por seu sócio e genro era uma verdadeira revolução da caligrafia. Dessa maneira, não só se evitaria o complexo procedimento de tipos móveis, mas se daria ao livro uma harmonia visual, facilitando a leitura e dissimulando o mecanismo. Além disso, do ponto de vista legal, vender um manuscrito falso de um terceiro era diferente de falsificar a si mesmo.

De qualquer forma, para colocar em prática e financiar o projeto, Fust precisava vender, antes, os exemplares impressos por Gutenberg. Assim, Johann foi a Paris com o objetivo de visitar um dos possíveis compradores levando três jogos da Bíblia de 42 linhas, divididos em dois tomos: o primeiro de 324 páginas; o segundo, de 319.

22

azia muito tempo que os prostíbulos de Korbstrasse estavam desertos. Desde que a morte chegara à cidade, os clientes não se atreviam a entrar nos bordéis e as prostitutas não iam à rua. Mas, ao contrário do que acontecia nos prostíbulos ordinários, Ulva e as adoradoras da Sagrada Canastra se negavam a se entregar ao terror e corriam para travar a batalha de todas as batalhas, como aquela que o livro do Apocalipse anunciava: a grande Prostituta da Babilônia contra as tropas do Filho do Homem. Vestidas como as antigas sacerdotisas guerreiras, estavam dispostas a defender o mosteiro como suas antecessoras babilônicas tantas vezes haviam protegido, vitoriosas, o templo de Ishtar.

Sigfrido de Mogúncia, por sua vez, tentava convencer os juízes não só da culpa dos acusados, mas, sobretudo, dos perigos que representava a divulgação do livro e da leitura entre os populares.

— Meritíssimos, em verdade, eu lhes digo: o livro, em mãos santas, é objeto santo; mas o livro santo, em mãos profanas, em profano se converte. E o livro santo em mãos malignas maligno

O LIVRO DOS PRAZERES PROIBIDOS 269

será. Se as pessoas comuns tiverem acesso aos livros santos, acreditando-se santos, enlouquecerão. Perguntem-se o que aconteceria se o livro, em vez de custar cem escudos, pudesse ser comprado por uma ninharia. Meritíssimos, imaginem por um momento o que aconteceria se bibliotecas pudessem ser instaladas na casa de qualquer filho de vizinha. Imaginem a vida, por exemplo, de um nobre cavaleiro: nos momentos em que estiver ocioso, começará a ler com tanta vontade e prazer que esquecerá quase completamente o saudável exercício da caça e até a administração de sua fazenda. E sua curiosidade e desatino chegarão a um nível que ele venderá suas terras de semeadura para comprar livros, e, assim, levar para sua casa quantos possa haver. Meritíssimos, imaginem por um momento: por essas razões, o nobre cavaleiro perderá o juízo e deixará de dormir para entender e desentranhar o significado dos livros. Que não seriam resolvidos e nem entendidos pelo próprio Aristóteles, se ele ressuscitasse. Em resumo, o homem se prenderá tanto na leitura que passará as noites lendo, em claro, e os dias dormindo; e, assim, de pouco dormir e muito ler, seu cérebro secará, até o ponto de perder o juízo. Ele confundirá a fantasia de tudo aquilo que ler nos livros, tanto de encantamentos quanto de brigas, batalhas, desafios, feridas, galanteios, amores, tormentas e disparates impossíveis; e tudo aquilo se entranhará de tal maneira na imaginação dele que ele pensará que todas aquelas invenções que lerá são verdadeiras, e, então, para ele, não haverá história mais certa no mundo do que a dos livros. Muitas vezes, ele sentirá desejo de pegar a pluma e concluir livros escritos por outros. O que quero lhes dizer com isso, meritíssimos, é que, enlouquecido pela leitura, o homem não hesitará em dar o salto e se converter de simples leitor em pretenso escritor. Imaginem um mundo de autores profanos que, afastados de vossa sábia guia, começassem a escrever heresia atrás de heresia. Seria o começo do fim.

Com os olhos saltados e a oratória afetada por um súbito arrebatamento místico, o acusador falava como que para si mesmo:

— O que seria da humanidade se, com o satânico invento de Gutenberg e seus cúmplices, em vez da Bíblia, fossem disseminadas, como sementes ao vento, obras diabólicas como *Talía*, de Arrio, ou a *Theologia summi boni*, de Pedro Abelardo? O que aconteceria se livros como *Contra traducem peccati*, de Celestio, ou *Satiricon*, de Petrônio, fossem publicados? O que seria do mundo se qualquer um pudesse ler os abjetos poemas dedicados ao deus fálico em *Priapeos* ou *Lisístrata*, de Aristófanes, ou *Asinus aureus*, de Apuleyo, ou o *Diálogo das cortesãs*, de Luciano, ou o pecaminoso *Ars amatoria*, de Ovídio, ou os poemas infinitamente obscenos de Marcus Valerius Martialis? O que aconteceria se todos esses livros heréticos estivessem ao alcance da mão de qualquer um e, pior, se qualquer um pudesse ser dono de uma biblioteca?

Ulrich Helmasperger mal conseguia acompanhar a insensata e vertiginosa exposição do acusador. Precisou afundar a pluma no tinteiro e voltar depressa à superfície do papel tantas vezes que esteve perto de derramar a tinta no documento. Se, em vez de brandir a pluma tivesse um punhal ao seu alcance, o escrevente não teria hesitado em cravá-lo no impiedoso coração de Sigfrido de Mogúncia.

Enquanto o acusador falava girando em torno de si mesmo com os braços abertos, como se tivesse perdido a razão, Johann Fust recordava seu encontro com o nobre francês. Jean-Claude Moutón

O LIVRO DOS PRAZERES PROIBIDOS 271

tinha uma das bibliotecas mais ricas e bem-conservadas de Paris. Talvez o excelente estado dos livros se devesse ao fato de o próspero comerciante jamais ter aberto um único de seus numerosos volumes. A posse de uma biblioteca não só outorgava prestígio a seu dono, mas era altamente decorativa. E os livros eram um excelente investimento, cuja cotação aumentava a cada ano. Moutón recebeu Fust em seu palácio com um afeto que, na realidade, era puro entusiasmo. Poucos dias antes, o banqueiro de Mainz lhe escrevera uma carta anunciando que tinha pensado em visitar Paris e, de passagem, mencionou sua intenção de vender uma Bíblia. Os exemplares feitos na ribeira do Reno eram os mais requisitados em toda a Europa. Não era a primeira vez que os dois negociavam livros. A carta surtira um efeito imediato em Jean-Claude, sobretudo quando leu o preço que Fust pretendia: cem escudos. Era claro que, se a primeira cifra era cem, o banqueiro estaria disposto a vendê-lo por uns oitenta. Era uma convenção. O francês não só anunciou seu possível interesse, mas o convidou a ficar em sua casa durante a viagem a Paris. A oferta de hospedagem, além de um gesto amável, significava uma economia para o visitante, que poderia ser traduzida em um desconto considerável. A nenhum dos dois faltava dinheiro; mas a maior gratificação em uma transação residia, para eles, em conseguir o melhor preço.

Fust chegou ao palácio Moutón depois de uma longa viagem. Com um gesto amável, recusou que o lacaio carregasse sua bagagem; não queria deixar sua valiosa carga nas mãos de ninguém. O próprio banqueiro se encarregou de levar suas pesadas trouxas escada acima até o quarto de hóspedes. O dono da casa sugeriu a seu convidado que, durante o que restava do dia, passeassem pelas acolhedoras ruas de Paris, cidade que Fust detestava devido à velha rivalidade entre francos e germanos. Voltaram no crepúsculo. Jean-Claude sugeriu que jantassem cedo; na verdade, queria que o momento da sobremesa chegasse o quanto antes para, de uma vez por todas, ver a Bíblia de Mainz. Por sua vez, o banqueiro havia adiado esse instante até a noite para que seu anfitrião não examinasse o livro sob a luz natural.

Durante o jantar, continuaram a conversa da tarde. Era notável a capacidade de ambos para conversar durante horas sobre assuntos completamente triviais. Voltaram a repassar os tópicos que, sob as mesmas circunstâncias, haviam abordado em seus encontros anteriores. Fust conhecia exatamente a ordem dos comentários de seu interlocutor e até ria das piadas contadas dezenas de vezes como se as estivesse ouvindo pela primeira vez. Por fim, levantaram-se da mesa, e o anfitrião convidou seu hóspede a passarem à sala.

— Gostaria de ver a Bíblia — disse o francês assim que ambos se acomodaram nas poltronas diante da lareira acesa.

— Oh, é claro! — respondeu Fust, fingindo recordar subitamente o motivo da viagem.

Então, o banqueiro foi até seu quarto e fechou a porta, assegurando-se de que ninguém estava por perto. Tentou abrir seu baú de viagem, mas estava tão nervoso que não acertava a pequena chave na fechadura do cadeado. Quando, finalmente, conseguiu, separou o primeiro e o segundo volumes de um dos jogos de Bíblias que trazia embrulhados dentro do baú. Pegou os dois tomos e, por fim caminhou de novo até a sala carregando os Livros Sagrados.

Sem conseguir esconder a excitação, Moutón pegou o primeiro volume e, antes de abri-lo, acariciou a capa de pele de cordeiro.

O LIVRO DOS PRAZERES PROIBIDOS 🐾 273

Fechou os olhos e percorreu com seu enorme nariz toda a superfície externa do livro como um cão de caça.

— Não existe perfume mais delicioso que o de um livro — disse, extasiado, o francês, como se estivesse falando sozinho.

Depois, examinou o rico trabalho e os detalhes dourados da capa. Examinou-o com as mãos e, como cabia a um exemplar tão valioso, calçou luvas de fina seda. Por fim, abriu-o.

—Ah! — exclamou, maravilhado.

O coração de Fust batia com a força da inquietação e do temor.

— Ah! — repetiu o francês como se tivesse perdido a fala.

O banqueiro, por sua vez, permanecia em silêncio para não quebrar o tórrido romance entre homem e livro. Então, Jean-Claude pegou uma enorme lupa e começou a examinar a letra minuciosamente. Passava as páginas, detinha-se nas letras capitais e nas vinhetas. Fust percebeu que sua testa se ensopara de suor e o coração se acelerara ainda mais. A expressão de Moutón mudou subitamente; uma ruga surgira entre suas sobrancelhas. De repente, abaixou a lupa, fechou o livro e, olhando com firmeza nos olhos de seu convidado, comentou:

— Uma maravilha. Simplesmente maravilhoso.

Fust respirou aliviado.

Jean-Claude Moutón não pechinchou. Pagou cem escudos, moeda por moeda.

Johann foi ao seu quarto esforçando-se ao máximo para não demonstrar euforia; feliz com sua compra, o francês levou os livros ao salão da biblioteca para procurar um lugar de destaque nas prateleiras. Até então, examinara apenas o primeiro tomo. Serviu-se outro cálice de vinho de seus próprios vinhedos e, antes de guardá-lo, dispôs-se a ler o segundo volume. Mas, antes de abri-lo, notou, cheio de surpresa, que o tomo que deveria ter gravado o número II na lombada era, na realidade, igual ao primeiro. Nervoso e apressado, Fust havia confundido os livros e, em vez de pegar um jogo, os havia misturado, levando a Moutón dois livros iguais. Em um primeiro momento, o comerciante supôs, de boa-fé, que o germano trazia consigo dois jogos de Bíblias. Mas, um momento depois, percebeu que as duas capas eram idênticas. Era muito estranho que um encadernador fizesse uma capa igual a outra; cada livro tinha suas marcas particulares feitas de maneira deliberada. Jean-Claude voltou a pegar a lupa, abriu os dois livros e, com a respiração entrecortada, descobriu que eram gêmeos: cada letra, cada ponto, cada vírgula, cada vinheta era idêntica à do outro exemplar. Não fazia ideia de como o banqueiro conseguira aquele feito, mas de uma coisa não tinha dúvida: estava diante de uma falsificação.

Rapidamente, Jean-Claude procurou um de seus lacaios e ordenou que fosse imediatamente à casa de um amigo, o oficial Jacques Bordeaux; se necessário, que o acordassem. Enquanto isso, subiu cuidadosamente ao quarto de hóspedes e, com o ouvido colado na porta, constatou que Fust roncava em sono profundo, feliz por tê-lo enganado. Armado com uma espada, o dono da casa em pessoa vigiou a porta até que o oficial da guarda real chegou.

23

Johann Fust foi arrancado do sono por guardas, que o prenderam sem sequer permiti-lo trocar a roupa de dormir. Antes que ele conseguisse pronunciar uma palavra, confiscaram-lhe os livros, os cem escudos que obtivera com a fraude, o dinheiro que trazia e toda a sua bagagem. Fust tentou dar uma explicação, mas a única coisa que recebeu em troca foi um empurrão que o jogou para fora do quarto. Vociferou em francês sua condição de nobre e em alemão sua condição de banqueiro. Os soldados gargalharam, fazendo-o ver que, na realidade, estavam desfrutando do privilégio de prender um germano presunçoso e, ainda por cima, judeu.

Fust estava em apuros, pois os únicos franceses que podiam interceder por ele eram justamente aqueles que pretendera ludibriar. O caso, grave por si só, se complicava por vários motivos: não se tratava de um livro qualquer, mas da Bíblia. Além disso, era uma adulteração feita a partir de um original manuscrito por um alto sacerdote, Sigfrido de Mogúncia. Mas ainda existia um terceiro motivo, mais sério: os clérigos que cuidavam do caso não conseguiam entender como o réu pudera reproduzir os livros com tanta exatidão. Tudo indicava se tratar de um caso de bruxaria.

Johann Fust foi julgado sumariamente por um tribunal francês. Os juízes resolveram condená-lo à fogueira por unanimidade. A lenha já ardia quando o próprio Sigfrido de Mogúncia ficou sabendo do escândalo. O sacerdote de Mainz achou que, na realidade, ele era o maior prejudicado e conseguiu que, mediante um ofício urgente, o próprio Papa ordenasse que a causa fosse julgada pelos tribunais eclesiásticos de Mainz, cidade natal do próprio Johann Fust.

Não fosse a intervenção de Sigfrido de Mogúncia, Fust teria levado seu segredo para o túmulo, pois, no breve julgamento a que o submeteram em Paris, não lhe foi permitido dizer sequer uma palavra em defesa própria. Assim que chegou à cidade, antes do início do julgamento, Fust atribuiu toda a responsabilidade a Johannes Gutenberg e nem sequer teve o decoro de inocentar Schöffer para evitar sofrimentos à própria filha.

Assim, os três fraudadores mais ousados da Europa foram presos, submetidos a julgamento na catedral de Mainz e acusados pela própria vítima da maior e mais misteriosa fraude de que a Germânia se recordava.

24

vulto foi da praça do mercado — a essa hora da noite, completamente deserta — à rua dos cesteiros. Era uma figura delgada envolta em uma túnica preta que a ocultava dos pés à cabeça, tornando-a virtualmente invisível. O capuz encobrindo o rosto e o amplo manto impediam que se descobrisse se era homem ou mulher. Um céu aberto e sem lua propiciava à cidade uma penumbra quase total. Tudo estava tingido com o mesmo negro da noite. Os bordéis da Korbstrasse e as tavernas dos arredores costumavam animar a vida noturna daquela parte da cidade. No entanto, desde que a morte tomara posse daqueles becos, não se ouviam mais as canções que os bêbados cantavam nas cervejarias: agora, todas fechavam suas portas antes do anoitecer. Os habituais gritos das prostitutas que chamavam os passantes das janelas eram uma alegre recordação: não se viam prostitutas nem passantes.

A paisagem era desoladora: as portas e as janelas estavam fechadas com taramelas, ferrolhos e cadeados; as tímidas lanternas das esquinas tentavam quebrar a escuridão; no entanto, eram tão débeis que, assim como as estrelas, em vez de iluminar, não faziam nada além de destacar, por contraste, a fechada penumbra do entorno.

Ao contrário de reforçar a segurança colocando guardas para percorrerem as ruas, as autoridades haviam decidido retirar o único soldado destacado para a Korbstrasse. O assassino conseguira aquilo que os funcionários nunca haviam logrado: que as tavernas fechassem mais cedo e os prostíbulos se recatassem.

Ninguém havia percebido aquela funesta presença que adentrava o beco colada às paredes, sorrateira como um gato negro. Chegou à porta do Mosteiro da Sagrada Canastra, parou diante da entrada, olhou para cima e esticou o corpo, aguçando os sentidos como se quisesse obter, através da vista, do olfato e da audição, todas as informações a respeito do que acontecia lá dentro. De repente, acreditou ter encontrado o sinal que procurava. Então, retomou o passo e seguiu ao largo. Avançou até a rua seguinte e voltou a parar, dessa vez na pequena capela de São Severino.

Aquele oratório era o menor de toda a Germânia e, talvez, do mundo. A porta não chegava à altura de um homem adulto e era tão estreita que um obeso nem sequer conseguiria passar pelo marco. O recinto tinha dois passos de comprimento por um de largura. Havia apenas um Cristo na parede frontal, um minúsculo tamborete que funcionava de reclinatório e uma urna alongada para as esmolas. Durante o dia, ela abria sua estreita porta para que os transeuntes, quase em movimento, elevassem suas orações de maneira rápida, fizessem sua oferenda e dessem vez ao próximo. Suas minúsculas dimensões faziam com que quem entrasse se sentisse a sós com Deus em uma cerimônia íntima — em um encontro, por assim dizer, cara a cara. E, dado que não existia lugar para um prior, não havia mediação alguma entre o Altíssimo e o fiel.

Em pé junto à entrada da pequena capela, o vulto negro sacou um punhal que carregava oculto sob a túnica, introduziu-o na

O LIVRO DOS PRAZERES PROIBIDOS   279

fechadura e, com um movimento certeiro, acionou o mecanismo. Manchada de tinta, a mão empurrou a porta, que rangeu ao se abrir. O intruso olhou para os dois lados e, depois de confirmar que não havia ninguém, entrou no oratório e voltou a fechar as portas atrás de si. Completamente às escuras, agia com tanta precisão que ou tinha o dom de enxergar na penumbra ou conhecia aquele lugar em detalhes. De qualquer maneira, abriu as pernas de uma forma que cada pé se firmou no rodapé de um dos lados. Nessa posição, o incógnito personagem se agachou, removeu a lajota central que escondia um alçapão e, segurando uma aba oculta, levantou o solo entre as pernas. Apoiou a tampa do piso falso e escorregou com agilidade até um poço que se abria embaixo dele. Depois, tocou o fundo do subsolo secreto e caminhou ao longo de um estreito e extenso túnel. Assustados com a chegada do visitante decidido e veloz, ratos pululavam na sua frente. Quando alcançou o extremo oposto daquele corredor úmido e hediondo, levantou os braços e, com as palmas das mãos, empurrou um retângulo de madeira, até que se abriu uma claraboia que levava à superfície. Antes de subir, levantou sua cabeça encapuzada, certificou-se de que não havia ninguém por perto, apoiou as mãos no marco e, impulsionando-se com as pernas, subiu de um salto.

O intruso estava no subsolo do Mosteiro da Sagrada Canastra. Com a mesma facilidade com que chegara ao porão, entrou na cozinha. Caminhava em silêncio, como se conhecesse cada canto do bordel, como se tivesse estado ali várias vezes. De repente, ouviu passos. Espiou o corredor e viu uma das pupilas entrar no quarto. Apenas alguns meses antes, a essa mesma hora, o bordel era um incessante ir e vir de homens e mulheres, um tumulto no qual se ouviam gemidos, exclamações de prazer e risadinhas. Mas, desde aquela primeira incursão, nada estava igual. Antes, era impossível percorrer o trajeto até os aposentos sem cruzar com alguém. Pelo mesmo motivo, também era mais fácil passar despercebido no meio de tanta gente. Agora, no entanto, devia ter muita cautela: qualquer movimento em falso o exporia. O visitante apertou o punhal para confirmar que estava em seu lugar. Sabia perfeitamente a que aposentos deveria ir, aquele na qual dormia a sucessora. Avançou alguns passos, parou diante da porta e bateu timidamente.

— Quem é? — ouviu alguém perguntar do outro lado.

— Eu, Ulva — disse a visita, sussurrando.

Assim que a porta se abriu, aquela incógnita presença envolta na túnica preta enfiou o braço e tapou a boca da garota. Sem soltá-la, avançou sobre ela. Com uma das mãos, fechou a porta, e, com a outra, enquanto apertava seu rosto, arrastou-a até a cama. Tinha uma técnica perfeita para silenciar os gritos da vítima: esmagava seu rosto com o travesseiro ao mesmo tempo que a imobilizava apertando-a com suas pernas, das quais a vítima tentava, em vão, se livrar. Perto de atingir seu objetivo, de repente o assassino ouviu alguém dizer por trás:

— Bem-vindo! Estávamos esperando por você.

Sem entender, virou a cabeça por cima do ombro e, então, viu o rosto plácido e sorridente de Ulva que, com um tom cordial e hospitaleiro, acrescentou:

— Fazia tempo que um cliente não aparecia. Prepare-se para desfrutar de uma noite única.

Antes que o intruso conseguisse se mexer, Ulva alçou a barra de ferro que usava para remover a lenha ardente da chaminé e desferiu

O LIVRO DOS PRAZERES PROIBIDOS 281

um golpe no meio das costas do vulto. Se tivesse pretendido matá-lo, poderia ter conseguido facilmente acertando a nuca. Mas Ulva tinha outros planos. Sem ar, o visitante caiu. Tentou se levantar, mas recebeu outro golpe, desta vez na boca do estômago. Atrás de Ulva estava o restante das mulheres, todas vestidas com seus trajes de sacerdotisas.

— Bela imitação da minha voz — disse Ulva, sorridente, ao mesmo tempo que lhe tomava o punhal que aparecia em uma dobra da toga.

Até o momento, o rosto do assassino continuara oculto atrás do capuz. Por uma ordem da mais velha das prostitutas, a mulher que jazia na cama e que ainda tentava recuperar o fôlego segurou a ponta da touca e deu um puxão, deixando o rosto a descoberto.

Uma exclamação geral sintetizou uma mistura de ódio, indignação e fúria. O homem mais culto de Mainz, aquele que se gabava de suas leituras e, sobretudo, de seus livros; aquele que, do alto de um púlpito, rezava a missa e se apresentava como o paladino dos justos estava agora estendido no chão, no promíscuo leito do bordel mais herético de toda a Germânia.

Sigfrido de Mogúncia se esforçava para recuperar a mecânica da respiração, mas os golpes haviam sido tão certeiros que seu fôlego ainda não voltara. Quatro mulheres o estenderam em cima da cama, cada uma o pegou por um membro e amarrou suas mãos à cabeceira e seus tornozelos aos pés do móvel.

O homem que rasgava as vestes e gritava aos céus sobre o perigo da difusão dos livros proibidos era o mesmo que penetrara aqueles recintos do diabo. Ulva entendeu perfeitamente o motivo que levara o mais respeitado dos copistas, o severo acusador empenhado em desmascarar os falsificadores de Bíblias, a matar e esfolar suas filhas.

— Mas a que honra devo a sua visita, excelência? Hoje será a melhor noite de sua vida — disse Ulva, ao mesmo tempo que ordenava às suas filhas que lhe tirassem a roupa.

Com uma expressão aterrorizada, o homem observava aquele grupo de doze mulheres tirar as túnicas e exibir seus corpos voluptuosos, os quais, apertados nos trajes de couro preto, vermelho ou da cor da pele, exibiam cada detalhe de sua anatomia.

— Quer dizer que o senhor está querendo conhecer o segredo do prazer. Seu desejo é uma ordem — disse a mais jovem de todas, ao mesmo tempo que esfregava os mamilos, que apareciam intumescidos nos orifícios do traje, sobre o torso palpitante do clérigo.

Ulva entendeu o que o escriba de Mainz estava procurando. Queria se apoderar do segredo que as adoradoras da Sagrada Canastra guardavam a sete chaves: o *Livro dos prazeres proibidos*.

— O senhor terá o privilégio de ser o único homem, em séculos, que conhecerá os mistérios do prazer absoluto — disse Ulva, enquanto outra mulher, de estatura majestosa, pernas firmes, longas e corpo torneado, subia na cama e, em pé sobre a cabeça do monge copista, separava as coxas e exibia uma vulva rosada da qual sobressaía um clitóris ereto através da pequena abertura do traje de couro. Enquanto a anterior continuava esfregando os mamilos sobre a pele leitosa de Sigfrido, a outra desceu e, de cócoras, pressionou seu sexo avultado e sem pelos contra a boca aberta do clérigo, cujas eloquência e oratória haviam se reduzido ao mais hermético silêncio.

— Hoje, finalmente, você conhecerá na própria carne os deleites que nenhum mortal jamais experimentou! — dizia Ulva dando indicações às suas pupilas.

Desde que os sumérios haviam conseguido aprisionar as palavras para impedir que o vento as levasse, os homens podiam deixar testemunho de suas proezas e das de seus deuses, de seus triunfos e de suas derrotas, de suas verdades e de suas mentiras, de suas memórias e de suas conjecturas sobre a existência. Assim fundaram a história, escrevendo sobre o barro, a pedra, a madeira, o papiro, o pergaminho, o papel. E também sobre a pele humana. Utilizaram cunhas, plumas e pincéis. Mas também punhais. Desde que um ser humano aprendera a escrever e a divulgar suas palavras, nunca faltou quem quisesse apagá-las, destruí-las, fazê-las desaparecer da face da Terra. Juntamente com a escrita nasceu a censura. As palavras eram feitas da mesma substância do desejo, da lubricidade, do sexo. A lei, no entanto, era forjada com o metal da espada.

— Talvez você tenha conseguido ler os livros das filhas que me levou com violência. Talvez os tenha destruído da mesma maneira que destruiu as minhas amadas meninas. Mas, agora, você haverá de sentir na própria carne o prazer dos prazeres.

Enquanto Ulva falava, mais e mais mulheres subiam sobre o corpo desnudo do cura, que gemia, invadido por um gozo inédito. E não porque desconhecesse o prazer: já havia estado várias vezes com mulheres, com um ou outro homem — em geral irmão de hábito — e com muitos meninos. Mas aquilo que experimentava agora era completamente diferente. Seu membro estava inflamado e apontava na direção do Altíssimo.

— Hoje, por fim, você conhecerá o prazer verdadeiro.

A primeira cerimônia ritual de que as adoradoras da Santa Canastra participavam era a do dia de seu nascimento, quando, usando a mesma técnica dos babilônios, a puta mãe desenhava com um estilete afiado a estrela de oito pontas de Ishtar. Em vez de escrever na argila, fazia-o sobre a carne da recém-nascida. Dentro do círculo central, do qual partiam as pontas da estrela, gravava uma inscrição cuneiforme que indicava a linhagem da menina: "Da casta de Shuanna, sacerdotisa de Ishtar, filha de Ulva." A escrita por cicatrização, ou escarificação, consistia em lacerar a pele até chegar à carne mediante um estilete afiado com o qual se desenhavam os grafismos. A encarregada da cerimônia ritual era a mais velha das prostitutas, que, com suas próprias mãos, escrevia de acordo com a técnica dos antigos babilônios.

— Então, o senhor quer conhecer as fórmulas mais secretas do prazer... pois hoje será o dia.

Três mulheres cuidavam dos inflamados genitais do religioso: uma se ocupava de deleitar o endurecido mastro sem brasão, enquanto as outras se encarregavam das testemunhas mudas. Mais outra começou a friccionar o olho cego do cu com óleos e unguentos que provocavam nele um insuportável mas delicioso prazer, ao mesmo tempo que uma quinta mulher se aproximava com um objeto que imitava perfeitamente um pênis descomunal do tamanho de um antebraço. Em outras circunstâncias, o clérigo teria entrado em pânico diante daquela visão. Mas, agora, no meio daquela orgia, perdera toda noção do decoro, do pudor, do medo e até do perigo. Só queria obter mais e mais prazer. O rústico anel de vísceras que lhe coroava o traseiro começou a pulsar como se pedisse atenção, ao mesmo tempo que sua glande se inflamava como nunca, atingindo um diâmetro superior ao da boca das anfitriãs.

Quando a puta mãe chegava à velhice, devia ungir sua sucessora. Então, nessa mesma oportunidade, realizava-se o mais importante

O LIVRO DOS PRAZERES PROIBIDOS 🐿 285

dos rituais. Com a mesma técnica que a maior parte das prostitutas usava para marcar as recém-nascidas, devia escrever no corpo da eleita o *Livro dos prazeres proibidos* seguindo o procedimento da escrita cuneiforme pelo método da escarificação. Embora se tratasse de um ritual doloroso que provocava um grande sangramento, a sucessora se entregava à cerimônia convicta de que, dessa forma, estava preservando a tradição milenar iniciada por Shuanna, fazendo com que o segredo do prazer passasse à próxima geração. O corpo, escrito dessa maneira, ganhava uma beleza singular: a trama cuneiforme da escrita formava belas figuras nas costas, no ventre, nos glúteos e nos ombros, transformando o corpo em uma esplêndida obra de arte, semelhante às antigas esculturas sumérias.

— Hoje chegou o seu grande dia. Goze! Goze sem limites! — repetia Ulva.

Sigfrido de Mogúncia se transformara em uma entidade cuja única razão de existir era o prazer no estado mais puro. Não se tratava de um mero gozo carnal; sua alma ingressara em outro plano da existência. Era um deleite que começava na Terra e se elevava ao panteão dos deuses pagãos, como se a própria Ishtar tivesse se apoderado de seu corpo.

— Prepare-se para ver o que nenhum mortal viu em séculos. Prepare-se para ver o rosto de Deus!

Entregue às mãos e aos corpos daquelas doze mulheres, o copista não parava de gemer com os olhos e os sentidos postos em um mundo diferente do dos simples mortais. Sentia-se em comunhão com Deus, com cada partícula de sua humanidade, com cada elemento da criação.

Aqueles preciosos escritos no corpo não eram meros adornos. Quem sabia ler a escrita cuneiforme — que era, naturalmente, o caso das adoradoras da Sagrada Canastra — podia ter acesso a segredos conservados durante mais de três mil anos: os segredos da mítica Prostituta da Babilônia. Aquela que, de acordo com o livro do Apocalipse, voltaria para travar a batalha do Fim do Mundo, anterior ao Juízo Final.

Sigfrido de Mogúncia não se interessava pelo assunto das Bíblias falsas. Na verdade, queria impedir que a invenção de Gutenberg desse ao povo os livros profanos, mas, sobretudo, que divulgasse o *Livro dos prazeres proibidos*. Ele, o sábio copista, devia admitir que não sabia ler os grafismos cuneiformes, embora soubesse que aqueles sinais gravados na pele tinham um significado que talvez outros, no futuro, viessem a decifrar. Por isso, havia planejado acabar com o Mosteiro da Sagrada Canastra e, antes de tudo, com os livros escritos sobre a pele das adoradoras. Foi esse motivo, e não outro, que o levou a assassinar e a esfolar as sucessoras de Ulva. De acordo com a tradição da dinastia de Shuanna, quando a mais velha das prostitutas morria, sua pele, gravada com os textos secretos, era transformada no mais fino pergaminho, e com ele eram confeccionados os livros que, sob a forma dos antigos rolos, passavam despercebidos, considerados simples couros enrolados. Mas, ainda mais importante que os pergaminhos, sempre sujeitos à deterioração e à destruição, era a letra impressa nos corpos vivos: as contínuas perseguições, o exílio, as súbitas fugas e os saques obrigavam as mulheres do clã a não ter muita bagagem. A melhor forma de levar seus escritos era torná-los carne, gravados na própria pele. Mas, diante do assassinato e do esfolamento das últimas eleitas, Ulva precisou desobedecer, pela primeira vez, à ordem ancestral. Depois da morte de Zelda, decidiu proteger as próximas eleitas: não voltaria a expô-las

O LIVRO DOS PRAZERES PROIBIDOS 287

tornando-as portadoras do livro secreto até que encontrasse o assassino. A mais velha das prostitutas não conseguiu evitar a última morte, embora o assassino tivesse saído com as mãos vazias; para sua surpresa, a eleita não tinha as escrituras gravadas no corpo.

— Entregue-se ao deleite, o pecado não existe. Goze!

Se o acusador estivesse consciente, Ulva teria lhe perguntado por que não a havia matado, em vez de suas filhas, se seu objetivo era o de fazer desaparecer, de uma vez por todas, a principal portadora do saber e, decerto, a única que poderia escrever o livro na pele de sua herdeira. Mas ela sabia a resposta: em seu íntimo, Sigfrido desejava conhecer o segredo do prazer em estado puro não apenas na letra. Mais que tudo no mundo, desejava aquele encontro corpo a corpo que somente uns poucos privilegiados haviam mantido desde a origem dos tempos. Não como um cliente a mais, mas transformado em vítima oferendada à voluptuosa Ishtar. Em segredo, Sigfrido sonhava em se entregar à sacerdotisa mais velha, não à prostituta, para que ela o conduzisse ao trono reclinado da Deusa babilônica.

As adoradoras da Sagrada Canastra elevaram o acusador às alturas de um prazer metafísico, seguindo, passo a passo, os ensinamentos do livro proibido, até que, tal como Ulva lhe anunciara, diante dos olhos do copista, surgiu um resplendor extático, celestial, de cujo centro brilhante se tornou visível o próprio rosto de Deus. Não era o rosto barbado e grisalho das representações que adornavam as igrejas, mas o semblante suave e belo de uma mulher. Tinha a expressão tentadora de Eva, os olhos verdes da serpente, o sorriso bem-aventurado da Virgem Maria e os lábios carnudos de Maria Madalena. Não havia palavras capazes de descrevê-lo.

O Todo-poderoso de rosto feminino levantou o zeloso guardião das palavras, colocou-o em seu colo e introduziu sua sagrada língua, longa e vermelha, na boca aberta de Sigfrido de Mogúncia. De repente, ao receber o beijo de Deus, o corpo trêmulo e palpitante do cura encontrou o êxtase, depois a calma e, por fim, desfalecido à sua direita, o descanso eterno.

Ulva viu Sigfrido de Mogúncia dar seu último suspiro; expirou com um gemido de prazer que chegou até as altas torres da catedral de Mainz. Morreu da forma como qualquer homem gostaria de morrer.

O prazeroso sacrifício de Sigfrido de Mogúncia não foi em vão. Sua pele serviu de pergaminho sobre cuja superfície Ulva escreveu um dos mais belos exemplares do *Livro dos prazeres proibidos*; o escriba de Mainz acabou transformado em um precioso rolo semelhante aos que povoavam as salas da mítica Biblioteca de Alexandria. Que melhor destino um copista poderia querer do que perpetuar-se em um livro?

O acusador de Gutenberg jamais imaginara que acabaria sendo, ele mesmo, o livro que quisera destruir a todo custo e a qualquer preço.

Últimas palavras

igfrido de Mogúncia desapareceu da face da Terra. Ninguém voltou a vê-lo, salvo as adoradoras da Sagrada Canastra, que, de vez em quando, abriam seus nobres despojos transformados em pergaminho para consultar o *Livro dos prazeres proibidos*.

Diante de sua enigmática ausência, o acusador foi substituído por um clérigo justo e distante do restrito mundo dos copistas. O processo seguiu seu curso sem novos tropeços. Johannes Gutenberg foi declarado culpado de não cumprir a promessa matrimonial, obrigado a devolver o dinheiro do dote a Gustav von der Isern Türe e compensar financeiramente sua filha Ennelin. O tribunal também condenou Gutenberg a saldar a dívida de mil e seiscentos florins que contraíra com Johann Fust, mais os juros correspondentes. Mas, como Gutenberg não dispunha da quantia, os juízes determinaram que entregasse a prensa, as ferramentas e os tipos a Fust como pagamento. Quanto às Bíblias já impressas, resolveram que seriam divididas em partes iguais. As demais acusações contra Gutenberg foram indeferidas pelo tribunal.

Johann Fust e Peter Schöffer continuaram a sociedade, usufruindo legalmente da prensa inventada por Gutenberg. O poderoso banqueiro conseguiu convencer as autoridades de que a técnica de impressão por tipos móveis não era um método de falsificação, mas um procedimento de reprodução mecânica de livros. Assim, conseguiram transformar seu obscuro plano original em um negócio respeitável e extremamente rentável: Fust multiplicou várias vezes sua já imensa fortuna. Em 1457, os sócios imprimiram o *Saltério de Mainz*, livro que revelava, pela primeira vez, o nome da tipografia e a data de impressão. Nem no colofão nem em lugar algum se dava qualquer crédito a Gutenberg.

Em 1462, após a ocupação de Mainz, Schöffer fugiu e, por conta própria, fundou uma tipografia na cidade de Frankfurt.

Johann Fust morreu em 1466, e Peter Schöffer em 1502.

Mergulhado na pobreza, Johannes Gutenberg sofreu o assédio permanente de seus credores. Durante algum tempo viveu da caridade sob a proteção e o asilo dos religiosos da comunidade de São Vítor. Depois de muitos esforços, e graças à ajuda desinteressada de um oficial de Mainz, conseguiu montar uma modesta tipografia na qual recebia encomendas menores. Talvez um de seus mais belos trabalhos tenha sido a impressão do *Catholicon*; no colofão se lia: "Com a ajuda do Altíssimo, este nobre livro pôde ser impresso sem a ajuda de lápis ou pluma, mas pelo acerto maravilhoso, a proporção e a harmonia dos golpes e dos tipos, no ano de nosso Senhor encarnação 1460 da nobre cidade de Mainz." Com a ocupação de 1462,

O LIVRO DOS PRAZERES PROIBIDOS   291

mais uma vez Gutenberg se viu obrigado a abandonar a cidade natal. Assim como no primeiro exílio, mudou-se para a granja familiar de Eltville. Ali, colaborou para a fundação da tipografia dos irmãos Bechtermünze, célebre pela admirável impressão do *Vocabularius*. Gutenberg foi tardiamente reconhecido pelo arcebispo Adolfo de Nassau, que, em 1465, lhe outorgou o título de cavaleiro da corte. Além das honras, recebeu remuneração em dinheiro e uma generosa canastra transbordante de cereais, frutas secas e vinho. Era muito em comparação com a indigência. Era nada se fosse comparado com os lucros que Fust e Schöffer obtiveram. Johannes Gutenberg morreu em 1468.

As descendentes de Ulva continuam desempenhando seu antigo e nobre ofício em quase todas as cidades do mundo até os dias de hoje. Ainda se reconhecem por terem gravada na omoplata a estrela de oito pontas. Em Buenos Aires, onde tive contato com a primeira notícia que me levou a esta narrativa, a seita teve seu santuário nos porões de uma sórdida discoteca próxima ao velho Mercado de Abasto chamada, sugestivamente, de Babilônia. Em Madri, tinham seu templo nos fundos de um pequeno estabelecimento de roupas exóticas na rua Hortaleza. Em Berlim, reuniam-se na cobertura de um clube noturno na Potsdamer Platz. Em Paris, eram donas de uma excêntrica galeria de arte perto do bulevar Sebastopol. Na Cidade do México, honravam sua tradição em um mosteiro de monjas enclausuradas. Em Moscou, exerciam suas sábias artes no mesmo edifício em que funcionava uma famosa editora. Em Londres, eram donas de uma residência aristocrática em South Kensington frequentada exclusivamente por altos funcionários do governo e da Coroa. Em Copenhague, tinham seu oratório nos fundos de uma livraria da rua Stroget. Durante minha última viagem à capital da Dinamarca, interessado em uns livros antiquíssimos em latim que havia descoberto no meio das prateleiras, a gerente do estabelecimento, uma bela mulher alta e já de certa idade, me perguntou:

— Está procurando algum título?

— O *Libri voluptatum prohibitorum* — respondi, com uma piada interna íntima e uma segunda intenção involuntária.

— Não o tenho agora, mas, se o senhor estiver disposto a colaborar, posso conseguir uma edição impressa em pergaminho e encadernada em capas de pele.

Congelei com um sorriso estúpido quando, de repente, percebi nela uma estrela que exibia suas oito pontas por baixo da camiseta que me permitia ver parte de suas costas.

— Obrigado. Prefiro me manter na ignorância — disse e apressei o passo em direção à precoce noite dinamarquesa.

A mulher me devolveu um sorriso malicioso. Inquietante.